普 天 之 下 · 盡 是 好 書

普天出版家族
Popular Press Family

淩雲文創
A-Plus Creative Company

十四分之一

One of Fourteen

卷貳｜新房客與活死人

寧航一｜著

十四個夜晚，十四位小說家，十四則詭譎離奇的故事……

推薦序

閱讀快感的極致體現

•南派三叔

受邀爲寧航一的作品寫一篇推薦序，我深感榮幸。

老實說，作爲一個相同類型的文字工作者，在長期的高強度創作下，我早已經忘記了全身心投入到文字情節中的樂趣。所以翻開《十四分之一》之前，我對自己還有一份擔憂：我的職業病會不會影響了我的判斷，不能公正地來評價這本小說？

現在看來，我顯然是多慮了，因爲這本小說，確實讓我重拾了閱讀的快感，忘記了自己也是懸疑小說的創作者，忘記了推敲別人的結構和文字，眞正如當年剛開始寫作時一樣，作爲一個單純的讀者，在懸念和驚悚中痛快淋漓了一把。

多年來，已經很少有一本懸疑小說，能夠如此地吸引我。通過對故事情節的把握，和對懸念的那種令人驚豔的理解運用，我可以毫無疑問地斷言，寧航一是一個非常擅長講故事，非常擅長駕馭讀者的心理，而且有十足想像力的人。整個閱讀過程中，我猶如進入了迷宮之中，摸不到一點頭緒，同時也很沒出息的、快樂又忐忑不安的，等待著最後一頁揭示的謎題。

如果世界上所有的小說，都能給讀者帶來這樣的閱讀樂趣，出版公司何愁找不到暢銷書？何愁書賣不出去？

我從來不會刻意約束自己的言詞，但是如此的溢美之詞，也不曾對很多人說過。熟悉我的朋友都知道，同樣的讚揚，先前我只給過另外一個人，就是香港的奇人倪匡先生。由此可知，我對《十四分之一》的評價。

現在的中國，正處於一個全民寫作、靈感過剩的年代，在巨大的利益與暢銷神話的策動下，大量浮誇的、標榜想像力卻弱化了故事結構的作品陸續上浮，已經很少能找到願意認眞在故事結構上下功夫的作者了。而這本《十四分之一》，卻恰恰好體現了寧航一對於故事本身的那種純粹追求。不使用譁衆取寵的噱頭，就能牢牢地吸引住讀者，這才是眞正的小說家應該追求的能力。

因爲這是一本懸疑小說，我在這裡不便過多地透露其中精彩的懸念和情節，以免破壞大家閱讀時的樂趣。所以此序非彼序，只講我的喜愛，不談我喜愛的實質。

好了，看完我的廢話，翻過這一頁，拉上窗簾，請進入故事裡，坐上專門留給你的那個席位，不許尖叫哦。

十四分之一

Contents

十四分之一

Contents

十四分之一

Contents

十四分之一

Contents

第四天

01

南天半倚在床上，雙手枕在腦後，眼睛望著沒有任何裝飾的灰白色天花板，心中暗暗吃驚。

令他感到驚訝的，是兩件事。

第一，從進入（準確地說是被「帶入」）這個封閉空間的那一天起，短短不到四整天的時間，他的腦袋裡由於周遭的諸多暗示或啓發而迸射出來的創作靈感，居然比以往一兩年中產生的還要多。眼下所處的這個特殊環境，簡直像一台提供恐怖懸疑小說靈感的機器，各種故事構思如生產流水線上的產品那樣不斷產生，讓他的大腦有些應接不暇。毫不誇張，南天覺得自己的頭腦真的快裝不下了，往往是一個故事還沒想完，另一個故事的框架又悄然生成。還好，這裡備有紙筆，允許他將所有構思記錄下來。

一對年輕夫婦，彼此十分恩愛，每晚都親暱地相擁而眠。但一場意外事故後，妻子的臉被徹底毀容，任何先進的醫療技術都無法使她再擁有以前那張美麗的臉。妻子的心變得和臉一樣扭曲，偏執地要求丈夫每天晚上必須看著她的臉入睡，以此證明他仍像以前一樣愛她。丈夫因此惡夢連連，但選擇默默忍受。不想一段時間後，他漸漸發現，妻子的臉竟然產生了某種不可思議的變化……

幾個年輕人約好去一棟傳說中鬧鬼的廢墟探險，並帶上了攝影機。在黑暗的「鬼屋」待了一陣子後，有人故意開玩笑，假裝看到鬼魂。眾人嚇得狂奔出去，卻發現打開的攝影機留在了廢墟裡。沒人敢回去取，只有等到第二天中午再去拿。取回攝影機的人，卻發現機器記錄了恐怖的事情……

男主角的家人在家中遭到謀殺，全部遇害，目擊命案的只有家裡飼養的一隻黑貓。警方對破案毫無頭緒。男主角悲痛之餘，想到一個瘋狂而離奇的方法，打算利用這隻貓來探知眞相……

將所有故事構思都記錄下來，南天長出一口氣，審視一遍，確信把這些框架擴展開來，每一個都會是一個好故事。作爲最後一天晚上講故事的人，他認爲自己還是有某些優勢的，可以事先構思許多個故事，最後選擇一個和前面絕不雷同的講出來。

南天望著手中的筆和紙，忽然想到，「主辦者」爲他們準備這些東西，莫非早就算到了會出現這樣的狀況？

想到那個神秘的「主辦者」，南天心中一陣顫慄——那究竟是一個什麼樣的人？他和另外十二個人一起面對的，到底是一個怎樣的可怕對手？

這個人能將十三位作家（其中還包括了克里斯、荒木舟、白鯨、歌特這樣的名人）神不知鬼不覺地「請」進一所荒廢的監獄，非法拘禁起來。還要這些人依照他（她）制定的規則來玩一個殘忍的「遊戲」。他（她）對應邀而來的客人瞭若指掌，對自己更是充滿信心，不僅明目張膽地告知眾人，他（她）就隱藏在玩家之中，還揚言如果最後勝出遊戲的人就是他（她），其他人一個也別想活著離開。膽大妄爲、目無法紀，瘋狂的舉動背後，卻透出無比的冷靜和狡黠——若非如此，他們怎麼會直到現在還分辨不出這個隱藏於身邊、每天都出現在眾人眼皮子底下的「主辦者」究竟是誰？他（她）的眞正目的又是什麼？一切全都是謎。

更可怕的是，此人制定的那條「遊戲規則」：後面的故事絕不能和前面的故事有任何構思上的相似，或者劇情上的雷同。聽起來不難做到，但實際情況是：目前講了故事的三個人——尉遲成、徐文和夏侯申，竟然無一例外地觸犯了規則，並且都是以根本無法想像的方式犯了規！

第一天晚上講故事的尉遲成已經變成了一具冷冰冰的屍體，以最恐怖的方式「出局」了。餘下兩個犯規的人，雖然目前還活著，但不用想也知道，他們會緊張恐懼成什麼模樣。

通過已經發生的所有事情來看，這位神秘的主辦者，如果不是一個擁有鬼神般魔力的超能力者，那就必然是一個具有高智商、無比縝密的心思和殘忍性格的危險角色。不管是對於南天，還是另外幾位懸疑小說作家，這個主辦者都稱得上是他們這一生中遭遇的最強勁對手，生命裡最大的挑戰。

想到這裡，南天居然興奮起來，甚至熱血沸騰，而這種情緒，恰是讓他感到驚訝的第二件事。

按理說，以他現在這樣的狀況，心中應該充滿了恐懼、壓抑和無奈才對，為什麼——這點他自己怎麼也想不通——更多的是激動、興奮，甚至……還有些許期待？

其他人會不會也有這種情緒？還是只有我才是這樣？南天不得而知。但不論如何，面對這場具有無比挑戰性和刺激性的遊戲，我一定會全力以赴，我要贏！不僅是為了擺脫困境，逃出生天，也為了證明自己。

想到這裡，他看了一眼那些記錄在紙上的故事構思——也為了這些絕妙的故事，為了我的智慧和才華。

他想得入神，連叩門的聲音都沒能干擾思緒。直到那人加大了力度，他才發現有人敲門。

「是誰？」南天警覺地問道，站起身來。

「我是龍馬。」

判斷了一下，的確是龍馬的聲音，他將房門打開。

「吃晚飯的時間到了。」龍馬站在門口，「咱們去大廳集合吧。」

南天看了一眼手腕上的電子錶，差十分鐘到六點，心中咯噔一下——「遊戲」的時刻又要到了，今晚輪到誰？

「今天我們要早一點兒下去。」龍馬又說。

「爲什麼？」

「你忘了嗎？我們還沒給『謎夢』這個故事評分。」

南天唔了一聲，想起來了，今天早上他們聚集在一起，本來打算給夏侯申昨晚講的這個故事評分，卻發生了令人意想不到的驚悚事件。之後夏侯申失魂落魄地回到房間，屋門緊閉，其餘人的心頭也被陰雲籠罩，暫時沒有提到評分這件事。現在過了幾個小時，大家的情緒顯然稍微平息了一些，意識到不管怎樣，遊戲還是得繼續進行下去。他們沒有選擇，從一開始就沒有。

南天走出房門，從二樓往下俯視，一樓大廳裡，已經聚集了八、九個人。令他感到詫異的是，之前宣佈不繼續參加遊戲的徐文也在下面。

南天大感好奇，「徐文先生不是說他不想參加了嗎？怎麼又下來了？」

龍馬說：「你想，他昨晚沒有下來聽夏侯申講『謎夢』，結果就爲自己惹上了麻煩，陷入不利的局面。他肯定不想再引起任何懷疑和誤會，只有繼續參加。」

「這是個無法逃避的遊戲。」南天歎息，「無人能全身而退。」

02

兩個人順著樓梯走到一樓，之後千秋和暗火也從樓上下來，活著的十三個人再次聚齊。大家好像還沉浸在早晨的驚恐和緊張氣氛中，彼此之間沒怎麼說話，只是默默地到櫃子那裡去拿東西吃。

南天拿了一袋麵包和一瓶純淨水，只想把肚子填飽就夠了。

剛咬幾口麵包，紗嘉向他走過來，手中托著一個打開了的沙丁魚罐頭，對他道：「來點兒魚肉吧。」

「謝謝。」南天禮貌地道謝，但沒有接過罐頭，「我吃麵包就行了。」

「這樣會營養不良的。」

這種時候誰還顧得上營養？南天苦笑了一下，指了指背對著他們縮在角落裡的夏侯申，「我沒問題的，倒是夏侯先生更值得擔心。妳看，他什麼吃的都沒拿，只喝了點兒水，看起來一點食欲都沒有的樣子。紗嘉，妳不如勸他把這罐頭給吃了。」

紗嘉執著地托著沙丁魚罐頭，顯得有些不悅，「我管不了所有的人……我希望你把它吃了。」

南天不是木頭，其實他之前就有所察覺，紗嘉似乎對自己有些好感，總是格外照顧自己。見她如此堅持，也就不再推託，接了過來，「好吧，謝謝。」

紗嘉滿意地轉身走了。嘴上說顧不了所有的人，還是去櫃子裡拿了一些食物，走到夏侯中身旁去，但遭到婉拒。早上的事情對他的打擊非同小可。

南天一邊吃東西，一邊暗中觀察大廳裡的每一個人。主辦者就在其中，就在眼前！此刻正和他們一起若無其事地吃著東西！想到這個，真是心癢難耐，偏偏無能為力。

大概六點二十分時，大家進餐完畢，陸續坐到了大廳裡的那一圈皮椅上，位置和之前一樣，似乎每個人的座位已經固定下來了。

荒木舟清了清嗓子說：「今晚的故事開講之前，我們得先為昨晚夏侯中講的『謎夢』評分。至於之前探討的，關於故事真實性的問題，我想也沒有必要再追究了。認為是真的，就當作是真的；不相信的，就當作是虛構的故事好了。」他望向旁邊的中年男人，「夏侯先生，你沒意見吧？」

「隨便你們。」夏侯中有氣無力地說。看得出來，他對於自己的分數已經不那麼關心了。他現在最在意的不是能不能贏，而是能不能活——活著離開這裡。

「好，我們開始評分。」荒木舟說。

和前幾次一樣，還是北斗從櫃子裡拿出簽字筆和白紙，挨著分發給眾人。龍馬已經將謎夢這個故事轉述給了昨晚沒有到場的徐文聽，他也參與了評分。

十二位懸疑小說作家所評的分數由龍馬和北斗負責統計，眾目睽睽之下，他們計算出了「謎夢」最後得到的平均分數——八．四分。

夏侯申悶哼一聲，明顯對這個結果不甚滿意，但沒有多說什麼。

南天在紙上默默記下已知的分數：

第一天晚上的尉遲成（已經死亡）：八．八分。

第二天晚上的徐文：八．七分。

第三天晚上的夏侯申：八．四分。

接近七點鐘，在場人的目光都投向了今晚要講故事的人——萊克。

萊克眉頭緊鎖，臉色發白，顯得有些緊張和焦慮。這也難怪，前面講故事的三個人無一例外地違反了「遊戲規則」，他又怎能保持從容不迫？

白鯨見他一副心神不定的樣子，不禁替他擔心，問道：「萊克，你想好故事了嗎？」

萊克抬起頭來望著白鯨，所有人也在同時望著他。他將眾人掃視一遍，說出了令人感到意外的話：「我……還沒有想好。」

「什麼？」龍馬大吃一驚，看了一下手錶。「還差五分鐘就到七點鐘了，你還沒準備好要講什麼故事？」

「你不會是想棄權吧？」荒木舟瞪著他。

「不，我不是這個意思。」萊克收緊下顎，「我準備了一個故事……我說沒想好的意思是，這個故事的結局，包括中間的一些情節，還沒有完全預想好。只能在一會兒開始講之後，做即興的創作和補完……」

在場人都為之愕然。長相英俊的「偶像作家」歌特將細長的手指放到唇邊，擔憂地問：「你就不怕即興創作導致瓶頸或破綻出現，最後難以自圓其說？」

萊克沒有回答，嘴唇咬得死緊。

「算了，我們別給他製造壓力了。」北斗用同情的口吻說：「想想看，要在這麼短的時間內構思出一個精采的懸疑故事，還要保證不與之前的故事重複，本來就是件很有難度的事。換成是我，也有可能想不完整。萊克，你別慌，慢慢把故事講清楚，儘量發揮好些就行了。」

北斗說罷，坐在他斜對面的克里斯忽然噗嗤一聲笑了出來。

所有目光頓時都聚集過去。

千秋以一種嫵媚的聲調問道：「小天才，你笑什麼？」

克里斯臉上掛著一絲精明的淺笑。「你們以為萊克是沒有能力將故事構思完整嗎？那也未免太天真了吧。」

大家都愣了一下，包括萊克本人。紗嘉納悶地問：「那你的意思是什麼？他故意不把故事想完整？」

克里斯盯視著萊克，「你說呢？萊克，我猜得對嗎？」

萊克嘴唇微張，直視著克里斯，沒有說話。

北斗覺得他們好像在打啞謎，令他大惑不解，「到底什麼意思啊？你們能不能說明白？萊克為什麼要故意不把故事想完整？這樣做有意義嗎？」

克里斯見萊克不吭聲，便逕自解釋起來，「讓我來替他說明一下。之前講故事的三個人，都是事先將故事全部想好，講完之後，卻發現此前身邊已經發生了和自己所講的故事類似的事。」

聽到這裡，夏侯申和徐文同時打了個冷顫，瞪大雙眼望著克里斯，顯得驚恐無比。

天才少年繼續道：「所以，萊克想出了一個方法，那就是——連他本人都不知道所講故事的部分具體情節與結局！這樣一來，恐怕連神仙都難以猜到他的想法。他認為，透過這種方法，可以避免故事和現實經歷出現雷同。」

在場眾人都被這番解釋震驚得許久沒說出話來。沉寂良久後，歌特駭異地問道：「照你這麼說，即便只是我們心中設想的東西，都有可能洩漏出來？若真是這樣，『主辦者』到底是何方神聖？」

這個問題沒有人能回答，北斗急切地拋出另一個疑問：「萊克，你真是這樣想的嗎？」

萊克不再隱藏內心的想法了，點頭承認道：「沒錯，我就是這麼打算的。」他有些佩服地望向克里斯，「不愧是智商過人的天才少年，竟然連我的這種心思都能洞察到。」

「過獎了。你能想出這樣的方法，並且有膽量和能力做挑戰，證明你也不是普通人。」克里斯的話頗有些意味深長，「如果不是因爲這個，大概我們都不會發現，一直沒沒無聞的你，其實不是平庸之輩。」

誰都聽出了這番話中強烈的暗示性，懷疑的目光登時像聚光燈一樣射向萊克。他立刻變得有點不自然，不安地扭動著身子，不敢與任何人對視：「你這麼說……是什麼意思？你該不會懷疑我是……」

這當口，突然有人將話鋒一轉，直指克里斯，「爲什麼你這麼了解萊克？你和他只不過認識了三天，怎麼能猜透他心中所想？」

發話者是南天。

克里斯一愣，顯然沒想到狀況逆轉得如此之快，大夥的視線又集中在了他身上。但他沒有表現出窘迫，平靜地回答道：「這不奇怪，我以前看過萊克寫的一本書，名字叫做《暗塵》。當時我就知道，這個作者必定不簡單，不是泛泛之輩。」

「爲什麼你一開始不說？」南天問：「你爲什麼不告訴萊克，你以前看過他的書？」

「有這種必要嗎？」克里斯反問：「我爲什麼一定要說？」

「你看過這裡其他作者的書嗎？」荒木舟瞇起眼睛，以一種近乎審訊的口吻問道：「你對我們是不是都很了解？」

克里斯搖了搖頭，淡淡一笑，「眞沒想到啊，居然審問到我頭上來了。在場諸位很多都是有名氣與影響力的知名作家，我看過你們的作品，這很奇怪嗎？想必你們也看過其他人的作品。以這一點作爲判斷『主辦者』的理由，未免太牽強了。」

「克里斯，我只是問你爲什麼會這麼了解萊克，沒說懷疑你是主辦者，你不用這麼敏感。」南天說。

克里斯聳了聳肩膀，「但荒木舟先生好像有這個意思，我不得不做點解釋。」

這時，龍馬看了一下手錶，提醒道：「已經七點過五分了，不管怎麼樣，先聽萊克講他的故事吧。」

「你有把握嗎？」暗火問。

「我相信自己的能力。」萊克說：「不瞞你們說，我從小就有即興創作故事的能力。就算讓我臨時編一個，也不會覺得有多爲難。況且這個故事我多少還是構思了一下的，是一個恐怖氣息比較重的懸疑故事，相信不會讓大家失望。」

克里斯的嘴角掠過一絲難以捉摸的淺笑。

萊克開始講了，「這個故事的名字叫做『靈媒』……」

第四天晚上的故事：

靈 媒

回想起來，其實我從一開始就已經意識到了不對勁，只是當時沒有重視。

我也根本不可能想到，這小小的「不對勁」，竟然會是後面那一連串恐怖事件的開端……

——季寧日記

1

第一天上午

季寧的媽媽在廚房裡做午飯，門鈴響的時候，她剛好在切豬肉，滿手油膩，只有朝兒子的房間喊道：「季寧，你去開門！」

即將升上高三的季寧正享受著暑假難得的清閒，有些不耐煩地歎了口氣，跟視訊聊天的對象說了聲等一下，起身走到客廳去，把門打開。

清脆的聲音和門口的小傢伙一齊跳進來，「季寧表哥！」

他愣了一下，隨即哈哈笑道：「豆豆！」

「什麼？豆豆來了？」季寧的媽媽聞聲，連忙拿抹布擦了擦手，從廚房走出來。

小傢伙看到她，大聲叫道：「姨媽！」

「哎，豆豆乖啊！」她衝著甥兒笑了笑，眼睛望向門口，「你媽媽呢？在後面嗎？」

豆豆朝客廳走去，把隨身背著的一個背包解下來，放在沙發上，「媽媽沒來，我是一個人來的。」

「什麼？」季寧的媽媽驚訝地張大了嘴，「你一個人來的？不會吧？」

她快步走向門口，朝外面打量，確實沒瞧見豆豆的媽媽，忍不住滿臉狐疑地詢問七歲大的侄兒，「豆豆，這是怎麼回事？」

「姨媽，我渴死了，先倒杯水給我喝吧。」豆豆吐著舌頭說。

季寧和媽媽這才注意到小傢伙一臉通紅、滿頭大汗，顯然是在這大熱的天從車站直接走過來的。

媽媽趕緊去拿杯子倒水，季寧說了聲不用，從冰箱裡拿出一罐可樂遞過去。豆豆拉開拉環，咕嚕咕嚕一口氣喝下半罐，用手背一抹嘴，「眞舒服！」

媽媽蹲在豆豆面前，用帶著疑惑和焦慮的口氣問道：「豆豆，你告訴姨媽，你怎麼會一個人來呢？不會是家裡出什麼事了吧？」

豆豆搖頭，「沒有啊，媽媽說我長大了，可以一個人坐車到城裡來，把我送上車之後就回去了。」

媽媽還是一臉懷疑，「是嗎？就算是這樣，她總該事先跟我打個電話。」

季寧說：「媽，妳打電話問問小姨吧。」

媽媽皺著眉說：「你小姨家那麼偏遠，沒有電話，只能打到村委會的傳達室去，請他們幫忙喊人過來，怪麻煩的。」停頓片刻，又自言自語道，「不過必須打電話問問清楚。」說完走到客廳的電話旁邊，拿起話筒，按下一串數字。

豆豆拉著季寧的手，兩眼放光，「表哥，你的電腦又裝了什麼新遊戲沒有？」

季寧用手指刮了一下表弟的鼻子，「就知道你想著這個，走吧，到我房間來。」

「好耶！」豆豆像泥鰍一樣從沙發上滑下來，拍著手衝向表哥的房間。

季寧搶先走到電腦前面，跟視訊的對象說了聲下次再聊，然後把聊天軟體關了，指著電腦桌面上的幾個小圖示，「這些都是新安裝的遊戲，你自己看看喜歡玩哪個。」

「太好了！」豆豆用滑鼠點開其中一個遊戲，立刻沉迷其中。

季寧坐在一旁看他玩，不時教他一下。這麼過了十來分鐘，媽媽走到房間門口，對兒子招了下手，低聲道：「季寧，你過來。」

母子倆走進飯廳，季寧見媽媽蹙著眉頭，小聲地問道：「怎麼了？找到小姨了嗎？不會眞出什麼事了吧？」

「你小姨來接了電話，我問她，她說想鍛鍊一下豆豆，就讓他一個人搭長途客運到我們這裡來。但是……」媽媽遲疑地道：「我覺得有點不對勁……」

「怎麼不對勁？」

媽媽瞥了一眼季寧房間裡的豆豆，壓低了聲音，「你小姨家的情況你又不是不知道，母子倆相依爲命，你小姨把這個兒子看得比什麼都重要。以前來城裡玩，就連上街買個小東西，她都一刻不停地牽著豆豆的手，生怕他跑丟了，或是出點什麼意外。這次她竟然放心讓豆豆一個人出遠門，不奇怪嗎？」

聽著媽媽這番話，季寧感到這事確實有幾分不尋常，也想起了小姨的不幸遭遇。

小姨一直住在老家，一座偏遠的山村裡，二十三歲那年和同村的小姨父結婚。他們沒什麼錢，靠微薄的收入維持一個家，但這絲毫不影響兩人擁有快樂和幸福。兒子降臨之後，溫暖的小巢更是美滿。沒有想到，豆豆快滿一歲時，發生了怪事——小姨父在某一天莫名其妙地「消失」。小姨把全村甚至全縣都找了個遍，卻是一無所獲。小姨父就像是露珠一樣蒸發了。這起神秘的失蹤案，直到現在都是個謎。

之後，小姨幾乎想浪跡天涯，把整個世界都尋個遍。但最終，為了兒子，她活著僅存的意義，她妥協了，沒有再浪費時間精力去進行無意義的尋找。但誰都曉得，在小姨的生命裡，每一天，乃至每一分每一秒，都盼望著奇蹟的降臨——有一天，心愛的丈夫會出現在門口，回到她身邊。但這一盼，換來的就是整整六年的失望。

想到這裡，季寧覺得鼻子有些發酸。望向媽媽，她也是神情哀切，顯然同樣陷入了往事。

季寧深呼吸一口，「媽，妳覺得這是怎麼回事？」

媽媽神思惘然地晃了晃腦袋，好幾秒後，才從酸楚的回憶中走出來，「我不知道，就是感覺有點奇怪。」

季寧安慰母親，「也許我們想多了。豆豆現在都七歲了，小姨可能真的是想磨練他。我看過一個電視節目，讓四歲的小孩單獨坐飛機到另一個城市去找父母呢，相比起來，這就不算什麼了。」

「也許吧。」媽媽微微點頭，舒了口氣，「好了，我去加兩個菜，多做幾樣好吃的。你讓豆豆去洗個澡，然後帶他到樓上見你外婆。豆豆來了，她肯定高興。」

季寧點頭，朝房間走去。

2 第二天中午

豆豆洗完澡，季寧帶著他上樓。

季寧家是兩層樓的獨棟，樓上樓下加起來共有六十幾坪，空間不小。季寧住樓下，二樓的兩間臥室分別是他的爸媽和外婆的房間。外婆高齡七十，兩年前中過風，導致一條腿無法行走，只能靠拐杖或輪椅行動，平時幾乎都待在房間裡。

季寧跟外婆的感情很好，在他的記憶中，外婆一直很疼自己。當然，也疼愛豆豆這個機靈的小外孫。

「外婆！外婆！」豆豆一路叫著跑到外婆床前，像一隻興高采烈的小狗。

「喲，這不是豆豆嗎？什麼時候來的？」外婆高興地笑開了花，季寧趕緊扶她坐直身子。

「剛剛才到。」豆豆說：「我還洗了個澡呢！」

「嗯，怪不得這麼香。」外婆捏了捏他肉嘟嘟的小手臂，「你媽呢？她怎麼不上來看我？」

「我媽媽沒來，我一個人來的。」豆豆的語氣充滿自豪。

「什麼？你媽沒送你來？」外婆的反應跟媽媽完全一樣。季寧只得解釋道，小姨想鍛鍊豆豆，讓他學著獨立。

「你小姨還真放心得下啊！」外婆頗為不滿，「她就不怕我的小乖孫被人拐跑了？」

「外婆！」豆豆嘟嘴，「我不是小孩子了，我都快八歲了！」

「是，是，豆豆長大了，是小男子漢了。」外婆又呵呵地笑起來，乾枯的手疼愛地撫摸著小外孫稚嫩的臉頰，歎了口氣，「可惜啊，外婆現在老了，不能帶你出去玩了。」說著，她伸手到枕頭底下摸出一個小包，從裡面拿出幾百塊錢，遞給小外孫。「拿著，豆豆，讓你季寧表哥下午帶你出去玩。」

如果是以前，豆豆會爽快地接過去，然後喊幾聲謝謝外婆。但這次，他竟然像個懂事的小大人，擺擺手道：「不用了，我有零用錢。」

「唷，我的小外孫都會說客氣話了。」外婆笑著把錢推過去，「拿著吧，跟外婆客氣什麼？你有多少零用錢呀？」

豆豆像是被小看了一樣，紅著臉說：「我真的有！不信我拿給你們瞧瞧！」說著，從褲子口袋內側的一個暗袋裡摸出一小疊鈔票，揮了揮，「怎麼樣？沒騙你們吧？」

季寧和外婆驚訝地望著他手中的錢。「給表哥看看！」前者迅速把那疊鈔票抽過來，全都是千元鈔，數了一下，竟然有六張。

外婆愣然地望著小外孫，「豆豆，告訴外婆，你哪兒來的這麼多錢啊？」

「媽媽給我的零用錢。」豆豆十分得意。

「你媽媽……給你這麼多零用錢？」季寧張大了嘴。他知道，小姨在老家種蔬菜，低價賣給城裡的販子，生活清苦，一個月的收入往往就只有幾千塊，所以媽媽時不時地會匯些錢去資助她。現在豆豆手裡拿著的六千塊錢，對小姨家來說，無異於一筆鉅款。

外婆盯著豆豆，表情漸漸變得嚴峻，喃喃道：「你媽，她……」只說了三個字就打住，沒有再往下說。

這時，樓下傳來媽媽的聲音，「季寧、豆豆，吃飯了！」

季寧把鈔票塞回豆豆的口袋，叮囑一句，「別弄丟了。」然後對外婆說：「我們下去吃飯了，外婆，一會兒給您端上來。」

「唔，好……」外婆顯得若有所思。

下樓之後，季寧看到爸爸也回來了，豆豆活潑地喊著姨父。一家人說說笑笑地坐上餐桌。

吃飯的時候，季寧媽媽不停地給豆豆夾菜。小傢伙顯然好久沒吃到這麼豐盛可口的飯菜了，狼吞虎嚥、大快朵頤。媽媽在一邊看著，鼻子又有些酸。目光一動，注意到豆豆身上穿的背心爛了好幾個小洞，那條短褲也早就洗得又垮又舊，幾乎看不出本來的顏色，頓時整個眼眶都紅了，一邊繼續幫豆豆夾菜，一邊說：「下午姨媽去給你買幾套新衣服，然後讓表哥帶你去遊樂場玩。」

「謝謝姨媽！」豆豆嘟囔著說，嘴裡塞滿了食物。

「豆豆，告訴姨媽，還想要什麼？姨媽都買給你。」

豆豆嚼著飯菜想了想，「姨媽，我想畫畫，幫我買些畫畫的紙和顏料好不好？」

「沒問題。」季寧的媽媽又給他夾了一塊肉。

吃完了飯，豆豆又跑進季寧的房間玩電腦。媽媽把季寧拉到廚房，塞給他兩千塊錢，「這錢你拿著，下午帶豆豆去玩。」

季寧小聲地道：「我正想跟妳說呢，吃飯前外婆也拿錢給豆豆，想不到他說他有錢，居然從口袋裡摸出了六千塊。」

「什麼？六千塊？」媽媽驚訝地瞪大了眼睛，「他怎麼會有這麼多錢？」

「說是小姨給他的零用錢。」

「不可能！」媽媽斷然否決，「你小姨的經濟狀況我太清楚了，怎麼可能拿這麼多錢給孩子？」

「小姨不會是發了什麼橫財吧？中了樂透什麼的。」季寧猜測。

媽媽連連搖頭，「他們住的那個地方，連彩券行都沒有，買什麼樂透？再說，你小姨也不是有閒錢買樂透的人。」

「那到底是怎麼回事？」季寧納悶了。

媽媽皺著眉頭，「豆豆這次來，實在有些蹊蹺。」

正想著，就聽豆豆在房間裡高聲喊道：「表哥，這個遊戲怎麼玩啊？」

「你去陪他吧。」媽媽說：「讓我好好想想。」

3

第一天下午

其實，季寧今天下午已經約了人出去玩，就是豆豆來之前與他視訊聊天的女孩——班上的女同學，也是他瞞著父母交的女朋友。現在情況有變，只能打電話跟對方說，下午要陪表弟去遊樂場，沒法約會了。沒想到，女友竟然願意跟他們一起去遊樂場玩，季寧只有答應。

下午兩點，季寧帶著豆豆出門，走過幾條街，在一個小社區的門口，看到了等在那裡的女朋友筱凡。

筱凡穿著一身漂亮的白底藍花連身裙，整個人顯得青春靚麗、落落大方。剛一走過來，豆豆就指著她說：「大姐姐，我見過妳！」

「哦？」筱凡有些詫異，「是嗎？在那裡？」

「在我表哥的電腦裡，我看見妳的臉了，還聽到妳說話。」

筱凡咯咯地笑，對季寧說：「這就是你表弟豆豆吧？真逗。」

季寧點了下頭，對表弟說：「豆豆，你要喊人家筱凡姐姐。」

「筱凡姐姐！」豆豆聽話地喊了一聲，然後問了一句，「妳和我表哥在談戀愛，對嗎？」

「豆豆！」季寧的臉紅了，「別瞎說。」

筱凡哈哈大笑起來，「你這個人小鬼大的傢伙！季寧，我看咱們就不用裝了，瞞不過你這個機靈鬼表弟的。」

季寧無奈地歎了口氣，蹲下身子說：「豆豆，你可不要告訴你姨父姨媽呀，我不想讓他們管這件事，明白嗎？」

豆豆像個小大人一樣理解地點著頭，「放心吧，表哥，這是我們之間的秘密。」那副認眞的模樣，惹得筱凡又是一陣大笑。

「走吧，去遊樂場！」季寧和筱凡一起牽著豆豆的手，招了一輛計程車。

進了遊樂場，季寧幫豆豆買了一張通票，可以玩遍所有設施。他玩得過癮極了，好似從來沒這麼開心過。季寧和筱凡光是站在旁邊看，都情不自禁地被他的快樂感染。

等豆豆挨著把每個遊樂器材都玩過，已經五點半了。離開遊樂場，筱凡提議去附近喝冷飲。

找了一家冰品飲料店，三個人各點了一杯果汁，筱凡又點了一份香蕉船。季寧正要付錢，豆豆搶先從褲子口袋裡摸出鈔票，遞給服務生，「表哥，你請我去遊樂場玩，我請你們喝飲料。」

季寧本想說怎麼能讓你付錢呢，筱凡卻讚歎道：「豆豆，看不出來你這麼有錢，而且夠大方，眞像個小男子漢！」

「那當然。」豆豆昂起頭。

季寧不好再說什麼，默不做聲地喝著飲料，想起小姨家的拮据狀況，心裡有些不是滋味。

豆豆那杯果汁被他一口氣喝完，雙眼盯住筱凡的香蕉船，「筱凡姐姐，這個……好吃嗎？」

筱凡看見豆豆的眼神，馬上就明白了，把香蕉船推到他面前，「當然了，你嚐嚐。」

豆豆用小湯匙舀起一口冰淇淋，送進嘴裡，「哇！眞好吃！」

「那我再給你買一份。」季寧說。

「不用了。」筱凡阻止他，「一份夠多了，我和豆豆一起吃就好了。豆豆，你請我喝飲料，姐姐一會兒請你去美食街吃烤肉串，怎麼樣？」

「好啊！好啊！」豆豆高興得直拍手，「城裡就是好，有這麼多好吃好玩的東西，比我們那裡好多了。」

筱凡笑著問：「你們那裡是哪兒呀？」

「礦石村。」豆豆回答。

筱凡愣了一下，隨即又問：「你叫什麼名字？」

「豆豆。」

「這是小名吧，本名呢？」

「徐瑞。不過，大家都喜歡喊我『豆豆』。」

聽到這句話，筱凡怔住了，臉上的笑容慢慢凝滯。

豆豆埋著頭猛吃香蕉船，只有季寧注意到了女友的表情變化，「筱凡，妳怎麼了？」

「唔……」筱凡轉過臉來，望著季寧，神態顯得有些不自然，「沒……沒什麼。」

季寧皺起眉頭。

豆豆沒察覺到有任何不對，興高采烈地把香蕉船吃了一大半，有些不好意思地推到筱凡面前，「筱凡姐姐，不好意思，我都快吃完了。」

筱凡努力地擠出一絲僵硬的笑容，「沒關係，你吃。」

「眞的嗎？那……那我就吃掉了喔！」豆豆把香蕉船拖回來，繼續奮鬥。

筱凡看了下手錶，對季寧說：「對了，我忽然想起來，晚上還有點事，咱們等會兒就回去吧。」

季寧不解，「剛才不是還說要帶豆豆去美食街嗎？怎麼突然又有事了？」

「是啊……不好意思，我現在才想起來。」筱凡面露尷尬之色，「豆豆，姐姐下次再請你吃小吃，好嗎？」

「好！」豆豆三兩下把香蕉船吃得乾乾淨淨，拿手抹了抹嘴。

三個人出了冷飲店，筱凡立刻招了輛車。坐在車裡，她沒怎麼說話，直開到她家的路口，才匆匆跟季寧兩人道了聲再見，下車離去。

這是怎麼了？季寧望著她的背影，滿心迷茫。

4

第二天夜晚

吃完晚飯，季寧的媽媽把一套漂亮且齊全的繪畫用具送給豆豆。

小傢伙看樣子很喜歡畫畫，高興得馬上就想畫，但被催著去洗了個澡，然後換上新買的小T恤、短褲和運動鞋。

從頭到腳煥然一新的豆豆彷彿變成了時尚的小帥哥，一點都不像鄉下來的孩子了。

大家都集中在客廳裡，評價著豆豆的新形象。外婆坐在輪椅上，笑得合不攏嘴，「我的小外孫啊，看著比哪一家的孩子都要可愛！」

豆豆自己也高興得不得了，穿著新衣服又蹦又跳，還臭美地拿起梳子對著鏡子梳了個新髮型，引得衆人開懷大笑。

豆豆跑到季寧身邊，「表哥，你有照相機嗎？幫我照張相吧！」

季寧逗他，「幹什麼？你還要發到網路上去參加選秀啊？」

豆豆不好意思地抓抓頭，「我想……等我回去之後拿給媽媽看。」

聞言，幾人先是一愣，然後季寧的爸爸道：「豆豆，等你回去了，你媽媽哪裡還用得著看照片？直接看你不就行了。」

豆豆呆呆地站在那裡，「哦……」

「這孩子，高興過頭了吧？都犯糊塗了。」季寧的媽媽笑道。

這時，季寧聽到一陣若有似無的聲音，像是誰在唱歌。起先以爲是電視節目的聲音，後來發現電視裡播的節目跟這歌聲完全不挨邊兒，不禁問道：「你們聽到了什麼聲音沒有？」

「我也聽到了，好像有誰在唱歌。」爸爸拿起遙控器，把電視轉成靜音。

客廳裡驟然安靜下來，這一下，他們都清楚地聽見一陣輕柔的歌聲：「拉大鋸，扯大鋸，姥姥家，唱大戲。接閨女，請女婿，小外孫子也要去……小氣鬼，喝涼水，砸破了缸，喝不到水，討了老婆吊死鬼，生個孩子一條腿……」

這是一個女人在唱兒歌，聲音柔如飄雪，聽起來似乎帶些幽怨，而且……有種熟悉感。

季寧的媽媽一下叫了出來，「哎呀，這不是慧雲（豆豆的媽媽）的聲音嗎？」

這一提醒，大家都聽出來了，感覺詭異莫名。

幾秒鐘後，豆豆想起了什麼，大叫道：「是媽媽！媽媽打電話來了！」

其他人還沒反應過來，小傢伙已經快步朝廁所衝去。季寧和媽媽跟過去，就見豆豆從換下來的短褲口袋裡摸出一支手機，歌聲正是從這裡發出來的。

豆豆按下接聽鍵，歌聲停止，他拿著手機高興地喊道：「媽媽！媽媽！」

爸爸也走了過來，看到豆豆在接電話，鬆了口氣，「原來是慧雲把自己唱的兒歌錄下來，設成了鈴聲。」

豆豆一邊接電話，一邊往外走，「嗯，我知道……我會聽姨父姨媽的話……媽媽，姨媽買了新衣服給我，表哥下午還帶我去遊樂場玩呢……」

電話那頭不知道說了些什麼，好幾分鐘後，他回道：「媽媽，我會乖的，妳不要哭。」

幾人的目光都聚集過去。

豆豆又凝神聽了幾分鐘，不知道是在應允什麼事，「知道了，媽媽，我答應妳……嗯，再見，記得以後每天晚上都要打電話給我哦。」

聽著好像是準備結束通話了，外婆驀地喊了一聲，「豆豆，把電話給我，我要跟你媽媽說話。」

「哦，好。媽媽，外婆說她……」豆豆話沒說完就停了下來，愣了愣，慢慢地放下手機，「媽媽掛掉電話了。」

外婆有些惱火，「她是故意不跟我說話嗎？」

季寧的媽媽趕緊道：「媽，怎麼會呢？慧雲肯定是沒聽見。」

「那妳現在再打過去，說我找她。」

「媽，妳忘了啊？慧雲家裡沒有電話，她可能是到村口的公共電話那裡打的。我要找她，得打到村委會的傳達室去，他們再喊人來接聽，很麻煩的。」

外婆把頭扭過去，不再說話。

季寧的媽媽忽然想起了什麼，「豆豆，這手機是誰的呀？」

「我的。」豆豆說。

「你的？你媽媽買的？」

豆豆點頭，「嗯，上個星期媽媽專門給我買的。」

媽媽難以置信地回頭望著爸爸，「眞是怪了，慧雲家裡都沒裝電話，卻給豆豆買了手機——有必要嗎？這麼小的孩子，用手機幹什麼？」

豆豆主動解釋道：「媽媽說，我有了手機，以後她如果想我，隨時都可以打電話給我。」

外婆的臉又轉了過來，皺眉望著豆豆。

媽媽和爸爸對視一眼，問道：「豆豆，你不是一直在你媽媽身邊嗎？她幹嘛要跟你打電話？」

「我現在就沒在她身邊啊！」

「可是你在我們家，如果你媽媽想你，打我們家的電話不就行了？爲什麼非得要買個手機，然後打給你？」

豆豆不吭聲了。

沉默片刻，季寧的媽媽忍不住又問：「豆豆，你是不是沒有跟我們說實話？你媽媽給你這麼多錢，又買手機，到底是爲什麼？」

「我不知道……」豆豆的聲音很輕。

外婆問道：「豆豆，你媽媽在電話裡跟你說了些什麼？」

「沒說什麼，她就是跟我說，要我聽話，不要調皮，還說……」

「還說什麼？」

豆豆笑起來，「媽媽還說，她好愛好愛我。」

「你媽媽剛才哭了？」季寧媽媽問。

豆豆點頭。

「她為什麼要哭？」

「我不知道。」豆豆低下頭。

季寧的爸爸說：「也許是慧雲從來沒跟孩子分開過，一時不適應，想孩子了，沒什麼大不了的。」

「也許吧。」媽媽緩緩頷首。

「沒事了，看電視吧。」爸爸拿起遙控器，準備把聲音打開。

「等一下！」外婆喊了一聲，自己控制著輪椅來到豆豆身邊，雙眼定定地凝視他，「豆豆，外婆再問你一件事。手機裡那首歌，是你媽媽唱的吧？」

「嗯，媽媽經常在我睡覺的時候唱給我聽。」

「她為什麼要把它錄到手機裡？」

「媽媽說，這樣一來，就算她以後不在我身邊，我也能聽到她的聲音。」

外婆的臉慢慢地轉向別處。

季寧的媽媽走到母親身邊，輕聲問道：「媽，怎麼了？」

外婆的嘴唇一張一闔，許久沒有發出聲音，好一會兒後，才道：「慧晴（季寧媽媽的名字），送我回房間去吧，我想睡了。」

「唉，好的。」媽媽轉身對爸爸說：「來幫忙，媽想回房間休息了。」

爸爸趕緊過去，兩人一起把外婆從輪椅上抱下來，再小心地送她上樓。

過了一會兒，媽媽下樓來安排道：「季寧，晚上你就跟豆豆一起睡。」

「沒問題。」季寧應了一聲，看了一眼旁邊的豆豆，他雙眼無神地注視地面，不知是在發呆，還是在想著什麼。

自從豆豆接了小姨那通電話，家裡就瀰漫著一種怪異的氣氛。事實上……季寧想著，今天一整天都有些怪怪的，到底是怎麼回事？

此時的他不知道，這一天發生的事情都是先兆，真正可怕的變故，將在此後接踵而至。

5

第三天早晨

因為豆豆來了，季寧的媽媽把早餐做得格外豐富：牛奶、麵包、瘦肉粥，還有煎蛋和火腿，滿滿的一桌。季寧和爸爸、豆豆一起坐在餐桌前吃早餐，小傢伙把每樣都吃了個遍。

外婆不方便下樓，季寧的媽媽盛了碗粥，準備給母親端去。這時，客廳裡的電話響了起來。

她放下碗，走過去接起電話，說了聲是的，過了十多秒，驀地驚叫一聲：「什麼？」

季寧和爸爸一齊望過去。

媽媽把身體轉過去，背對餐桌，小聲地說著什麼。季寧注意到，她的肩膀在微微抽搐。

幾分鐘後，媽媽緩緩地放下電話，仍然坐在那裡，背對眾人，雙手抱著肩膀，身體陣陣顫動。

爸爸走過去，小聲問道：「怎麼了？」

媽媽用力抹了兩下臉，分明是在拭擦淚水，回頭瞄了豆豆一眼，嚥了嚥唾沫，深深地吸了口氣。

豆豆正大口大口地吃煎蛋，沒注意到這邊的情況。

媽媽臉色慘白，神色惶惑，而且很明顯的，她在努力控制自己的情緒——直覺告訴季寧，肯定出了什麼大事。

媽媽又深呼吸幾口氣，繃著臉走過來，見豆豆正好吃完，便對他說：「豆豆，外婆還沒吃早飯，你把這碗粥給她送去，然後陪她吃飯，好不好？」

「好。」豆豆聽話地端起餐桌上的粥，往樓上走去。

媽媽對父子倆說，「你們進來一下。」隨即走進季寧的房間。

兩人跟在她身後，爸爸細心地關緊房門，「出什麼事了？」

媽媽控制不住了，坐在床上，捂著臉抽噎起來。爸爸坐過去挽著她的肩膀，神情焦急地再次詢問：「到底怎麼了？」

媽媽低聲啜泣了好一陣子，抬起頭來，一雙發紅的眼睛望著父子倆，極力壓低聲音，「剛才的電話是礦石村的村長打來的，他告訴我……慧雲她……在前天晚上，上吊自殺了……」

季寧的腦袋嗡一聲炸開，震驚得腦子裡一片空白。爸爸也驚呆了，張著嘴，半天說不出話來。

媽媽說完這句話，忍不住掩面痛哭，但沒忘記控制哭聲。

爸爸呆了許久，猛地想起什麼，「前天晚上？慧雲不是還跟豆豆通過電話嗎？」

「村長說，派出所找了法醫來，死亡時間確定是前天晚上。」媽媽流著淚說：「也許，那晚慧雲跟豆豆打完電話，然後就……」

季寧回憶起，前天晚上豆豆接到小姨的電話，說他媽媽哭了，還說好愛好愛他——天哪！那竟然是小姨對兒子的最後告別！

「慧雲爲什麼要自殺？」爸爸疑惑地問。

媽媽哀傷地搖頭，「不知道……村長沒有細說，他叫我今天就趕緊到村裡去一趟，一是處理慧雲的後事，另外還有一些事情要跟我說。」

「我和妳一起去。」爸爸站起來，「我現在就去收拾，馬上就走。」

「等一下！」媽媽叫住他，同時望著季寧，「我得提醒你們，這件事情，只能我們三個人知道，否則恐怕還會出人命。」

季寧一愣，但馬上就懂了。

外婆患有心臟病，醫生交代過，不能受到任何刺激，否則會有生命危險。至於豆豆，母親自殺這種事情，對年幼的他來說太過殘忍了。況且，讓他知道媽媽死了，哭鬧起來，也就等於告訴了外婆。

爸爸也意識到了這個問題的重要性，連聲道：「對、對……這件事不能讓老太太曉得，不然會更糟。」

季寧擔憂地問：「但是，我們能瞞多久？」

「能瞞多久算多久……」媽媽神情哀切，「起碼讓我們先處理完你小姨的後事。」

季寧想了想，「媽，如果妳跟爸爸一起去，外婆可能會生疑。還是這樣吧，我和妳去，爸爸留下來。」

爸爸思索片刻，點著頭對媽媽道：「有道理，就讓季寧陪妳去吧。不過，你們要用什麼理由出門？」

「就說去外地的幾所大學看看環境，如何？前些天吃飯的時候不是才討論過，我以後要讀哪裡的學校嗎？」季寧提議。

「就這麼辦！」爸爸拍板道。

媽媽抽出面紙擦乾眼淚，深呼吸平復情緒，「我們一會兒出房間，絕對別讓豆豆和他外婆察覺到不對勁，裝作沒事一樣。媽媽心思比較細，可別讓她看出破綻來。」

爸爸歎了口氣，「主要是妳，妳別被看出什麼來就行了。」

「我會忍著的。」媽媽站起身，打開房門，三個人走了出去。

豆豆還在樓上的房間裡陪著外婆吃飯，季寧一面聽他向外婆講述昨天從童話書上看到的故事，一面努力調整情緒。

媽媽去廁所洗了把臉，又去房間稍微化了下妝，把哭過的痕跡完全抹去。然後，她跟季寧一起走進外婆的房間，把方才想到的藉口講給母親聽，說可能要在外地待一兩天。外婆倒也沒生疑，只叮囑他們注意安全。

豆豆不希望姨媽和表哥走，但聽姨父講了一通道理，也就懂事地答應，會在家裡好好地陪伴外婆。

交代完一切，母子倆匆匆出門，直奔長途客運站。

6

第三天下午

搭了兩個多小時的客運，季寧和媽媽抵達亦縣縣城。在一家小餐館隨便吃了點兒東西，又坐了四十多分鐘的小巴士，這才進入礦石村。待兩人踏入村委辦公室，已經是下午四點多了。

村長倒了兩杯水給母子倆，坐進一把籐椅裡，歎了口氣，「唉，沒想到會發生這種事，你們節哀啊！」

媽媽顧不上喘息，流著淚急切地問：「村長，你知不知道我妹妹爲什麼會自殺？我的意思是，她在自殺之前，是不是遇上了什麼事？」

「妳也不曉得嗎？」村長詫異地問。

「曉得什麼？」

「慧雲自殺的原因。」

「我怎麼會知道？我要是知道她會自殺，早就趕過來阻止了呀！」

「那倒是……」村長頷首，隨即皺起眉頭，「這就怪了，我把慧雲的鄰居和經常與她接觸的那些人全找來問過了，他們都說想不通這是怎麼回事，連猜都沒法猜出原因。」

沉默了片刻，季寧問道：「村長，我小姨的屍體是誰發現的？」

「住在她家旁邊的陳嬸，今天早上才發現的，嚇壞了。」

「是在什麼情況下發現的？」媽媽問。

村長說：「前天，慧雲死之前，把家裡養的五隻老母雞全送給陳嬸。陳嬸先是感激不盡，過了兩天，覺得有點不對勁，因爲自那以後就沒再瞧見慧雲出門。今天一早，她去敲門，結果在門口聞到一股臭味……」

「臭味？」季寧蹙眉。

村長望了他一眼，「這麼熱的天，屍體在屋裡捂了兩天，能沒味兒嗎？」

季寧的腦海裡浮現一幅畫面：腐敗的屍體懸掛在房樑下，周圍蟲蠅圍繞……他儘量不去聯想小姨的臉，仍然感覺陣陣反胃，險些當場嘔吐。旁邊的媽媽又捂著臉嗚咽起來。

村長站起身，從身後的辦公桌抽屜裡拿出一張紙，遞給季寧的媽媽，「我們在慧雲家發現她留下的遺書，是寫給妳的。我看不懂，妳看看吧，興許妳能知道她寫的這幾句話是啥意思。」

「慧雲她……留了遺書？」媽媽顫抖著接過那張紙，紙上歪歪扭扭的幾行字，的確是可憐的妹妹的筆跡。觸景生情，眼淚登時像絕堤的江水一樣湧出來。

季寧把頭湊過去，遺書的內容映入眼簾。

姐，我知道了一些事，我總算明白豆豆的爸爸去哪兒了，所有的事情我都清楚了。我好害怕，姐，我從來沒有這麼害怕過，但又不敢告訴任何人，只有把這個秘密帶到墳墓裡去。

姐，我只希望以後不要受到打擾，這就足夠了。

雲　絕筆

短短的幾行字，卻喊了三聲「姐」。季寧的媽媽讀來，彷彿妹妹就在自己耳邊呼喊，令她傷心欲絕、肝腸寸斷。

「妳懂得她寫的是什麼吧？」村長問。

媽媽悲哀地搖頭。

「妳也看不懂？」村長大感訝異，「這是慧雲寫給她姐姐，也就是妳的，怎麼連妳也不明白意思呢？妳是她唯一的姐姐嗎？」

媽媽答道：「對，慧雲只有我這一個姐姐。」

村長頓了頓，沉聲歎道：「既然妳都看不明白，那慧雲自殺的原因，就眞的成一個謎了。」

媽媽哽咽著說：「也許……慧雲根本沒打算告訴我們什麼，只是在自殺之前，把心底的不安恐懼傾吐出來罷了。」

季寧疑惑地問：「小姨爲什麼會覺得不安恐懼？」

「我不知道……」媽媽疲憊地捏著眉心，「我現在心裡很亂。」

季寧手指著遺書，「媽，給我看看。」

接過那張紙，他把簡單的幾行文字讀了幾遍，字裡行間透露出來的絕望和恐懼令他打心底升起一股寒意，禁不住打了個冷顫。

這所謂的遺書，透露出很多怪異的信息，令人費解。小姨到底知道了什麼？她又在害怕什麼？

更奇怪的是，她在決定把秘密帶進墳墓之後，爲什麼要說不希望受到打擾？人都死了，還會受到什麼打擾？

季寧竭力思索著，忽然靈光一閃，想到一個問題，「媽，妳有沒有發覺這遺書缺了點什麼？」

「什麼？」媽媽困惑地望著他，「缺了什麼？」

「小姨留下的遺書，竟然一個字都沒有提到豆豆。」

聽到這話，村長也湊過來，「對啊，按道理說，豆豆是慧雲的命根子，她怎麼完全沒跟你們交代一下？話說回來，豆豆現在在哪兒？他知道這事嗎？」

「豆豆在我們家，暫時還沒告訴他這事，怕他接受不了……」媽媽說。

村長點了點頭，「這樣也好，雖然按理說，應該讓這孩子來見他媽媽最後一面，但是……不看也罷，那麼小的孩子，會嚇著的……」

季寧的媽媽像是被提醒了，「村長，我妹妹的屍體，現在停在什麼地方？」

「就停在她家裡。」

「我要去看看她。」媽媽的眼淚淌個不停。

村長搖頭，「我看……要不就算了，你們還是趕緊雇幾個人，把她直接埋葬了吧。」

「怎麼了？我爲什麼不能去看她？」媽媽問。

「不是不能看，只是……」村長面有難色，「慧雲死了兩天了，我們這種鄉下地方，沒法做什麼防腐措施，屍體都腐爛發臭了。我怕你們看了害怕，晚上做惡夢……」

「不，我要再看我妹妹最後一眼。」媽媽堅定地道：「不管她變成了什麼樣子，都是我的親妹妹。」

7 第三天傍晚

眼看著小姨家門口已在不遠，季寧覺得自己的胃又開始翻騰。不知道是不是心理作用，明明隔著好幾米的距離，房門又關著，他卻好像聞到了那股腐屍的氣味。

村長停下了腳步，對季寧的媽媽說：「真的要進去看？打開門後，那臭味可能誰都受不了。」

季寧也勸道：「媽，算了吧。」

「對啊，別去看了，我叫人去備棺材，直接把屍體裝進去下葬吧。」村長再次建議。

季寧的媽媽也有些遲疑，沉吟片刻才道：「我就進去看一眼，馬上出來。」

村長見她仍然堅持，無奈地揮了下手，「妳去看吧，門沒鎖，推開就行了。」

媽媽朝門口走去，季寧快步跟上，「媽，我陪妳。」

「你別去，我自己去看一眼就行了，你在這裡等我。」

季寧停下腳步，眼看著媽媽走到小姨家門口，顫抖著推開那扇虛掩的木門，走了進去。

這次，他實實在在地聞到了那股令人作嘔的臭味。村長忍不住背轉過身，手在鼻子前拚命地搧。季寧想到媽媽此刻竟然還能待在裡面，心緊緊地揪起來。

大概半分鐘後，媽媽臉色鐵青地捂著嘴衝出門，撲到門口的一棵大樹旁，劇烈嘔吐。

季寧趕緊過去幫她捶背，村長快步上前去，帶攏屋門。

狂吐了好一陣子，媽媽又是一陣痛哭。住在周圍的人都出來了，知道這是慧雲的姐姐，都說著安慰的話。一個四十多歲的大嬸也跟著抹眼淚，後來季寧知道，她就是最早發現屍體的陳嬸。

哭了好久好久，媽媽才慢慢地平靜下來。

天色逐漸低沉了，夜幕即將降臨，村長有些著急地說：「慧雲她姐，別傷心了，還是趕緊辦正事吧。天色再暗些，就看不到上山的路了。」

媽媽抬起頭，眼中充滿了哀傷，「村長，我一天靈都沒跟我妹妹守，就這樣把她下葬了？」

村長焦急地拍了下腿，「情況特殊啊，不能再按那套老規矩來了。現在正是一年中最熱的幾天，而且屍體已經放了兩天，要是再等到明天早上，那臭味……我怕沒人肯來幫著出喪。」

季寧勸道：「媽，聽村長的，真的不能再拖了。」

媽媽無可奈何，木然地點了點頭。

村長見她答應了，趕緊張羅周圍的人幫忙，去請村裡負責喪葬的人，又叫陳嬸找人把棺材抬來。

大家都迅速地忙活起來，不到一小時，一副黑色的棺材便抬到了小姨家門口，幫忙下葬的人也來齊了。

此時已是晚上七點過了，天色越發昏暗。村長指揮著幾個男人進屋裡抬屍體。按他的吩咐，在場的人要站在兩旁，讓抬著屍體的人從中間走過，這就算是爲死者送行。

季寧和媽媽站在最前面，陳嬸在他們身邊，小聲地叮囑道：「一會兒慧雲出來的時候，要低頭默哀，不要發出聲音。就算是想哭，那會兒也得忍著，不然她沒法安心上路。」

兩人頷首應允。

很快的，屋裡傳出抬屍者沉重的腳步聲，季寧下意識地緊張起來。分列兩旁的十幾個人全都安靜了，現場一片肅穆。

偏在這當口，一首與現場氣氛極不協調的歡快歌曲響起，把所有人都嚇了一跳。

季寧暗叫不好，這是自己的手機鈴聲！手忙腳亂地裡摸出手機，爲了讓鈴聲停止，他看也不看螢幕，立即按下接聽鍵。

手機裡傳出一個小男孩的聲音，「表哥，你們到大學那裡了嗎？怎麼沒來個電話呢？」

居然是豆豆打來的電話！

突發狀況令季寧和媽媽驚愕不已，一時都不知道該怎麼辦好。

豆豆又問道：「表哥，你怎麼不說話呀？你們在幹什麼？」

季寧怔怔地問：「豆豆，你怎麼曉得我的手機號碼？」

「是外婆告訴我的，她讓我打給你，問問你們到了沒有。」

抬屍體的人跨出屋門，媽媽焦急地望向季寧。他完全慌了神，麻木地握著手機，就聽豆豆兀自說道：「表哥，我今天畫了好幾張畫，一張是送給媽媽的，還有兩張是送給外婆和姨媽的……」

屍體的腳出現在季寧的視線中。透過幾個抬屍人之間的空隙，能看到死去的小姨的腿、腰和上身慢慢地從眼前經過。與之同時，小姨的兒子正打電話過來閒聊，說他畫了要送給媽媽的畫。

季寧從不曾經歷如此詭異的狀況，呆呆地佇立原地，不知所措。

下一秒，一件更詭異的事情發生了——當屍體的頭部經過面前，他駭然看到，那張煞白並腐敗的臉，在誰都沒有注意到的情況下，慢慢地轉向自己這邊，瞪大的眼睛直愣愣地盯住了他。

瞬間，季寧感到遍體生寒、毛髮直立，啊一聲大叫出來，嚇得魂不附體。身體因恐懼而劇烈抖動，手機落到腳邊。

所有人都望向他，媽媽驚詫地問：「怎麼了？」

季寧把身子轉向一邊，呼吸急促，腦子裡嗡嗡作響。

「季寧，你怎麼了？」

他勉力按捺驚駭，正要開口回答，猛地想起掉到地上的手機還處於通話狀態。趕緊撿起來放到耳邊，豆豆的聲音隨即傳入耳中，「表哥，你怎麼啦？」

季寧儘量讓狂跳的心臟鎮定下來，吞了口唾沫，「沒什麼，豆豆，我現在有點事情，一會兒再打給你。」說完便掛斷電話。

媽媽焦急地望著他，「你剛才到底怎麼了？」

季寧環視一眼身邊，發現在場人都用無比詫異的目光盯著自己。他沒法告訴他們他剛才看到了什麼，實際上，就連他自己也不能確定這是怎麼回事。心中驚懼地猜想著，肯定是由於抬屍人的晃動，導致屍體的頭朝這個方向耷拉。可是……眼睛怎麼會是睜開的呢？而且他分明感覺到，那雙眼睛盯緊了自己。

實在太可怕了！季寧越想越怕，毛骨悚然。

村長走過來，「沒事吧？」

季寧不想讓其他人感染到恐懼的氣氛，搖著頭說：「沒事。」

村長狐疑地打量了他幾眼，轉而對季寧的媽媽說：「屍體已經裝進棺材了，上山吧，地我都找人看好了。」

媽媽點頭，村長大喝一聲：「起棺！」四個壯漢抬起用麻繩栓好的棺材，朝山上進發。一行人跟在後面，走入黑黝黝的山林。

8

第三天夜晚

出喪結束，已經是晚上九點過後。媽媽在小姨的墳頭哭乾了最後一滴眼淚，衆人勸慰許久，她才肯離去。

這個小村子沒有旅館和飯店，村長說他家裡有兩間空房，可以讓季寧母子倆暫住。陳嬸和好幾個與小姨生前關係不錯的村婦不願離去，說想再陪季寧的媽媽一會兒，一群人便一起來到村長家。

村長的房子是自己修建的兩層樓磚房，樓上樓下一共有六個房間。衆人聚集在客廳裡，他的老婆忙著沏茶倒水。

季寧的媽媽本來控制住了情緒，但一低頭往手提包裡拿面紙，看到妹妹留下的那封遺書，眼淚又下來了。大夥都說著寬慰的話，她卻搖頭道：「我就是想不明白，我妹妹到底遇到了什麼事，怎麼會自殺呢？」

所有人都沉默了。

季寧的媽媽用哀求的眼光望著衆人，「各位，你們都是我妹妹生前的好友、鄰居，眞的不知道她爲什麼會自殺嗎？難道她在那之前，就連一點徵兆都沒表現出來？」

幾人茫然地搖著頭，過了半晌，陳嬸才難過地說：「那天，慧雲說要把家裡養的雞全送給我，我要是多長個心眼就好了……當時，只以爲她是嫌麻煩，不想養了，誰知道……唉……」

媽媽拉著她的手說：「陳嬸，這件事不怪妳。我只是想弄清我妹妹自殺的眞相，以後對豆豆和他外婆，也好有個交代啊！」

陳嬸爲難地說：「慧雲她姐，我們這小山村裡，誰家要出點什麼事兒，保準全村人第二天就知道。可是慧雲爲什麼要自殺，我們眞的是想不通，她之前一點都沒讓人察覺到。」一個三十多歲的婦女說：「是啊，不瞞妳說，我們也想弄明白這是怎麼回事，偏偏全村人沒一個知情的，連猜都沒法猜。」

季寧的媽媽失落地埋下頭，「這麼說，慧雲自殺的眞相，只怕我是永遠沒辦法知道了……」

客廳又陷入了令人難堪的沉默。

村長十歲大的小女兒一直坐在旁邊聽著大人們的談話，見在場人集體沉默，有些納悶地道：「如果用『那個方法』，不就能知道眞相了？」

季寧一愣，詫異地望向小女孩。媽媽也抬起頭來問：「什麼方法？」

「小孩子懂什麼？別在這裡亂插嘴！」村長大聲喝斥女兒，拍了她的肩膀一下，「到外面玩去！」

小女孩嘟著嘴出去了，蹲在門口的一個沙堆前玩兒。

季寧的媽媽問：「村長，你女兒說的是什麼意思？」

「嗨，小孩兒的話，妳還當眞？」村長滿臉不以爲然，「肯定是看了什麼童話故事，在這兒胡扯。」

季寧的媽媽想了想，不吭聲了。

接著，屋裡的人好像都不願意再接著說這個話題，改說起了別的事。

季寧坐在最靠近門的地方，眼睛一直盯著門口的小女孩，回想著她方才說的那句話。直覺告訴他，這女孩不是在胡說，她確實知道點什麼。

如此又在屋裡待了一會兒，見村長往另一間屋子去了，他對媽媽說：「我出去透透氣。」

媽媽點了下頭，季寧立即朝門口走去。

小女孩仍然蹲在沙堆前，拿著一根木棍在地上畫畫。季寧左右看了看，然後蹲到她身旁，小聲問道：「小妹妹，妳剛才說，有什麼方法能知道眞相？」

小女孩抬起頭，一雙大大的眼睛盯住他，「你相信我說的話？」

「我相信。」季寧篤定地道。

小女孩偷偷地望了屋裡的人一眼，用一副小大人的模樣道：「其實他們也知道這個方法，這本來就是大人們講給我聽的，只是他們現在不想承認了。」

季寧聽糊塗了，「到底什麼意思啊？」

小女孩壓低聲音，神神秘秘地道：「你聽說過靈媒嗎？」

季寧愣了一下，不確定自己所理解的和她說的是不是一回事，於是試探著問：「妳是說，那種可以和死去的人的靈魂溝通……」

「對，就是這個意思，靈媒能夠讓死掉的人的靈魂暫時附在自己或別人的身上。」小女孩定定地凝視他，「我聽大人們說，我們這個村子以前有過幾個很厲害的靈媒，如果有誰想和死掉的人說話，就會去找這些靈媒幫忙。然後呢，靈媒就會告訴他們，比如『你們家老太爺的錢藏在床下左邊的第三塊磚下面』這一類的事，幫上他們的大忙。」

季寧有些吃驚，同時也十分感興趣，「既然這麼厲害，爲什麼大人們現在不想承認有這種方法？」

「可能是後來出了些『冒牌貨』，他們根本就沒有通靈的本事，卻自稱是靈媒，四處騙錢。漸漸的，大家就不相信這回事了。」小女孩說著，語氣顯得有些遺憾，不過很快又睜大了眼睛，「聽我同學的媽媽說，我們這裡以前那幾個靈媒是眞的，她親身經歷過這種神奇的事。」

季寧思忖著，「我明白了，妳的意思是，要想知道我小姨自殺的眞相，可以請靈媒幫忙？」

出乎意料，小女孩連連搖頭，「其實我也就是這麼一說，眞要這樣做，估計已經行不通了。」

「爲什麼？」

「我不是說了？這年頭的很多靈媒都是假冒的，想要找到一個眞正的可不容易。而且聽我同學的媽媽講，我們村最厲害的那個靈媒已經不在了。」

「那他在哪裡？」

「可能死了唄。」

季寧哦了一聲，顯得有些失望。

小女孩看出了他的心思，「大哥哥，別灰心，我再告訴你一件事吧。」

季寧注視她。

「最厲害的那個靈媒已經不在了，但是，如果你能找到他的後人，說不定也能幫你通靈。因爲……」她刻意停了停，「靈媒的體質有時候是可以遺傳的，你懂我的意思嗎？要是一個家族裡出了一個眞正的靈媒，他的後人也可能有通靈的本事。」

季寧望著這個年紀只有十歲的小女孩，瞠目結舌。她講話的口氣眞比一般的小女孩要早熟許多，而且……

「這些事情，妳怎麼會知道得這麼清楚？」

「聽我同學的媽媽說的呀。我剛才說了，她以前親身經歷過這種事，所以了，不是我知道得清楚，是她知道得清楚。」

「妳好像一點都不怕這些事情。」

「有什麼好怕的？我覺得很有趣。」她眨著眼睛回答。

眞是個膽大而且特別的女孩，季寧在心中暗忖。

這當口，小女孩的母親走到門邊來，喊道：「小登，這麼晚了還在外面鬼混！進來洗臉刷牙，該睡了。」

女孩應了一聲，起身朝右邊那間屋跑去。季寧跟著站起來，回到中間的客廳，屋裡的女人們正跟媽媽聊著豆豆以後的事。

「以後豆豆就一直跟著你們住？」一個大嬸問。

「那當然，他爹媽都沒了，不跟著我們，跟著誰呀？」季寧的媽媽說：「我回去就幫他辦轉學，讓他去城裡讀書。」

一個瘦小的女人略顯遲疑地問：「要是豆豆他爸……哪天又回來了呢？」

媽媽歎了口氣，「要是還能回來，早就回來了……不過我也盼望著能有出現奇蹟的一天。豆豆有個爸爸，好歹比爹媽都沒了要強。唉，有那天的話再說吧。」

陳嬸傷感地道：「豆豆從小就沒了爹，跟他媽相依爲命，要是讓他知道媽媽也死了，不曉得會有多難過呢。這孩子怎麼這麼苦命呀！」

一屋的女人們都是一陣長吁短歎，有的還抹起了眼淚。這回，季寧的媽媽反而堅強了起來，堅定地說：「不管豆豆遭遇了多少不幸的事，以後我家就是他家，我這個姨媽會像親媽一樣對待他，不會讓他少一點的愛！」

女人們都頗受感動，季寧卻注意到，坐在最右邊角落一個三十多歲的短頭髮女人，臉上的表情和旁人不同。張了張嘴，一副欲言又止的模樣，最後還是沒說出話來，可那眼神分明寫著惶恐不安。

季寧皺了皺眉，不明白這個女人爲什麼會做出如此怪異的神情。

接近十一點鐘，一屋的大嬸、阿姨們站起來告辭。媽媽說了許多感謝的話，然後和季寧、村長一起送她們出門。女人們再三叫母子倆留步，一行人站在門外又講了好一會兒的話，這才紛紛離去。

季寧特別注意了那個三十多歲的短頭髮女人，發現她回過頭來望了媽媽好幾次，又露出了那種惶惶不安的眼神，在一群人中顯得十分特殊。

這個女人貌似知道些什麼特別的事——季寧在心中隱隱猜測。那麼，她爲什麼要忍住了不說？

9

第四天上午

季寧母子倆在村長家住了一晚，早上起來，村長賢慧的老婆已經準備好了一大桌豐盛的飯菜。媽媽覺得過意不去，村長解釋說，在農村，早飯是一天當中最重要的一頓。兩人頗不習慣一大早就吃大魚大肉，但盛情難卻，還是吃下了一大碗飯。

吃過早飯，媽媽說事情處理完了，該回去了。村長夫婦一直送母子倆到了村委會。媽媽再三表示感謝，然後和季寧朝村口的大路走去。

離開村長家之前，季寧跟村長的小女兒——那個叫小登的女孩告別。小登眨巴著那雙大大的眼睛，季寧感覺，她好像在用眼神提醒自己：別忘了昨天晚上我對你說過的話。

走了十多分鐘，季寧和媽媽看到了村口的大路，也瞧見路邊站著一個人，貌似在等人。走近一些，季寧認出那人，不由一怔。

是昨晚那個欲言又止的短髮女人。

媽媽也認出了她，說道：「妹子，在這兒等人嗎？昨天眞是謝謝妳們幫忙了。」

女人把兩隻手握在一起，顯得十分侷促，猶豫了幾秒，開口道：「大姐，我是在這兒等妳的。」

季寧的媽媽一愣，「等我？有什麼事嗎？」

短髮女人又遲疑了好一陣子，「我猜……有些事情妳可能不知道。」

媽媽的表情漸漸轉為嚴峻，試探著問：「什麼事？」

女人埋著頭，「本來我昨天就想告訴妳的，但昨晚人太多了，不大合適。我只好一大早起來，等在這裡……」

媽媽凝視著她，意識到她接下來要說的，肯定是很重要的事。

「大姐，到這邊來吧！」短髮女人把媽媽拉到一旁，附在她耳邊低聲說了幾句話。季寧站在離她們幾米遠的地方，完全聽不到她的聲音，只能看到媽媽的神情不斷地發生變化，先是驚愕，後是惶恐。待到這女人說完，她的面色竟然有一點兒發白。

「眞的嗎，有這種事？我以前怎麼一點都不曉得？」媽媽一臉驚惶，低聲問那女人。

「這件事本來就沒幾個人知道，慧雲說，她只告訴過我一個人，她不希望讓別人知道。」

「那我該怎麼辦？」媽媽的口氣透出幾絲害怕。

女人搖搖頭，「反正妳注意點吧，我也只能提醒妳一下。」

這番神秘的對話，只有最後這幾句讓季寧聽到。短髮女人隨即埋著頭往回走，只剩媽媽站在原地發呆。

季寧走到她身邊，「媽，她跟妳說了些什麼？」

媽媽把頭扭到旁邊，眼神閃爍，「沒說什麼。」

「怎麼，這件事還要瞞著我？」

「唉！不是要瞞著你，而是她說的這些事，讓我的腦子一時有點亂……我得先好好想一下，合適的時候，我會告訴你的。」

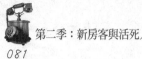

季寧盯著媽媽看了幾秒，無奈地點頭，「好吧。」

兩人走到公路邊，不一會就來了一輛小巴士。母子倆坐上去，幾十分鐘後抵達縣城車站，買票，換車。

坐在返家的客運車上，季寧和媽媽默默地望著窗外的風景發呆。就在季寧產生倦意的時候，媽媽突然道：「季寧，回家之後，千萬不要讓豆豆知道他媽媽已經死了。」

季寧轉過頭，「這不是早就說好了嗎？」

「嗯……是啊，沒別的意思，我就是提醒你一句。」

他感到有點奇怪，「媽，爲什麼單單叫我不要讓豆豆知道呢？外婆才是最該瞞的啊。」

媽媽的態度不大自然，「對……當然也不能讓你外婆知道。不過，你記住，絕對不能給豆豆知道。」

「媽，妳想過沒有？我們不可能瞞多久的。哪天豆豆發現他媽媽很久都沒跟他聯繫，肯定會問起的，到時候又該怎麼辦？」

「我當然想過……」媽媽的面色寫滿憂慮，「先不管那些了，無論如何都要把這幾天瞞過去。」

「這幾天？」季寧愈發好奇，「爲什麼？」

媽媽沒有回答。

頓了幾秒，季寧追問道：「媽，妳現在說的這些話，是不是跟剛才那個女人告訴妳的事有關？」

媽媽皺起眉頭，有些煩躁，「季寧，別問了，反正就這麼做吧。至於原因，我以後再告訴你。」

季寧望向窗外，不說話了。

其實，他心裡也很煩。

除了小姨這件事，還有另一件事令他感到困擾。

本來女友筱凡每天晚上都要跟他打電話、傳簡訊，但從那天去遊樂場玩了之後，一連三天，她都沒有再跟他聯繫。

季寧細細回想著那天的經過，筱凡好像是在問了豆豆什麼問題之後，才出現那種怪異的反應。

這到底是怎麼回事？她跟豆豆會扯上什麼關係？

忽然，內心萌生一種奇怪的思緒——這幾天發生的所有事情，全都跟豆豆有關。

那麼，小姨的死，會不會也是因爲豆豆？

帶著這怪異的想法，季寧望著車窗外的景色出神，漸漸地睡過去。

10 第四天夜晚

下午三點半，季寧和媽媽回到家中。

爸爸還沒下班，只有豆豆和外婆在家。聽見表哥和姨媽的聲音，小傢伙歡快地從房間裡跑出來，撲到季寧身上。

「表哥，你們這麼快就回來啦！我還以爲要等到明天呢！」

「是啊，大學的校園就那樣，半天就看完了。」季寧說。

媽媽朝樓上走去，「季寧，上樓跟外婆打個招呼吧，讓她知道我們回來了。」

季寧牽著豆豆一起走進外婆的房間。外婆仍舊躺在床上，精神狀況不怎麼好，但還是強打精神坐了起來，問他們那所大學的情況如何。季寧和媽媽即興發揮，瞎編了一通，外婆不懂這些，沒聽出什麼破綻來。

六點過後，爸爸下班回來。

外婆坐上輪椅，一家人圍在餐桌前吃晚飯。三個「知情人」心領神會，故意在外婆和豆豆面前聊大學的事情，裝成啥事都沒有。

媽媽今天沒去買菜，晚飯吃得比較簡單，但因爲有豆豆這顆開心果在，氣氛顯得其樂融融。季寧和媽媽這兩天都在悲傷、壓抑中渡過，好不容易有了些好心情，本來佯裝的快樂彷佛也成了眞。

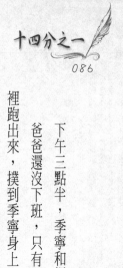

沒想到短暫的歡樂只持續了不到十分鐘，就被意想不到的驚駭取代。

豆豆吃著飯，忽然想起了什麼，問道：「表哥，昨天我跟你打電話，你怎麼話沒說完就掛了？我還聽到你在電話那邊大叫了一聲，怎麼了呀？」

季寧一愣，昨天那恐怖的一幕又浮現於眼前，禁不住渾身抽搐了一下。當時掛了電話，本是想等心情平復了再打回去，編個理由稍微做些解釋。結果送葬回來，就完全把這事給忘了。

外婆聽到豆豆這樣說，停下手裡的筷子，望著季寧問道：「怎麼回事啊？」

他的腦筋猛轉，「哦，沒什麼……昨天豆豆打電話給我，我們正好在過馬路，一輛車開得太快了，嚇了我一跳。」

「沒撞著吧？」外婆急切地問。

「沒有，撞著的話，今天就回不來了。」季寧笑著說。

「你們呀，過馬路的時候要小心一點，別三心二意的。電話來了，可以等會兒再接嘛……」外婆嘮嘮叨叨地說著，季寧連連點頭，把這事糊弄了過去。

豆豆放下筷子，跑到房間裡去拿了一疊紙出來，興奮地給表哥和姨媽看，「這是我昨天畫的畫，你們看，畫得好嗎？」

季寧的媽媽拿過一張來看，是用水粉顏料畫的一個大頭娃娃，充滿了兒童畫的稚趣。端詳幾眼，噗嗤一聲笑出來，「這張畫的是我吧？」

爸爸靠過來，點點頭道：「嗯，別說，跟你姨媽還真有點兒像。」

豆豆說：「姨媽，這張畫是送給妳的。」

「太好了，謝謝豆豆。」媽媽笑著摸了摸他的腦袋。

「這張畫的不會是我吧？」季寧拿起一張畫，笑道：「我有這麼醜嗎？這鼻孔都比猩猩還大了。」

豆豆紅著臉說：「你又沒坐在我面前，我是憑想像畫的嘛。」

外婆呵呵笑著，「你們就別刁難豆豆了，我覺得他畫得蠻好的。我把他送我那張收藏起來了。」

媽媽讚揚道：「豆豆對於畫畫是挺有天賦的，說不定以後能當畫家。」

豆豆受到表揚，滿臉放光，把一張畫高高地舉起來展示給幾人看，「這張畫的是我媽媽，我準備回去後送給她當禮物。」

季寧和父母的表情都凝固了。映入眼簾的這張畫，是所有肖像裡面畫得最用心、細膩，也是最神似的一張，活脫脫就是豆豆的媽媽，正望著所有人，露出溫柔的微笑。畢竟這是豆豆最熟悉也最在乎的人，構成畫面的一筆一畫都飽含著愛。但他不知道，他已經永遠不可能再見到媽媽了。

季寧的心瞬間揪緊，坐在他旁邊的媽媽幾乎已難以自持，緊緊地咬住嘴唇，拚命忍住不讓眼淚掉下來。

豆豆見他們都愣在那裡，納悶地問：「你們怎麼不說話呀？我畫得不好嗎？」

「嗯，畫得真好！」季寧的爸爸想趕緊把話題岔開，伸手去拿豆豆手裡的另一疊畫紙，

「讓姨父瞧瞧，這些畫的又是什麼？」

出乎意料，小傢伙動作迅速地把那疊紙挪到身後去，態度躲躲閃閃，「沒什麼……這些就別看了。」隨即把剛才那些畫收起來蓋在上面，拿回了房間。

這樣的反應有點奇怪，但大家的心思這時都沒放在畫上。等豆豆出來，便又繼續吃飯。

過了半晌，外婆突然自言自語地說道：「不知道慧雲最近怎麼樣？她都好久沒來看我了。」

季寧的心被猛地擊打了一下，爸媽也怔住了，一時之間，誰都不知道該說什麼好。

下一秒，豆豆道出一句令人無比震驚的話，「外婆，我媽媽好著呢，她昨天打過電話給我，說過幾天就來看妳。」

季寧暫時忘記了呼吸——什麼？昨天？

他和媽媽對視一眼，兩人眼中都透露出難以掩飾的驚悸。

外婆沒注意到季寧一家人的駭然，微笑地點著頭說：「嗯，那就好。」

接下來的一整個晚上，季寧都在出神。爸爸和媽媽也顯得心不在焉，顯然在思考同一個問題。

這是怎麼回事？

小姨在三天前就死了，豆豆卻說，他昨晚接到了媽媽的電話！

是豆豆在說謊嗎？若是，他爲什麼要這樣做？

季寧在心中不安地猜測著，百思不得其解。悄悄觀察豆豆，沒發覺半點異常。想試探著問一問，偏偏不曉得該如何開口，心裡堵得慌。

11

第四天深夜

晚上睡覺的時候，季寧終於忍不住了，「豆豆，你媽媽昨天是什麼時候打電話來的？」

豆豆穿著一件小背心和小短褲，舒舒服服地躺在床上，「就是晚上啊。我跟媽媽說了，叫她每天都要跟我通電話。」

季寧假裝平靜，「哦！她前兩天晚上也打過電話？」

「是啊。」

「那她今天晚上怎麼沒打？」

豆豆說：「還沒到時間呢。」

季寧一愣，「沒到時間？」瞄了一眼書桌上的電子鐘，現在是十一點。

豆豆好像也有些不解，「不知道怎麼搞的，媽媽這幾天跟我通電話的時間都有點晚，在我睡著之後才打來。」

「大概什麼時候？」

豆豆想了想，「差不多都是十二點。」

季寧沉思幾秒，腦子裡冒出一個想法——也許豆豆是夢到媽媽跟他通電話。但是，可能嗎？每晚都做同樣的夢？

豆豆接著問起某個電腦遊戲的問題，季寧心不在焉地跟他解釋了幾句，然後關燈睡覺。

不一會兒，兩人都睡著了。

不知過了多久，迷迷糊糊之中，季寧耳邊響起一首輕柔而熟悉的歌謠。

「拉大鋸，扯大鋸，姥姥家，唱大戲。接閨女，請女婿，小外孫子也要去……小氣鬼，喝涼水，砸破了缸，喝不到水，討了老婆吊死鬼，生個孩子一條腿……」

重複地唱了好一會兒，季寧想了起來，這是小姨唱的童謠，是豆豆的手機鈴聲。

身子猛地一顫，他的神經瞬間繃緊——豆豆的手機響了？

「喂……」黑暗中，豆豆接起了電話，「媽媽。」

睡在床鋪另一頭的季寧緊張地屏住呼吸，感到毛骨悚然。

「媽媽，妳怎麼這麼晚才打來啊……嗯，我睡了。」豆豆含糊地道：「唔，我今天很乖啊……媽媽，今天姨媽和季寧表哥回來了……」

接下來的幾分鐘，他都沒怎麼開腔，安靜地聽著電話那頭的人說話，最後低聲道：「好的，媽媽，我知道了……嗯，晚安。」

豆豆掛了電話，季寧悄悄地看向桌上的電子鐘，午夜十二點零九分，這通電話估計是在十二點鐘打來的。

心中充滿恐懼和驚愕，他無法理解這種超乎現實的情況，又難以壓抑強烈的好奇心，於是努力將恐懼吞嚥下去，試探著問道：「豆豆，是你媽媽打來的電話嗎？」

「嗯。」豆豆在床的另一頭答道。

「她跟你說了些什麼？」

頓了幾秒鐘，豆豆道：「季寧表哥，我不能說。」

「爲什麼？」

「媽媽說，她在電話裡跟我說的事，是我和她的小秘密，不能告訴任何人。」

季寧張著嘴，無言以對，只感覺全身陣陣發冷。

不一會兒，床的另一邊傳來豆豆輕微的鼾聲，季寧卻怎麼也睡不著了。內心思量了好一陣子，再也按捺不住，決定立刻去找父母商量。他眞的無法獨自面對如此恐怖的狀況！

季寧輕輕地翻身下床，沒有擾醒豆豆，躡手躡腳地走出房間，摸黑登上二樓，來到父母親的臥室門前。

本來，他以爲他們已經睡了，不想手還未敲上房門，先聽到裡面傳出兩人的說話聲，內容一下就把他吸引住。

「……你說，那個女人說的如果是眞的，我們該怎麼辦？」這是媽媽的聲音。

季寧的心提了起來──他們正在談論今天早上那件事。

「我怎麼曉得呢？我以前又沒有遇過類似的事。」爸爸的語氣透著無奈，頓了頓，又道：「妳不要太在意了，那女人也只是提醒一下，不見得眞的會發生什麼。」

「本來我也是這麼想，但今天吃飯時你也聽到了，豆豆說他媽媽這幾天晚上都會跟他通電話！我當時聽他這麼說，立刻就想到了這件事，簡直太可怕了！」

房間裡靜默了片刻，爸爸道：「也許豆豆在說謊，他想媽媽，就說接到了媽媽的電話。小孩子有時就是這樣。」

不對！他眞的接到了電話！季寧幾乎當場喊出來。好想馬上推門進去，又想繼續偷聽父母的談話，探知那件媽媽不願告訴他的事。耐著性子又聽了幾分鐘，父母的對話聲卻越來越小，他無法再透過斷斷續續的交談聽出什麼頭緒，只好放棄偷聽，輕輕敲響房門。

「誰？」爸爸在裡面問道。

「是我。」季寧回答。

「進來吧。」

季寧推開房門，看到父母穿著睡衣靠在床頭上。媽媽問道：「季寧，這麼晚了，有什麼事嗎？」

他坐上床邊的一把椅子，「這麼晚了，你們也沒睡啊。」

媽媽和爸爸對視一眼，媽媽疑惑地問：「季寧，你該不會……聽到我們談了什麼？」

「我不是有意的，只是想上來找你們說些事，碰巧聽到你倆在講話。不過，我也沒聽到幾句。」

「你想跟我們說什麼？」媽媽問。

季寧想了想，「今天吃晚飯時，豆豆說他這幾天都接到了小姨打給他的電話，但事實上，小姨在三天前就死了。我想問問，對於這件事，你們怎麼看？」

「你爸爸認爲豆豆沒說實話，也許是因爲……」

季寧做了個手勢，打斷媽媽的話，「不是這樣的，豆豆沒說謊。」

「你怎麼曉得？」爸爸問。

季寧吸了口氣，一字一頓地說：「因爲剛才，差不多十二點鐘的時候，豆豆的手機響了。他眞的接到了一通電話，而且就是他媽媽打來的。」

媽媽捂住嘴，驚恐地瞪大眼睛。爸爸也不由自主地張大了嘴，好半天後，難以置信地問道：「這是眞的？」

「都這種時候了，難道我還有心思開玩笑？」

「你眞的聽到了聲音？我的意思是，季寧，你有沒有聽到電話裡傳出人說話的聲音？」爸爸問。

「你這麼問是什麼意思？」媽媽望著他，「你難道以爲豆豆在演戲？這怎麼可能呢？他沒有理由這麼做。」

季寧有條不紊地分析道：「首先，我聽到了手機的來電鈴聲，也就是說，電話不是豆豆打出去的，是他接到的。第二，雖然我睡在床的另一頭，聽不到對方說話的聲音，但我能很明顯地感覺到，豆豆的確在跟某個人對話，不是演戲。他的反應和語氣都很自然，鄉下長大的七歲小孩絕對演不出來這種戲。」

爸爸不情願地問：「那麼，豆豆跟對方說了些什麼？」

季寧搖頭，「電話打了好幾分鐘，豆豆只簡單地講了幾句話，其他時候都是對方在說。而且中間有挺長的一段時間，豆豆只是聽著，幾乎一句話都沒講。」

媽媽掖緊被子，「你有沒有問豆豆……他媽媽跟他說了些啥？」

「問題就在這裡。」季寧說：「我問了，但豆豆說，他媽媽不讓他把通話內容告訴任何人，這是他們之間的小秘密。」

爸爸和媽媽交換了一個眼神，兩人都顯得驚駭莫名，「這到底是怎麼回事？不願意告訴我們通話的內容……這裡面肯定有問題……」

「謎團不止一個。豆豆還告訴我，他媽媽每天晚上打電話來的時間，基本上是固定的，都是凌晨十二點。我想，這也許有某種意義。」

「啊！」媽媽恐懼地低呼一聲，「豆豆果然……」話沒說完，驀地意識到季寧就在身邊，突兀地停了下來。

季寧望著母親，「媽，妳想說什麼？豆豆果然怎麼樣？」

媽媽緊緊抿著嘴，埋頭不語。

「我不明白，爲什麼還有事情要瞞著我？難道你們還認爲，我只是個不懂事的小孩子？」季寧歎了口氣，「我以爲我已經長大了，可以幫你們分擔煩惱了……也許我錯了。」

沉默片刻後，爸爸道：「這件事，我認爲應該讓季寧知道。」

媽媽猶豫幾秒，抬起頭來，定定地望著兒子，「季寧，我不是想要瞞你什麼，純粹是怕你知道了這些事情後，會對豆豆生出牴觸情緒。你要曉得，豆豆已經夠可憐了，我眞的不希望讓你對他產生距離感或者排斥感。」

「什麼都不告訴我，我才會對豆豆產生距離感。」季寧說：「現在發生在他身上的事還不夠怪嗎？他居然能接到死去的母親的電話！如果找不到合理的解釋，我怎麼有辦法安心地和他繼續待在一起？」

媽媽緘默了十幾秒，「好吧，我把那個女人告訴我的事講給你聽。據她說，這是豆豆的媽媽親口告訴她的。」

季寧聚精會神地等待下文。

「那是兩年多前的事，當時你小姨他們那個村子裡，有一家人的老父親突然腦溢血死了，臨死前一句話都沒有留下。他的子女們爲了財產和土地的分配問題，去請了一個靈媒來，希望藉此和老父親的亡靈對話。你知道靈媒是什麼意思嗎？」

「我知道。」季寧故作平靜，心卻狠狠地震動了幾下，想起了那個叫小登的女孩說過的話。

「靈媒答應幫那家人通靈，但提出了一個要求。他說，他會一些通靈的方法，但無法讓死者的靈魂附到自己身上，所以得再找一個具備特殊體質的『助手』來幫忙。他說，某些人天生就有和死者溝通的能力，只有借助於那樣的人，通靈才能成功。」

媽媽說到這裡，停了一會兒，似乎有些不願再說下去。

季寧隱隱猜到了後文，「難道，靈媒要找的那個有通靈體質的人……」

「對，就是豆豆。」媽媽極不情願地點頭。

「然後呢？豆豆眞的幫那家人通靈了？」季寧急切地問。

媽媽搖頭，「沒有。那家人拿了不少的錢來找你小姨，想『借』豆豆去幫忙，但你小姨不願意讓寶貝兒子接觸這種事，嚴詞拒絕了。那家人無計可施，只能悻悻而歸，那次通靈就沒能成。」

季寧用手捏著下巴，思索著，「靈媒爲什麼會找上豆豆？他憑什麼認爲豆豆有通靈的體質？」

「這我就不知道了，那女人沒有告訴我這些。她又說，你小姨是因爲實在憋不住了，才偷偷跟她說起這件事，而且反覆叮囑過，叫她千萬不能告訴別人。你小姨不希望讓村裡的人知道，豆豆擁有這種特殊能力。」

季寧聽得有點急，「小姨怎麼能這麼輕信那靈媒的話？也許對方根本就是胡說的。他說豆豆有通靈體質，豆豆就一定有嗎？小姨還不清楚自己兒子……」

言及此，他猛地打住話頭，想起目前發生的一連串怪事，忽然有些明白了。

「難道……小姨自己也曉得，豆豆有這種『能力』？」

「本來，那女人跟我說起這件事，我只是覺得有些驚詫和意外，並不是非常相信。等到回了家，聽豆豆說他昨天接到他媽媽打來的電話，再加上你剛剛告訴我們的……我開始覺得，也許豆豆眞的……有這種特殊的能力。」媽媽恐懼地捂住了嘴。

一種冰冷的異樣感籠罩三人。

「假設豆豆眞有特殊體質，這麼多年來，我們爲什麼都不知情？」

「以前從沒有發生過誰死去這種事情。再者，就算你小姨清楚，只要她刻意隱瞞，誰又有辦法知道？」

季寧收緊下顎，那個叫小登的女孩對他說過的一些話，忽然從腦海深處浮現，「有個問題……你們想到了嗎？」

爸媽都望向他，「什麼問題？」

「假如，我們現在驗證出了，豆豆有那種特殊的體質，或者說是能力。那麼，當初那個靈媒是怎麼知道的？」

聞言，爸媽彼此對視，眼神錯愕。顯然，這個問題他們之前都沒有想過。

小登講過的幾句話在腦中不斷地迴響，季寧不由得提出另一個更爲關鍵的問題，「媽媽，妳的家族以前有沒有出過靈媒？」

媽媽被嚇了一跳，「你怎麼會問這樣的問題？當然沒有！如果有，我怎麼會不曉得？」

「妳又怎麼能肯定？」季寧不以爲然，「也許妳的家族在好幾代之前出過靈媒，只是後人不清楚具體情況。」

媽媽連連搖頭，「我從沒聽你外婆、外公或者是祖奶奶提起，這絕不可能。」

爸爸問道：「季寧，你怎麼會這樣想？」

季寧抿了下嘴，「我們在村長家留宿那晚，他的小女兒對我說，靈媒的體質有時是可以遺傳的。如果一個家族曾經出過眞正的靈媒，他的後人便有可能遺傳到通靈的特殊能力。」

爸爸擺擺手，「一個小女孩的話，怎麼能夠當眞？況且通靈這種事情，沒有任何的科學依據。」

「既然如此，發生在豆豆身上的事，該怎麼用科學解釋？」

「這個……我們再多觀察幾天，不要輕易下結論。」

這當口，媽媽的身體顫抖起來，臉色發白，「豆豆……每天晚上都在跟死去的人通電話……他到底知不知道，他的媽媽已經死了？」

季寧的後背竄起一股涼意。

爸爸問道：「妳想說什麼？」

媽媽哆嗦個不停，「我的意思是……假設那眞是慧雲的亡靈在跟兒子通話，她會跟豆豆說些什麼？」

爸爸仍然無法相信會有這樣的事，深深地皺起眉頭，「天哪！我們居然在這裡探討一個死去的人會說些什麼樣的話，簡直太荒謬了！」

媽媽卻像著了魔一般，不依不饒地追究，「就當是……假設一下吧，你認爲，她會跟豆豆說些什麼？」

爸爸聳聳肩膀，「一些問候、關心的話吧，還能是什麼呢？」

「如果只是普通的談話，豆豆爲什麼說，他媽媽不讓他把通話的內容告訴我們，還說是秘密？」

「那妳覺得他們會說些什麼？」

季寧打岔道：「恐怕不是『他們』會說些什麼，而是『它』會說些什麼。我已經告訴你們了，豆豆接電話的過程中，估計有六、七分鐘的時間，都是在聽他媽媽說話，他本身幾乎沒吭聲。」

「是啊，慧雲會跟豆豆說些什麼呢？」媽媽愈發害怕了，「豆豆如果通過這些談話，知道他媽媽死了，又會做出什麼樣的事情來？」

季寧總算聽出來了，媽媽在畏懼著某件事，「媽，說到底，妳現在究竟在怕什麼？」房間裡的冷氣已經關了，她卻顫抖得更加厲害，以被子緊緊地掖住身體，猶豫了許久，終於道出心中最深的恐懼。

「村裡那個女人告訴我，有通靈體質的人，不止能和亡靈溝通……甚至，能把亡靈召喚到身邊來，令『它』長久地待在自己居住的地方。她提醒我，如果我們眞的打算一直讓豆豆住在這裡，就要事先做好心理準備……將來，豆豆得知他媽媽死了，極有可能憑著天賦的特殊能力，做出一些正常人意想不到的事情……」

季寧和爸爸都聽得頭皮發麻，寒毛直立。

「那麼，我們有什麼辦法呢？總不能讓豆豆離開我們家吧！」爸爸一臉的不自在。

「這當然是不可能的！這孩子太可憐了，這種念頭，我們連想都不能想。」

「我知道。」爸爸說：「但那個女人提醒妳的話，真是夠嚇人的，很容易給人造成心理陰影。」

「希望熬過這幾天……會好一些。」媽媽說。

「什麼意思？」季寧問。

「那個女人最後說，死者死去的前七天，最容易和通靈者接觸，我們得特別注意這幾天……」

爸爸聽著聽著，有些忍不住了，「那個女人到底是何居心？刻意告訴妳這麼多可怕的事，是想讓我們家變得人心惶惶嗎？」

「別這樣說，她只是善意地提醒，沒有其他意思。她也是猶豫了很久，才決定要告訴我。事實上，她提醒的狀況，現在不都已經發生了？」

爸爸緘默不語，過了好一會兒，沉沉地嘆道：「太詭異了！若不是親身經歷，我無論如何都不會相信，這個世界上真有人能和亡靈溝通。」

媽媽把臉扭到一旁，「真是沒想到，那麼多年過去了，我竟然還是沒能擺脫這些莫名其妙的事。」

季寧和爸爸驚訝地望著她，「妳以前就知道這些？」

「你們別忘了，我小時候也住在那個村子裡，當然曉得村裡有通靈的習俗。我從小就特別害怕這一類的東西，所以想方設法地要離開……」

「當時家裡窮，我們倆姐妹，只允許一個人去鎮上讀書。我哭著鬧著非得要去，你外公和外婆只好依了我。自那以後，我先在鎮上讀小學，又到縣城去讀中學，後來去外地讀大學，很少回老家。說到底，我一直都在躲著那地方……」

季寧第一次聽媽媽講起這些往事，「那小姨呢？她沒有讀書嗎？」

媽媽悲哀地點了下頭，「她把讀書的機會讓給了我。不過，我知道，其實她也非常想去上學。我帶回家的舊課本，她都收集起來，一個人在家裡自學。雖然如此，你小姨始終不曾埋怨我這個自私的姐姐半句……」

「後來，我大學畢業，在城裡找了工作，結了婚。你外公去世後，外婆就到城裡來和我們一起住，留下小姨一個人在老家的農村。我想起當初的執拗和自私，覺得這輩子虧欠她太多，總想找個機會好好地補償她，沒想到……她居然就……」

媽媽控制不住情緒，低聲啜泣起來。

爸爸勸道：「別哭了。明天眼睛腫了，小心給老太太看出來。」

媽媽用季寧遞過來的面紙擦眼淚，「我現在唯一能做的，就是把豆豆當成自己的兒子，好好地將他撫養長大。可萬一他真有那種特殊體質，我又會非常害怕，不敢和他接觸……」她陷入了焦慮，「我真的不知道該怎麼辦了。」

爸爸安慰道：「不要想太多，也許發生在豆豆身上的怪事不會持續多久。不需要過分擔心或害怕，我不認為情況會像妳想像得那樣糟。」

「但願如此！」媽媽緩緩吐出一口氣，「季寧，我把一切都告訴你了。就像你說的，你已經是個大人了，該懂得怎麼恰當地處理這些事。不管豆豆有多特殊，都要記住，他是你最親的弟弟。」

媽媽沒有說「表弟」，而是說「弟弟」。季寧聽出了其中的意味，用力頷首道：「放心，我明白。」

媽媽也點了點頭，扯出一絲苦笑。

爸爸看了一下時鐘，「好了好了，都快凌晨一點鐘了。趕緊回去睡吧，別再想這些事了。」

12 第五天凌晨

沿著黑暗的室內樓梯下樓，季寧儘量不發出一點聲音。悄悄推開臥室門，摸索著走到床邊。眼睛在這時候已經適應了周圍的幽暗，上床前，自然而然地朝豆豆睡的那邊望了一眼，想確定小傢伙是否睡熟了。

側身上床的動作停了下來。

床的另一頭，豆豆蓋的涼被癟癟的，沒有人睡在那裡。

季寧不確定自己是不是沒看清楚，於是俯身上前，輕輕地將手壓到被子上。觸覺清楚地告訴他，豆豆的確不在床上！

季寧愣了兩三秒，判斷著這是怎麼回事。

豆豆到哪兒去了？

上廁所？這是他最先想到的。

事實上，除了上廁所，他也想不到其他的可能性。

坐在床邊，短暫地猶豫了片刻，季寧覺得自己應該去證實一下。

輕手輕腳地來到廁所門口，門是虛掩的，沒有關攏，從裡面透出光線。

他鬆了口氣，看來豆豆眞的在上廁所。一面想著，一面喊了一聲，「豆豆，你在裡面嗎？」

沒有回應。

他又問：「豆豆，你是不是在上廁所？」

等了幾秒，還是沒人答應。

季寧感到有些奇怪，緩緩推開了廁所的門。

最小的一盞夜燈開著，光線有些昏暗，但是一眼就能看出來，小小的空間裡沒有半個人。

季寧的神經瞬間繃緊——豆豆沒在這裡，那他會到哪兒去呢？現在可是大半夜啊！準備轉身離開，繼續去找人，眼角餘光恰好瞥到立於左側的梳妝鏡，他一下子怔住了。

這是什麼？

季寧不由自主地後退一步，映入眼簾的畫面令他的胃劇烈緊縮。

一個圓形的、紅色的……符號？或者說是一個符咒，被人畫在了鏡子上。

這是什麼時候畫上去的？他驚駭地想著。能夠肯定，早先洗澡的時候還沒有這鬼東西，因爲那時他照了鏡子。

猛地，他想到，這個家裡，只有豆豆有這種繪畫顏料。

豆豆要幹什麼？

腦子裡湧起的恐怖猜測令季寧脊背發冷。這紅色的符號代表著什麼意思？

定了定神，再次望過去，感覺鏡子上的紅色符號似乎具有某種魔力。雖然感到害怕，還是禁不住地受到吸引，雙腿不受控制地拖著身體走動，直直地走到了鏡子前。

現在，他看清楚了。

這是一個由圓圈和看不懂的怪異字符組成的複雜圖案，貌似蘊含著懾人心魄的無形力量，盯著這個紅色符號看久了，竟覺得心智變得有些難以控制。

也在這時，他聽到一種詭異的聲音，頭皮猛然收緊。

那是一種連續不斷而且富有規律的聲音，顯然有一個人在低低地念著幾句聽不懂的話，而那個人是……是豆豆！

季寧感到自己緊張得快要暈過去了。聲音是從哪裡發出來的？豆豆究竟在哪兒？

驚恐地轉動身子，左右環顧，無法尋覓到聲音的來源。把身體轉回來，他想用一隻手撐住洗手台，卻在無意間撥動了水龍頭的開關，嘩的一聲響，一股冷水從水管裡噴湧而出，濺到臉上和手上。

被這涼水一驚，他反倒有些清醒了，扭過頭去，盯住藏在簾子後的浴缸。

沒錯，聲音是從這後面發出來的。

季寧快步走過去，一把掀開隔水的塑膠簾子，果然不出所料，豆豆蜷縮在浴缸裡！

季寧正要開口喊他，隨即發現豆豆閉著眼睛，整個人動也不動，只有嘴唇一張一合，不停地念出那種奇怪的咒語。

難道他在夢遊？

季寧躊躇了，一時不知道該怎麼辦。想把豆豆叫醒，卻又想到，曾經在一本書上看過，把正在夢遊的人強制叫醒，說不定會把那人嚇出精神病。但是，不叫醒豆豆，這種駭人的狀態要持續多久呢？

對了，先把他抱回床上去吧。

季寧將雙手伸進浴缸，摟住豆豆的身體，把他抱了出來，扭身朝回走。經過鏡子前面，禁不住又側過頭去，望了一眼。萬萬沒想到這一眼，居然把他嚇得心膽俱裂、魂飛魄散。

紅色咒符旁邊，多出了一張人臉——小姨那張蒼白而恐怖的臉，就像出喪那天一樣，睜大了眼睛，瞪視著他！

季寧全身的血液都凝固了，頭髮連根豎起。他想叫，驚恐的尖叫偏偏被哽在了喉嚨裡，發不出一點聲音，雙腿也動彈不得。幾秒鐘後，才找回行動能力，抱緊了豆豆，狂奔回自己的房間。

把豆豆放到床上，季寧趕緊打開房裡的燈。豆豆不再發出那種奇怪的聲音，又沉沉地睡去。季寧急促地呼吸著，將房門關攏、鎖好，然後鑽進被子裡，牙齒上下打架。

太可怕了！他感覺自己快被嚇瘋了！

頂燈帶來的光明籠罩全身，驚悸的心緒在幾分鐘後稍微平復了一些。他想到，廁所的燈沒關，鏡子上還留有那咒符，明天一早，媽媽肯定會發現，她會嚇壞的。可是，他實在沒有勇氣回去處理這些了……唉！一切都等到明天早上再說吧。

這一晚，季寧一直開著房間的燈，在失眠和惡夢的交替折磨下，渡過提心吊膽的一夜。

13

第五天上午

清晨七點，季寧就從床上起來了。他沒有忘記夜裡的事，想趁著父母親還沒發現異狀，把廁所鏡子上的鬼東西擦掉。

他不想嚇著媽媽，不希望這個家裡再增加更多恐懼的氣氛。走出房間，季寧看到媽媽已經在廚房裡做早飯了。還是晚了一點啊，他暗叫不好，她注意到鏡子上的符咒了嗎？

季寧裝作若無其事地走過去，「媽，怎麼這麼早就起來了？」

媽媽一邊攪拌雞蛋液，一邊歎著氣說：「心裡想著那些事情，睡不著。」

季寧通過媽媽的態度判斷出來，她還未發現一樓廁所裡的異狀。

「你呢？怎麼也這麼早就起床了？」媽媽問。

「我是起來上廁所的。」季寧說著，迅速鑽進距離廚房不遠的廁所。關上門，打算找一張抹布擦掉鏡子上的怪東西，抬眼望去，旋即愣住。

鏡子上乾乾淨淨的，沒有昨晚看到的紅色咒符。

季寧走近一些，瞪大眼睛仔細察看，鏡面真的一點痕跡都沒有。

一時之間，他的腦子有點發懵，呆呆地愣在原地。這是怎麼回事？難道說，媽媽已經進來過，把這鬼東西擦掉了？

不對啊，媽媽不可能處理得如此冷靜，不動聲色。這和她的性情不符。

或者，是豆豆把它擦掉的？可是豆豆現在還睡在床上……莫非半夜裡自己睡著後，小傢伙又悄悄地爬起來……

思來想去，他甚至開始懷疑夜裡的恐怖經歷只是一場惡夢，但這念頭剛出，隨即在心裡否定。當時的印象和觸覺太過清晰，不可能只是夢。

一分多鐘後，季寧回到母親身邊，指著廁所問：「媽，妳早上到這裡邊去過嗎？」

媽媽偏頭望了一眼，「沒有，怎麼了？」

「唔……沒什麼，我覺得馬桶的沖水閥門有點鬆。」

「是嗎？一會兒叫你爸爸看看吧。」媽媽顯得毫不在意。

季寧回到房間，望著還在熟睡的豆豆，想不透這是怎麼回事。

八點半左右，一家人都起床了。洗漱完畢後，圍坐在餐桌前吃早飯。豆豆表現得很正常，彷彿對早先的怪事全然不知。其他人的態度也表明了，對於前夜種種毫不知情。

季寧決定把這件事壓在心裡，不說出來，儘管這樣會讓他感到壓抑難受，可他很清楚，自己別無選擇。如果不希望讓全家人——尤其是媽媽——都被捲進恐懼的漩渦，他只能獨自承受。

上午十點鐘，手機收到一封簡訊。

季寧，你在家嗎？為什麼這幾天都沒有上網？

是筱凡發來的！季寧的精神一下來了。這幾天經歷了這麼多複雜、詭異的事情，他幾乎忘了和女友聯繫，也不明白爲什麼筱凡不跟他聯繫。現在收到她的簡訊，好想立即飛出門去，見她一面。

筱凡，妳現在能出來嗎？我想見妳。

可以，在哪兒？

就在妳家前面那家飲料店吧，妳知道的，我們常去的那家。

好的，我馬上出來。

一會兒見。

發完簡訊，季寧對媽媽說自己要去書店買幾本參考書，又跟房間裡的豆豆打了個招呼。豆豆坐在電腦前玩遊戲，玩得不亦樂乎，只是隨便地跟表哥揮了下手，說了聲再見。

季寧急不可耐地一路跑到和筱凡約定的地點，用了不到十分鐘。筱凡顯然也很想見男友，已經等候在店裡靠窗的一個位置上了。

季寧走到筱凡面前，氣喘吁吁地坐下，一頭的汗。她淡淡一笑，「你是跑過來的？」

季寧苦笑著擦了把汗，向女服務生點了兩杯冰檸檬茶。

這家店的動作很快，半分鐘後就端來兩杯冰涼的飲料。季寧熱壞了，猛喝了幾口，然後用吸管攪動著杯裡剩下的檸檬茶，見液體表面出現一個小小的漩渦，驀地聯想到自己現在的處境。短短幾天發生了這麼多事，自己墜入到層層謎團之中，難以自拔……

一時不知道該怎麼開口，偏偏筱凡也不開腔，像是故意要等他先說話。

季寧終於問道：「筱凡，怎麼這幾天都沒有跟我聯繫？」

筱凡答道：「你也沒有跟我聯繫。」

季寧短暫地沉默了幾秒，「我們家發生了一些事情。」

「什麼事情？」

季寧盯著筱凡的臉看了半分鐘，猶豫著要不要把這件詭異恐怖的事講給她聽。很想找個人傾訴，又怕說出來嚇著女友，心中十分矛盾。

筱凡從他的反應意識到這件事情可能不一般，試探著問道：「怎麼了？是很嚴重的事嗎？」

「嗯！」季寧沉悶地應了一聲，「我不確定是不是該告訴妳。」

「如果信任我，那就告訴我。」

季寧搖頭，「不是信不信任的問題，而是……這件事情太怪異了，某些部分可能超出了妳，或者該說是超出了一般人的認知範疇。我怕說出來之後會嚇著妳。」

筱凡在座椅上不安地扭動了一下，「到底什麼事？被你渲染得這麼玄乎。」

「不是我要故意渲染。」季寧趕緊解釋，「真的是這件事情太離奇了，我從沒遇到過這樣可怕的狀況，不確定妳能不能承受。」

「說吧！」筱凡定定地望著他，「你既然約我出來，肯定就是打算要告訴我。我也做好了心理準備，應該不至於被你說的怪事嚇破膽。」

季寧沉默了好一會兒，最後道：「好吧，我告訴妳。」

接下來的一段時間，季寧把這幾天發生的所有事情，原原本本、詳詳細細地講述出來。他注意到，筱凡的神態和表情，隨著他所敘述的怪事不斷地發生變化，臉上的血色像落潮的海水那樣漸漸褪去，眼睛越瞪越大，幾乎要脫離眼眶的束縛。他能透過這些反應明確地感受到，她有多麼害怕。

待到聽完所有怪事，筱凡的面色已經變得跟白紙沒兩樣了，捂著嘴，驚駭得說不出話來。季寧帶著歉意說：「對不起，真的把妳嚇到了。相信我，我絕對沒有做任何加油添醋，事實就是如此。」

筱凡張著嘴，愣了足有小半分鐘，總算找回了自己的聲音，「這真是……太可怕了！真不敢相信現實中會有這種事，而且就發生在我身邊！」

「準確地說，是發生在我身上。」季寧悲哀地說：「妳光是聽到這些事都感到害怕了，我是親身經歷，恐懼的程度估計是妳的幾十倍。」

「我感到害怕的原因之一，就是想到這件事情竟然發生在你身上。」筱凡不由自主地拉住男友的手，「你肯定嚇壞了。」

季寧感受到了溫暖，輕輕拍著女友的手，有些無法相信這時候的自己居然還能安慰別人，「現在好多了。」

「可你以後還得繼續面對啊！」筱凡的聲音在顫抖。

「我有什麼辦法呢？總不可能不回家住吧！」思及此，季寧沮喪地歎了口氣。

「豆豆他……晚上真的會接到他媽媽打來的電話？」

「千眞萬確，我就睡在他旁邊。」

「他會不會只是在說夢話？」

「不是。」季寧無奈地搖頭，「很遺憾，不是。我聽到了來電鈴聲。」

筱凡害怕地抱住肩膀，「豆豆到底知不知道，他的媽媽已經死了？」

「關鍵就在這裡！」季寧像是早就忍不住了似的，急促地道：「我一直在想這個問題，有些邏輯實在無法說通。」

「什麼意思？」筱凡困惑地問。

季寧用雙手在她面前比劃著，「我們這樣來想，這件事情，無非就是兩種可能性：第一，豆豆不知道他的媽媽已經死了，認爲每天晚上跟他通電話的媽媽還活得好好的。可是妳想，如果是這樣，他怎麼會去『通靈』呢？」

筱凡又張開嘴，有些明白了。

「通靈這種事情，是通靈者先知道某個人死了，才會想到和死者的亡靈進行溝通。假設豆豆根本就不知道媽媽死了，事後怎麼會躲在我家廁所偷偷地進行那種『通靈儀式』？」

筱凡思忖著，「你說，豆豆夜裡在廁所做的事，像是在夢遊一般。也許他做這些事的時候根本沒有意識，只是一種潛意識行爲。」

「這種可能性，我也想過：豆豆會不會是因爲有通靈體質，所以本能地採取了那樣的行動？但很快我就意識到，這是不可能的。」

筱凡望著季寧，等待他繼續往下說。

「妳沒有看到他畫在鏡子上的那個圖案，非常神秘，像某種圖騰或宗教符號，還帶有一些極其繁雜的字符。另外，豆豆嘴裡念的那種『咒語』，也極富規律性。」季寧眨也不眨地盯住女友，「妳懂我的意思嗎？他不是在亂說亂畫，而是眞的會某種通靈的方法，並且在進行它！我不認爲這是與生俱來的，就算他有通靈的特殊體質，也不可能天生就會這些手段。」

「你的意思是，有人教過他這些東西？」

「如果是這樣，那就涉及到第二種可能性：豆豆已經知道母親死了，他在有意識地召喚母親的靈魂。但是這麼一來，又有一點說不過去——一個七歲多的孩子，知道母親自殺了，會裝得像沒事人一樣嗎？他不可能如此沉得住氣，況且也沒有這種必要。」

「照你這麼分析，這兩種可能性都不太可能。」筱凡皺起眉頭，「那到底是怎麼回事？」

季寧托著下巴想了幾秒鐘，「我有一種大膽的猜想……」

「什麼？」

「我認爲，豆豆做這些事，確實是在無意識的情況下進行的。但不是出於他的本能，而是因爲他受到了控制。」

「什麼？」筱凡大吃一驚，「你的意思是，豆豆被什麼……附身了？」

「噓！」季寧把食指伸到嘴邊，謹愼地朝左右望了望，「小聲些，這些話讓別人聽到了，會覺得我們不正常。」

筱凡壓低聲音，「你是不是這個意思？你覺得他被什麼上了身？」

「只是猜測而已。」季寧雙眉緊蹙，「我不能確定。」

筱凡顯得十分害怕，緊緊地抓住胸前的衣襟。

「坦白地說，我認爲豆豆之所以出現這種狀況，有可能是被他自己的媽媽附了身！」

「你的小姨想通過兒子，把她的魂魄給召喚回來？老天！這怎麼可能呢？假設她對這個世界還有留戀，又何必自殺？」

「我小姨的死本身就是個謎，沒有任何人知道她爲什麼要自殺，之前也沒有任何徵兆，她留下的遺書沒人能看得懂。這件事充滿了謎。」

筱凡思索半晌，「不對啊，還是有個問題：就算眞的是你小姨的靈魂附到豆豆身上，令他做出這些可怕的事，你小姨又怎麼會這些通靈的方法？這一點該如何解釋？」

季寧把雙手在胸前交叉，豎起右手的食指，「我倒認爲，如果眞是這樣，一切都解釋得通了。豆豆爲什麼會有通靈的體質，妳想過沒有？」

「啊！」筱凡彷彿被一股電流擊中，「你是說，其實你小姨她……她有通靈的能力，而豆豆遺傳了那種特殊體質？」

「對！」季寧點頭，「我懷疑，我的小姨曾經是靈媒。」

筱凡先是震驚得說不出話來，旋即想到新的問題，「倘若眞是這樣，你媽媽和你家裡的人，還有你小姨村裡的人，他們怎麼會不曉得呢？」

「我媽媽和小姨雖然是親姐妹，相處的時間卻不是很多，因爲我媽媽從小就到外面讀書去了，後來又一直生活在城市裡，對小姨的生活並不了解。」

「村裡的那些人呢？他們哪可能不知道？」

「記得我剛才說過的嗎？村裡那個女人說過，我小姨不希望別人知道豆豆有通靈的體質，由此想來，她同樣不希望別人知道她有這種本事。想想看，假設她只進行過爲數極少的幾次通靈，而且都是在隱瞞實際身分的情況下進行的。豆豆出生後，她不願兒子沾染上這些事，便徹底洗手不做了，村子裡當然就不會有多少人知情。」

筱凡完全聽呆了，季寧的這番分析，乍聽之下猶如一個極端離奇的故事。可她不得不承認，種種猜想不但有一定的道理，而且極具可能性。

「老天，如果一切眞如你所想，簡直能拍成電影了！」筱凡感歎道。

「這部電影正在上演呢。」季寧凝神望向窗外，「不過，我想，我快看到它的結局了。」

筱凡從男友的語氣中，聽出他預備要採取某種舉動，不禁問道：「你想幹什麼？」

「我有個計劃，也許能揭開這所有的謎。」季寧的口氣不是太肯定，「不過，只是也許而已……」

「什麼樣的計劃？」

季寧搖搖頭，神態有些侷促，「我現在不想說，之後再告訴妳結果吧。」

筱凡噘起嘴巴，「這麼多你都告訴我了，爲什麼偏偏最後一點不說？你是有意讓我睡不著覺嗎？」

「不是的，筱凡。」季寧爲難地說：「我只是不確定能不能成功，而且……也不確定結果究竟如何。」

「這些都不重要，我只要知道你打算怎麼做。」筱凡不依不饒。

無奈之下，季寧只有把他的想法說出來，「今天晚上，我打算跟豆豆睡在同一邊，如果豆豆又接到他媽媽打來的電話，我就設法偷聽他們談話的內容。」

筱凡瞪大眼睛，「這樣做有什麼意義？」

「當然有意義。我覺得，豆豆，或者是他媽媽，不願意說出他們談話的內容，裡面一定有隱情。若我能探聽到，也許就能知道他們的目的。更重要的是，說不定還能得知我小姨自殺的眞相。」

出乎意料，筱凡顯得有些著急，貌似不大認同，「你爲什麼一定要探知你小姨自殺的眞相？」

季寧用一種奇怪的眼神望著女友，「我當然想知道了，我們全家都想知道，否則以後也無法安心。」

「可是你想過沒有？你小姨不在遺書上說明她自殺的原由，背後肯定有著某種苦衷。既然她不願意讓人知道，你們還是不要去探求得好。」

季寧凝視著筱凡焦急的面龐，突然冒出一個奇怪的念頭：爲什麼筱凡此刻的態度，就好像她知道什麼一樣？

筱凡沒察覺到季寧的心思，拉著男友的手說：「季寧，你答應我一件事，好嗎？別去追究你小姨自殺的原因了，過去的事就讓它過去吧。」

季寧按捺住心中的疑惑，試探性地問：「爲什麼一定要勸阻我做這件事？」

筱凡脫口而出：「因爲她不會希望你們知道。」

話畢，她呆愣當場，意識到自己失了言。

季寧張口結舌，心中累積的詫異又上升到了新高點。

本來，他只是想向女友傾訴一下壓抑在心頭的那些怪事，沒想到事態竟然朝更加詭異的方向發展了——理當跟這件事八竿子打不著的筱凡，如今看著倒像是知道某些內情！

季寧猛地想起幾天前的下午，筱凡問了豆豆一些問題之後，也出現了頗爲怪異的反應。

「筱凡，妳是不是……有什麼事情瞞著我？」

筱凡滿臉尷尬，緩緩埋下頭，無言以對。

毫無疑問，季寧說準了。

他還沒來得及再問什麼，筱凡先從座椅上站了起來，「季寧，我確實知道一些事，希望你能理解我，之所以不告訴你，有十分必要的理由。我絕不是有意要瞞你什麼，眞的，相信我。」

說完，她逕自轉身離開飲料店，頭也不回。

她又逃了，就像那天下午一樣。季寧目送筱凡的背影遠去，用牙齒狠狠地咬斷吸管，心中暗罵：眞是見鬼了！身邊的每一個人都隱藏著秘密，這究竟是怎麼回事？

14 第五天下午

離開飲料店，已經接近中午了。

季寧打電話跟媽媽說不回家吃飯，進一家西式快餐店隨便點了些東西吃，之後到書局去買了兩本數學習題集，作爲交代。

做完這些事情，回到家中，差不多是下午兩點鐘。季寧知道，爸媽都有睡午覺的習慣。爲了不擾醒他們，他用鑰匙輕輕打開門，不動聲響地換上拖鞋，悄悄朝房間走去。來到房門前，就見豆豆背對著他，趴在書桌前專注地畫畫，還沒有注意到表哥回來了。

季寧本想走過去，突然停住了腳步。

他想起了畫在鏡子上的紅色符咒，隨即又想到，昨天吃晚飯的時候，豆豆主動拿了幾張畫出來給大家欣賞。但還有一疊畫紙，他躲躲藏藏，怎麼也不肯一起讓別人看。

難不成，他在練習畫那個符咒？

腦中冒出這念頭，季寧決定去確實一下，躡手躡腳地走向書桌。

快靠近豆豆了，馬上就能看到那張畫紙上的內容了，季寧不自覺地伸長了脖子。偏在這當口，豆豆像是忽然感應到了什麼一樣，猛地扭過頭來，睜大眼睛望著他。

兩人都被對方嚇了一跳，豆豆旋即一把扯下桌上的畫，緊緊地貼在胸前，問道：「表哥，你什麼時候回來的？」

「剛回來。」

「你在偷看我畫畫嗎？」

季寧沒想到小傢伙會問得這麼直接，愣了一下，尷尬地說：「沒有啊。」

「那你爲什麼要站在我背後？」

「我……我想嚇唬你，跟你鬧著玩兒呢。」季寧勉強擠出一絲笑容。

豆豆懷疑地望了他幾秒鐘，然後低頭看了一眼蓋在胸口的畫紙，「你看見我的畫了？」

「沒有。」季寧索性問道：「豆豆，爲什麼不能讓我看你的畫？」

「那天我給你們看了呀。」

「那只是一部分，後來我爸爸想看另一疊畫，你沒讓他看。」

豆豆低下頭，「那些……是畫得不好的。」

「是嗎？畫的是什麼？」季寧彎下腰，牢牢地盯住他的眼睛。

「沒什麼，就是一般的畫。」豆豆搪塞道，一手抓起桌上幾張背著的畫紙，把它們一齊按在胸前，快步跑開。

季寧好想把畫紙從他手裡硬搶過來，但還是忍住了。看著桌子上的調色盤，特別是紅色顏料，心陣陣發緊。

15
第六天凌晨

晚上睡覺前，季寧開始實施自己想好的計劃。

「豆豆，你想不想聽故事？」他一邊脫衣服，一邊裝作若無其事地問。

「好啊！」豆豆興奮地問：「什麼故事？」

「你想聽什麼樣的故事？」

「冒險類的，你會講嗎？」

季寧假裝想了想，「冒險類的故事我想不起來，但我會講很有趣的童話故事。」——這類故事才能讓你睡得快些。

「好吧，只要有趣就行了。」豆豆挪著枕頭睡到裡面去，給表哥騰了個位子出來。

這正是季寧想要的，他很自然地躺上床，開始講故事，「故事的名字叫做『老鼠與公主』。從前有一個國王，他有一個漂亮的女兒，很多王公大臣前來求婚，但國王就是不肯把女兒嫁出去……」

季寧故意把語速拖得很慢，配合平淡的語調和低沉的聲音。豆豆一開始還聽得饒有興趣，但漸漸的，眼皮開始撐不住了。季寧不動聲色地看著豆豆的眼皮漸漸閉攏，直至聽到他發出輕微的鼾聲，才停止講述。

吐了口氣，季寧往自己的手臂捏了兩把，提了提神。看一眼桌子上的電子鐘，現在是十一點二十五分。

半小時後，豆豆的手機又會響嗎？

心緒有些矛盾，一種既害怕又期待的心情讓他渾身發顫。

季寧的計劃是這樣的：如果一會兒電話響起來，他就假裝睡著，同時豎起耳朵，偷聽他們的談話。他估算過，在這麼近的距離，就算無法完全聽清手機裡在說些什麼，起碼能聽出那是誰的聲音。

躺在床上，緊張地等待著手機鈴聲響起，只覺時間變得格外漫長。既要跟疲倦抗衡，又要與恐懼作戰，眞是比預想要辛苦得多。短短的十多分鐘，對他而言，彷彿過了好幾個小時。

十一點五十五分，季寧又看向電子鐘，快了，快了。

突然，他想到一件事。

該死！他在心中罵道，我爲什麼之前沒想到呢？

豆豆已經睡著了，爲什麼不找出他的手機，看看前面幾晚的來電號碼？也許會有大發現！季寧迅速地坐起身，適應了黑暗的眼睛四處尋找著，心臟怦怦直跳。還有五分鐘，來得及嗎？

沒有。周圍都沒看到豆豆的手機，他甚至翻看了豆豆的褲子口袋，仍然沒有收穫。季寧焦急地想著，也許是房間太黑了，手機放在某個不容易看見的地方，但他不敢把燈打開，怕驚醒豆豆。

時間一秒一秒地過去，眼看就要到十二點鐘了，他的額頭沁出汗來。

等等，冷靜下來，別慌。豆豆知道他媽媽會打電話來，肯定不會把手機放在距離很遠的地方，應該就在身邊。

季寧慢慢將身子探到豆豆枕邊，用手摸索著，希望能有所發現，但換來的還是失望，最終只有無可奈何地躺下來。

怪了，豆豆難道沒把手機放在身邊？不可能啊！這手機被他視爲珍寶，平時一刻不離地揣在身上，晚上睡覺的時候，到底會把它放在哪兒？

就在這時，手機鈴聲響起，那首童謠又從某個地方鑽了出來，聲音有些小，像是被什麼東西阻隔了一般。聽了幾秒，季寧總算明白了，於是緩緩地把身體偏向豆豆的方向，閉上眼睛，假裝熟睡。

童謠唱了兩段，豆豆醒過來，把手伸到枕頭底下，拿出手機，「喂，媽媽……」

季寧斂氣屏息，將全身的神經都集中到耳朵那裡。

「豆豆……」手機裡傳出的這一聲細細呼喚，讓他渾身的毛孔一下收緊，整個人就像瞬間被凍僵一般。

天哪！眞的是一個女人的聲音，而且……就是小姨的聲音！

季寧頭皮發麻，強迫自己將恐懼壓下，卻發現這比想像中要困難得多。此時才眞切地意識到，有些事情，唯有到眞正面對的那一刻，才能知道自己之前的想法是多麼的簡單，並且不切實際。就如此刻，他努力地想去傾聽手機裡的聲音，卻發覺自身的注意力被嚇得難以集中，加上豆豆把手機緊緊地貼在耳邊，阻擋了聲音的外洩。除了最開始的那聲「豆豆」，後面的內容一句也沒聽到。

不過，季寧注意到，豆豆接電話的形式和上次是一樣的。中間的幾分鐘，一句話也沒說，完全是在傾聽。電話那頭到底說了些什麼，顯得更加詭秘。

幾分鐘後，豆豆道：「季寧表哥？他就睡在我身邊。」

什麼？怎麼會問起我？季寧一驚。

豆豆回過頭來望了一眼，見表哥閉著眼睛，轉過頭對著電話輕聲說道：「嗯，他睡著了……」

接下來，豆豆又傾聽了十幾秒鐘，然後說：「好的，媽媽，晚安。」掛斷了電話。

不一會兒，小傢伙又睡了。

睡在豆豆身邊的季寧卻難以入眠了，他不知道電話裡的「人」怎麼會問起自己，而且還關心他有沒有睡著。他不認為這是無意義的對話，但想不通這意味著什麼，腦子裡混亂不堪。

過了幾分鐘，季寧感覺身邊的豆豆從床上坐了起來。接著，他看到豆豆翻過自己的身體，穿上拖鞋，朝門口走去。整個過程緩慢而機械，就像在夢遊。

我的老天！季寧自腳底冒起一股寒意，豆豆莫非又要到廁所去做那件可怕的事？

他忍不住問了一句：「豆豆，你上哪兒去？」

豆豆沒有理會，一言不發地打開房門，陰冷的態度讓人不寒而慄。

毫無疑問，季寧知道豆豆要去幹什麼。心臟怦怦狂跳著，現在該怎麼辦？去阻止嗎？他可不想再碰上前夜那種恐怖的事，可若放任不管……

幾分鐘後，季寧鼓起勇氣，翻身下床，朝廁所走去。

這次，他打開飯廳和走廊的燈，爲自己壯膽。正要走向廁所，卻看到旁邊書房的門虛掩著，從裡面透出一絲微光。

豆豆在書房裡？這次又在搞什麼鬼？

剛剛去到書房門口，季寧就聽到裡面傳出跟昨晚一樣的聲音，又是那種古怪的咒語！這聲音是由不斷重複的一句話組成，像有某種具有魔力般，將季寧吸了進去。

書房的檯燈開著，發出微弱的亮光。豆豆坐在書房正中間的地上，背對房門，面前似乎擺著一些東西。

季寧慢慢地走過去，看見豆豆面前，擺著一幅由四張畫紙拼成的畫。拼出來的圖案，赫然是昨晚鏡子上的那個紅色符號！

當符號撞入眼簾，剎那間，季寧竟然被一種神秘力量震撼。原本是來阻止豆豆的，眼下卻呆呆地站立原地，動彈不得。想喊，無奈發不出半點聲音。無助、震驚、恐懼，三種情緒在體內迅速滋長。

然而，他沒有看到最恐怖的景象。

在他身後，門外，浮出了一抹黑色的人影。

詭異莫名的氛圍越發濃重，忽然，一種不協調的聲音傳來——書房的玻璃窗被外面的風吹得嘩啦啦作響，起風了。

一陣涼風吹到季寧臉上，讓他感覺清醒了許多。緊接著，又一陣風從兩扇窗戶中間的空隙竄入屋內，恰好把地上那四張紙拼成的圖案吹散，彷彿也吹走了一些不應該出現在這個世界上的東西。

豆豆停止念那古怪的咒語，身體晃了兩下，軟倒在地。季寧知道表弟已經擺脫了控制，忙把地上那四張組成紅色符號的紙撿起來，迅速揉成一團，丟進垃圾桶，然後抱起豆豆往臥室去。

又是一次這樣的事件，季寧疲憊地想著。但不管怎麼樣，這一夜的驚悚時刻好歹是結束了。

想著，精神漸漸鬆弛下來，他一路往自己的房間走，順手將沿途所有的燈都關掉。回到房間，季寧摸黑把豆豆放到床上，正準備把他朝裡面挪一點，卻在黑暗中赫然看到，原先豆豆睡著的位置，橫臥了一個人。

準確地說，是一個黑色的人影，面朝季寧這邊。

季寧的腦子嗡地一下炸了，寒毛與頭髮根根豎起，整個世界在眼前搖晃打轉。跌跌撞撞地後退到牆邊，終於忍不住驚叫出聲，按開電燈開關。

啪的一聲響，頂燈大亮。

床上的黑影瞬間消失，猶如幻覺，但季寧心中清楚，事情沒那麼簡單。

豆豆在刺眼的亮光和震耳的驚叫聲中醒過來，揉著惺忪的眼睛，看著驚恐萬狀的表哥，好像什麼都不知道，「表哥，你怎麼了？」

季寧嚥了口唾沫，深吸幾口氣，「沒什麼，我做了個惡夢。」

「那你怎麼站在牆邊？」

「別說了，豆豆，讓我先緩口氣。」季寧走過去，幫表弟把涼被蓋好，「沒事的，睡吧。」

豆豆不再說話，側向另一邊，沒多久又安穩地睡過去。

十幾分鐘後，季寧抱著涼被從房間裡出來。

這個晚上，他只有在客廳的沙發上過夜。臥室那張床，他恐怕是再也不敢睡上去了。

怎麼辦？誰能幫幫我？我快撐不住了……他虛弱地想。

今天是小姨死後的第六天，明天就是第七天了，屆時會不會發生什麼更可怕的事？

16

第六天

早晨，媽媽從樓上下來，看到兒子睡在客廳的沙發上，不明白這是怎麼回事。

過了一會兒，季寧醒了，慢慢地從沙發上坐起身。媽媽從廚房走出來，問道：「季寧，你怎麼睡到客廳來了？」

季寧不想讓媽媽知道那些可怕的事，「豆豆睡覺的時候不大安穩，老是踢到我，我就到客廳來睡了。」

媽媽無奈地歎了口氣，「委屈你了，兒子。這個問題我也想過，總不能讓你和豆豆一直擠著睡。但是，如果這時候我們去買一張新床，就暗示著豆豆將長期住在這裡，你外婆一定會生疑，所以……」

「我明白，媽媽。」季寧說：「沒關係，我就暫時睡沙發吧，其實挺舒服的。」

媽媽往豆豆睡的房間望了一眼，壓低聲音，「這兩天晚上，豆豆有沒有什麼異常表現？」

季寧心裡咯噔一下，爲了不讓母親生疑，假裝平淡地說：「沒什麼。」

「豆豆還會接到他媽媽打來的電話嗎？」

這個沒法說謊，因爲豆豆會說出來，「嗯……會。」

媽媽的眼神露出無法掩飾的惶恐，「天啊，這種怪事，到底要持續到什麼時候才算完？」

季寧的心臟彷彿被重重地擊打了一下。是啊，我究竟還要渡過多少個恐怖的夜晚？再這樣下去，眞會瘋掉的。

媽媽見兒子神思恍惚，頗爲擔心，「季寧，你沒事吧？」

「唔……沒事。」季寧吶吶地答了一句，緊接著，嘴裡不由自主地冒出一句話，「明天就會結束了。」

「什麼？」媽媽詫異地問：「你怎麼知道？」

「我……我也不知道。」季寧驚愕地回答。他眞的不知道，那句話就像是從潛意識中冒出來的，「我只是……有這種感覺。」

「唉，希望如此。」

媽媽回到廚房去了，季寧呆呆地坐在沙發上，試圖理解剛才那一瞬間，自己爲什麼會說出那樣的一句話。眞的是源自於潛意識的想法嗎？或者是一種難以言喻的預感？似乎從夜裡開始，他就一直有這種感覺——小姨死後的第七天，將要發生一些事。也許是很不好的事，但不管怎麼樣，對於每晚都飽受恐懼折磨的他來說，任何象徵結束現狀的微妙暗示，都如同一絲希望之光。

今天早上，外婆坐著輪椅和大家一起吃早飯，豆豆仍然是那麼的……正常。對於自己每夜都被短暫附身這件事，小傢伙顯然一無所知。

「表哥，你爲什麼要到客廳裡去睡？」豆豆熟練地剝著煮雞蛋殼。

外婆和爸爸一同望向季寧，他假裝輕鬆地用手指往豆豆的額頭輕輕點了一下，「還不是因爲你。」

「我怎麼了？」豆豆納悶地問。

「你的小腳丫子都蹬到我臉上來了，我只有躲開咯。」

豆豆的臉紅了，「我的腳才沒有蹬到你臉上！」

「是嗎？你睡著了，怎麼會知道？」

季寧只打算逗逗他，沒想到小傢伙竟然停下剝雞蛋的動作，很認眞地想了想，回道：「我好像知道我睡著之後的事。」

季寧的心高高地懸起來。

外婆笑著說：「豆豆，睡著之後能做什麼事？你說的是做夢吧！」

「唔……我記不清了，我感覺自己眞的做了什麼事，是有人叫我那麼做的……」豆豆費力思索著，最後撓了撓頭，「不行，想不起來。」

「那就別想了，只是一個夢。」季寧迅速地轉移話題，「豆豆，我給你的那個掌上遊戲機好玩嗎？」

「好玩！太好玩了！」豆豆不疑有他，立刻興奮地談論起掌上遊戲機。

季寧知道，眞的會有什麼事發生——對於這一點，他確信無疑。隨著時間向明天逐漸過渡，感覺變得越發的強烈。事實上，整個一天，他都在焦躁不安和心神不寧中渡過，幾乎沒法靜下心來做任何事。到了晚上，狀況變得更加明顯。

季寧的眼睛盯著電視機，卻沒看進去任何內容。彷彿患上了強迫症，不斷猜測著今天晚上，更確切地說是明天凌晨，究竟會出什麼怪事。特別是，今晚他不會和豆豆睡在一起，無法得知豆豆接到電話後會做些什麼，如此一想，更加覺得這種想法不是毫無來由。可是，季寧實在沒有勇氣再去面對那些恐怖的事情了，脆弱的神經禁受不起一而再、再而三的摧殘，只有選擇逃避。

豆豆在房間裡玩遊戲機，外婆在廚房裡清洗她的假牙，季寧幾乎一言不發。除了電視劇裡的無聊對白，整個客廳再沒有別的聲音。媽媽像是忍受不了這種沉悶的氣氛，刻意要找些事來做，從冰箱裡取出半顆西瓜，打起了西瓜汁。

幾分鐘後，她在廚房喊道：「豆豆、季寧，來端西瓜汁喝！」

季寧應了一聲，沒有馬上站起來，他現在沒心情喝東西。豆豆倒是飛快地從房間裡跑了出來，他最喜歡喝冰鎮果汁。

過了一會兒，豆豆把自己那杯喝完，端了一杯西瓜汁過來，遞給季寧，「表哥，姨媽才榨的果汁，超好喝。」

季寧勉強笑了笑，接過杯子，「謝謝。」

喝完這杯冰鎮果汁，心情稍微放鬆了一些。他去浴室洗了個澡，回到客廳的時候，電視已經關了，家人也早早地各自回了房間，大概是考慮到他今晚要睡沙發的緣故。

一整天的高度緊張令季寧感到疲倦，他沒有關燈，裹上涼被，不一會兒就進入了夢鄉。

不管是不是眞的要發生什麼事，隨便吧，他不想管了。

大概過了一個多小時，夜深人靜之時，啪的一聲，客廳的燈自動關上。

一抹人影佇立牆邊，注視熟睡的季寧。

17 第七天凌晨

迷迷瞪瞪、飄飄忽忽之中，季寧置身一座黑暗森林。一切都顯得虛幻、飄渺。行走沒有聲音，觸碰沒有實感。

這是哪兒？季寧環顧著四周黑壓壓的樹林，好熟悉啊！他分明感覺到，這是自己去過的某個地方。

哦，對了，這是安葬小姨的那片山林。

我怎麼到這兒來了？眞奇怪，心裡竟然一點都不害怕。

正納悶著，季寧看到影影綽綽的樹林中，一個人影緩慢地朝自己走過來，越走越近。他漸漸地看到了來人的臉，不是別人，正是小姨。

她應該睡在這片土地裡，怎麼會出現在自己面前？

季寧想走過去問小姨，這是怎麼一回事，同時，內心感到一種荒誕——我居然看到一個死人，還想和她說話。

想到這一點，隨即明白過來，找到了對於這種荒誕場面的最合理解釋。

這是一個夢，一個不切實際的夢。

小姨離得越來越近了，他清晰地看到了她的臉，膚色蒼白，雙眼無神，腮幫子邊有一塊腐肉慢慢地往下掉。

季寧的呼吸變得緊促，這不好玩，不是那種帶有幻想或浪漫色彩的美夢，而是一個惡夢。不行！得趕快醒過來。

事實上，在他這麼想的時候，小姨——或者說那具腐屍，已經快到眼前了。用什麼方法，才能從一場惡夢中醒來？

他使勁地睜眼睛，但只能控制夢中的自己。想大聲吶喊，卻發現尖叫被憋在了喉嚨裡，發不出任何聲音。還能想到的就是拚命向後跑，奈何雙腳像被灌了鉛一樣，根本無法挪動。

季寧慌了，他驚恐地發現，在這個惡夢裡，他做的一切都毫無意義，無法控制並擺脫恐怖的夢境。

那雙蠟白、腐敗的手慢慢抬起，像蔓藤一樣纏繞過來，彷彿要將季寧緊緊箍住。隨即，吊著腐肉的臉也貼了過來。他嚇得緊閉雙眼，全身僵硬。下一秒，耳邊傳來熟悉的話音，是前兩天晚上聽過的、豆豆念誦的那段咒文。

心中的驚駭到達了極點，無論如何也想不到，在夢中也會聽到這恐怖的聲音！

強烈的驚嚇令神智清醒，過往從不曾在夢中如此清醒過，清楚地知道自己在做夢，偏偏就是沒法醒來。他甚至能想像出來自己此刻的眞實狀況：躺在客廳的沙發上，緊閉雙眼、滿臉痛苦、瑟瑟發抖。唯一不明白的是，既然已經如此清醒了，爲何無法睜開眼睛，逃離夢境？

蛇一樣冰涼的手滑過季寧的脖子，後背產生被指甲摳抓的痛楚，他感覺到那雙手漸漸地陷入到自己的身體之中。毫無疑問，這具腐爛的屍體打算和他融爲一體。他不明白這代表著什麼，可他曉得，情況絕對不正常，這不是普通的惡夢！

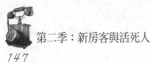

不能聽憑擺佈，無論如何，自己都該拚一下。

季寧回頭望了一眼，身後是一座萬丈深崖。他很怕，即使是在夢裡，也非常害怕墜落到黑暗的深淵之中，下頭看起來彷彿直通地獄。但是，不能就此沉溺於恐怖的夢境，必須奪回自控力。

拚了！他咬緊牙關，奮力跳向山崖……

咚！

季寧被疼痛喚醒，睜開眼睛，發現自己從沙發上滾落。

擺脫夢魘的心安感尚未浮現，隨即懷疑，是否只是從一個惡夢，跌落到了另一個惡夢之中？

在他眼前，客廳的地板上，畫著一個直徑足有一米的巨大紅色咒符，比前兩天晚上看到的要大出好幾倍。咒符的上下左右四個方向，分別點著四根蠟燭。跳躍的燭光中，豆豆坐在正前方，閉著眼睛，念誦咒語，臉上變換的明暗色調顯得詭異莫名。

季寧很想爬起來，再次阻止這一切，身體卻綿軟無力，行動困難。漸漸的，他的意識變得模糊，某些東西似乎離他遠去了……

同一時間，豆豆停止念誦，身體晃了兩下，朝一邊倒去。

幾秒鐘後，季寧的父母推開房門，大步往樓梯衝來——剛才季寧從沙發上摔下來的聲音，驚醒了他們。

來到樓梯口，俯望客廳，驚人的一幕映入眼簾：季寧和豆豆都倒在地上，不省人事，地上是偌大的紅色咒符和燃燒的蠟燭。兩人驚得呆若木雞，完全不明白這是怎麼回事。

驚呼一聲後，媽媽率先衝到兒子身邊，用力搖晃他的身體，大聲喊道：「季寧！季寧！發生什麼事了？」

劇烈搖晃讓季寧甦醒，微微睜開眼睛，看到眼前的人，嘴唇顫動了幾下，竟冒出一句：「姐……」

媽媽怔住了，「你叫我什麼？」

「姐……」季寧的語調聽起來和平常不一樣，像是換了一個人，「姐，真的是妳嗎？」

媽媽回過頭，和同樣張大嘴巴發愣的爸爸對視一眼，二人的神情就如生吞了一隻活老鼠。下一秒，被媽媽扶著坐了起來的季寧忽然嗚咽一聲，對著斜前方淒厲地叫道：「媽，求求妳，放過我吧！」

季寧的父母又是一驚，順著「兒子」的目光望去，不知什麼時候，外婆拄著拐杖，悄無聲息地站在了樓梯口。此刻，她嘴唇掀動，身體顫抖，神情淒然地望著「季寧」，說道：「慧雲，妳就這麼不想見我嗎？」

季寧的媽媽看看兒子，又看看母親，試圖理解這一切，但麻木的大腦已無法轉動，只能驚駭地圓睜雙眼。

外婆艱難地拄著拐杖，顫顫巍巍地下樓，走到「季寧」身前，對旁邊種種視若無睹。

而「季寧」深埋著頭，根本不敢直視她。

外婆道：「慧雲，我把妳召回來，只是想讓妳親口告訴我，為什麼要自殺？」

「媽，我有我的苦衷。我在留給姐的遺書上說了，我只想把這個秘密帶到墳墓裡去，不希望受到打擾。媽，求妳不要逼問我，好嗎？」「季寧」苦苦哀求。

「妳有什麼苦衷，為什麼不能告訴我？妳……妳還把我這個老太婆當媽看嗎？」外婆激動得聲音發抖，「慧雲，妳是不是一直怪我，從小就偏袒妳姐姐。我讓她出去讀書，又到城裡來跟著她住，把妳一個人留在村子裡，讓你們孤兒寡母受苦，妳一直都在恨我，對不對？」

「不！」「季寧」捂著臉哭起來，「不是這樣的。」

聽到這裡，季寧的媽媽渾身一陣猛抖，總算找回了一點語言能力，「媽，這究竟是怎麼回事？」

「慧晴，妳還不明白嗎？現在，慧雲的靈魂，就附在季寧身上。」外婆沉聲說道。

媽媽恐懼地捂住嘴，「為什麼會這樣？」

「這件事我瞞了妳很多年，今天該告訴妳了。」外婆凝視著她的大女兒，「我是一個靈媒。」

媽媽難以置信地望著她，季寧的爸爸也徹底懵了，張著嘴巴傻愣在一旁，像一尊石雕，一動也不動。

「我知道，妳從小就特別害怕也特別抗拒這些事。我之所以同意妳出去讀書，就是想讓妳離這些事遠一些。」外婆緩緩扭頭，望向「季寧」，「慧雲在我身邊，她是清楚的。我叫她不要告訴妳，還拜託村裡的其他人幫著一起瞞住妳。所以，妳始終不知情。」

外婆深吸了一口氣，「後來，妳在城裡工作、定居，我過來挨著你們住。慧雲一直不理解我，認為我貪圖富裕的好日子。實際上，妳們倆姐妹，誰都不曉得眞正的原因。這件事，我沒跟任何人解釋過。」

「慧雲啊，現在當著妳姐姐的面，我告訴妳吧。爲什麼我要選擇到城裡來挨著妳姐姐住？因爲我發現，我有一個繼承了通靈體質的外孫。」

季寧的媽媽驚恐得語無倫次，劇烈地搖晃腦袋，「不，不會的……媽，妳說的難道是……」

「沒錯，就是季寧。」外婆的語調聽起來猶如某種宣判，「在他年紀還很小的時候，我就發覺了這孩子具有通靈的能力。很顯然，他遺傳到了我的靈媒體質。」

「當時那個年代，尤其是在老家那裡，靈媒是受到所有人尊重敬仰的職業。我於是想，把季寧培養成繼承人，未嘗不是一件好事……」

外婆說到這兒，埋下頭去，神情無比悲哀，「但是後來，我發現我錯了。時代在改變，一方面變得進步，一方面也變得混亂虛假。很多打著靈媒幌子的騙子，用各種方法玷污、褻瀆這個行當，致使許多人——尤其是城市裡的人，不再相信通靈這樣的事。往日受人景仰的靈媒，如今淪爲了江湖術士，甚至是騙子的代名詞。意識到這一點，我當然不可能再讓自己的孫子走這條路……」

外婆定定地注視「季寧」，「慧雲，妳聽明白了嗎？我並不是瞧不起妳，嫌貧愛富，才不願和妳一起住。」

「季寧」坐在地上抽噎，不停地擦著眼淚。

媽媽凝望著面前的人，這分明是她的兒子，但動作、語調都像極了她那可憐的妹妹。頭腦從沒這麼混亂過，正覺得自己快要昏過去了，忽然腦中白光一閃，想起了什麼，「媽，妳怎麼會知道慧雲已經死了？」

外婆發出一聲乾澀的苦笑，「慧晴啊，妳瞞著我，是爲我好，這我明白。但妳怎麼能瞞得住？我畢竟是一個眞正的靈媒。早在慧雲死前，我就有了一些不祥的感應，後來豆豆出現，我意識到事情不對，通過靈力探查，感覺到我的小女兒應該已經不在這個世界上了。再後來，我略微試探，你們不自然的態度其實已經將眞相暴露了出來，我只是忍住了情緒，假裝被蒙在鼓裡。」

「爲什麼……」話說到一半，季寧的媽媽望向一邊的豆豆，立即明白過來。

「我和你們想的一樣。」外婆的表情十分痛苦，「我不忍心讓豆豆知道他媽媽自殺這樣殘酷的事，配合你們，就是爲了瞞住他。特別是，我那晚聽到豆豆在電話裡說，要他媽媽每晚都打電話給他。爲了讓豆豆安心，我後來就在夜裡用自己的手機打過去，假裝是慧雲。大家不是都說，慧雲的聲音和我很像？」

季寧的爸爸抱著豆豆，驚愕無比，「天哪！媽，夜裡那幾通電話，竟然都是妳打的！」

「你們給我買的手機，我一直沒用，沒想到在這件事上派上了用場。我裝作是慧雲，打電話給豆豆，原本只打算讓這孩子安心，可後來想到——我老了，腿腳不方便，但也許可以透過電話催眠豆豆，由他來向季寧施展通靈術，我只需要在之前做些準備就行了。我這樣做，也沒有別的目的，只是實在太想要弄清楚慧雲走上絕路的原因……」

說這些話的時候，外婆的呼吸逐漸變得困難，「本來我不打算驚醒你們，只想利用豆豆悄悄地把季寧引到某處，進行通靈，可惜前兩次因爲一些意外因素，都失敗了。今天晚上是最後的機會，我不能再錯過了。豆豆端給季寧的那杯果汁，被我放了半顆安眠藥進去……」

言及此，外婆丟掉拐杖，撲到「季寧」身上，老淚縱橫，「慧雲啊，媽把妳召回來了，妳還是不願告訴我嗎？也罷，我們到那個世界去慢慢說吧！」

「季寧」惶惑地抱著外婆，「媽，爲什麼要這樣說？」

「我老了，通靈這種事，要耗費大量的精力和體力……這是……我最後一次通靈了……慧雲，媽對不起妳，只能用陪妳上路來彌補了……」外婆的聲音越來越虛弱，身子漸漸下滑。

「媽！」季寧的爸媽都跪下來，幾隻手一起扶住外婆，「季寧」更是哭得肝腸寸斷，悲痛欲絕。

「媽，不要這樣！我不要妳陪我！我告訴妳，我現在就告訴妳，我之所以自殺，是因爲得了一種可怕的病！豆豆的爸爸也是因爲得了這種病，才會選擇離開我們。這種病是絕症，不但治不好，還會傳染！我不想連累豆豆，也不曉得他是不是已經被傳染上了，我……我無顏再面對他，所以才會……」

「是嗎？這麼說，不是因爲我……」外婆闔上眼皮，「好了，么女啊，我們……一起走吧……不管怎樣，媽都陪著妳……」

說完這句話，她的頭耷拉下去，倒在季寧懷中。季寧的身體旋即一陣抽搐，某種無形的東西從體內抽離出去。他抱著外婆，軟倒在客廳的地板上。

18

一個月後

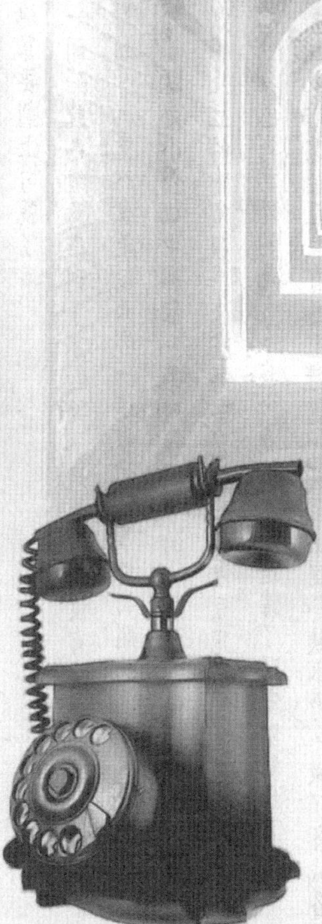

事情的經過就是這樣，之所以現在才記錄下來，是因為直到今天，其中的某些環節才得出確切的結果。整件事總算要劃上句號了。

回想起來，其實我從一開始就已經意識到了不對勁，只是當時沒有重視。我也根本不可能想到，這小小的「不對勁」，竟然會是後面那一連串恐怖事件的開端……

我沒有想到，自己的外婆就是小登口中那個「早就離開了的、最厲害的靈媒」；我也不可能想到，外婆會偷偷利用豆豆的繪畫顏料來畫那些咒符，教豆豆咒語，並且用電話催眠他，藉由他對我施法。最令我感到意外的是——我，竟然才是遺傳了通靈體質的人。

這實在是十分的諷刺。我之前懷疑豆豆有通靈體質，甚至懷疑小姨本身，做了各式各樣的分析與假設，卻忽略了，自己跟他們有著同樣的血脈。

當然，現在一切都明白了。為什麼我能在鏡子、床上，或其他一些地方看見小姨的亡靈？當時自己怎麼就沒意識到這一點呢？也許真是被嚇傻了吧。

對於小姨自殺的原因，我感到非常悲哀。在她居住的那個閉塞的村子裡，如果有誰承認自己患上了愛滋病，就等同於向所有人宣佈，他（她）是一個行為極端不檢點的人，會遭到村民的唾棄和鄙視。殊不知，愛滋病的傳染途徑，有共用注射器這一種。

當年，豆豆的爸爸為了貼補家用，秘密地去賣過幾次血，因此染上了愛滋。意識到患上絕症，他的選擇是默默離開，到某一個地方去等待死亡。幾年後，小姨得知自己也感染了病毒，絕望之下，和小姨父選擇了同一條路。在他們的認知裡，那是唯一的解決途徑。

這些事情，我是後來才從筱凡那裡聽說的。不得不說，世界就是這麼小，某些事情的發展就是這麼巧，一些看似沒有關係的人或事，背後卻有著千絲萬縷的聯繫。

筱凡的父親是醫生，專攻愛滋病的醫治，最近才升為主任。他翻閱醫院的病歷檔案，看到幾年前礦石村有一個年輕男人被確診患上愛滋，沒有接受任何治療就失蹤了。由此想到，應該找到這男人的家人，檢測一下他們是否也遭受了感染，從而預防病毒的擴散。

毫無疑問，那個男人就是豆豆的爸爸。

筱凡的父親到礦石村去，找到了小姨，把這些事告訴了她，並要求她去醫院接受免費檢查。為了豆豆，小姨瞞著所有人，悄悄前去醫院做了檢查，結果是悲哀而殘酷的——她是愛滋病毒的帶原者，只是暫時沒有發病的症狀，這種病毒的潛伏期可能長達數年。小姨無法接受這個事實，既害怕自己已經將病毒傳染給了唯一的兒子，又害怕面對未來發病後的種種痛苦，更不知道村裡的人曉得這件事後，會怎樣地看待她。她央求筱凡的父親千萬不要把這件事說出去，筱凡的父親答應了。萬萬沒想到，幾天之後，小姨就將秘密帶進了墳墓。

筱凡告訴我，她爸爸在家裡說過這件事，並提到礦石村這個姓徐的悲慘家庭，還留有一個七歲大的男孩。儘管受感染的可能性較低，也必須接受愛滋病檢測。

一起去遊樂園玩的那天下午，筱凡聽到豆豆的本名，立即把事情聯繫到了一起。回到家後轉告父親，她的父親反覆叮囑，這件事絕對不能透露給任何人知曉，必須尊重病人的隱私。所以直到幾天前，筱凡聽到我在電話裡說，我們已經知道小姨自殺是因為得了某種絕症，才對我道出一切。她意識到，她的父親很快就會來找我們，提出要豆豆接受檢測，我們遲早都會曉得真相。

關於豆豆，我不得不說，他比我們的想像要堅強得多。從得知媽媽去世的噩耗到現在，已經有二十天了，現在的情緒和飲食基本恢復了正常。只是，他沒有以前那麼活潑了，變得沉默寡言。我們知道，他心中的傷痛非常深，只能用時間和關愛來慢慢撫慰。

外婆的墳墓就在小姨的墓旁邊。她老人家活著的時候，始終想念著老家的那片山林，而今，總算可以長眠在那裡了，身邊還有她的小女兒陪伴。

回過頭來想想我自己，有一件事我有些不明白：既然有通靈的體質，為什麼如此多年來，我和爸媽一點異狀都沒發覺？外婆又是怎樣看出來的？

也許，我的「能力」沒有那麼強，只能看見親屬的亡靈。

算了，我並不打算深究，也不會告訴任何人，包括筱凡，我還是原來的那個我。

明天，我們會到外婆和小姨的墳上去，有一些消息要告訴長眠於地下的她們。

現在是晚上十一點半，該休息了。我想，這一定是我這輩子寫得最長的一篇日記。

尾聲

季寧全家，連同豆豆，站在外婆和小姨的墳頭前。白菊花和馬蹄蓮分別擺在兩塊墓碑旁邊。

「說好了，今天誰都不許哭。」媽媽說。

季寧和豆豆一起點頭。

爸爸對媽媽道：「妳來說吧。」

媽媽蹲下身去，輕聲呼喚，「媽、慧雲，我們要告訴妳們一個好消息——豆豆的最後一次檢測結果出來了，他很健康，沒有染上病毒。慧雲，妳可以安心了，我們會把豆豆當成親生兒子一樣撫養長大……」

說著，聲音哽咽了。

「說好了的。」爸爸在一旁提醒。

媽媽緩緩站起身，捂著發紅的鼻子。

「豆豆，該你了。」爸爸輕拍小傢伙的肩膀。

豆豆手裡捧著兩張畫，是他之前不願意讓人看到，失敗了很多次之後，終於完成的「全家福」。他把畫紙平鋪在兩座墳前，用兩塊石頭壓住。

「媽媽、外婆，妳們看，我們大家都在這兒呢，妳們不會孤單的……」他沒有哭，但臉上全是淚。

在山頭默默地站了好久，四人沿著崎嶇的小路下山。

走到山腳下，一陣風從後面吹來，颳過季寧的後頸窩，他不經意地回頭望了一眼，神情隨即凝固，腳步停了下來。

媽媽轉身問道：「怎麼了？」

「沒什麼。」季寧收回凝望山頭的視線，「只是風而已。」

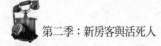

第四個故事之後

萊克講述故事的過程，沒有出現一絲停頓或錯誤，有條不紊地將這個令人發怵的故事娓娓道來，最後的結局出乎意料，且韻味悠長。

過程進展得太過順利，反倒讓人懷疑起他之前說過的話。

「這個叫做《靈媒》的故事，眞的是你即興創作的？」北斗率先發問，顯然不大相信。

「我說了，不完全是即興創作。我想好了故事的大框架，只有中間的一些具體情節和最後的結尾是即興創作的。」萊克答道。

「即便是這樣，也很了不起了。」龍馬說：「克里斯沒說錯，你確實不是泛泛之輩。」

萊克皺了下眉，不確定這句話是誇獎還是針對。

龍馬看出了他的困惑，連忙解釋道：「別誤會，我沒別的意思，是眞的覺得這個故事非常棒。」

「那麼，我們開始評分吧。」荒木舟說。

一樣的評分流程，最後萊克的故事得到九．〇分，目前最高的分數。他沒有爲此流露出絲毫欣喜，似乎只要能夠在不犯規的情況下順利進行遊戲，就是他最大的願望了。

萊克講故事的語速相對較慢，現在已經接近十一點了。暗火作爲下一個講故事的人，顯得有些壓力。他到櫃子裡拿了一些食物和水，說明天白天就不下來了，要在房間裡專心準備故事。

衆人完成今晚的「工作」，紛紛返回房間休息。這個晚上沒有發生什麼特別的事，貌似就要這樣平順地渡過。

南天躺在床上，思索著一個問題：從目前的各種跡象來看，萊克講的故事，無論從哪個角度衡量，都沒有犯規——既未和早先那三個故事的情節雷同，也沒有與現在發生的任何意外撞車。這樣說來，萊克眞的想出了一個避免犯規的方法？難道後面的人只有用這種方式，才能躲過一劫？

當然，還有第二種可能性——主辦者是不會令自己犯規的。

念頭剛一產生，南天又輕輕搖著頭，將它否決。萊克是第四個講故事的人，如果唯獨他沒有犯規，而其他人都犯規，未免太可疑了。這不符合狡猾主辦者的風格。

換個角度想，現在也還不能判定後面講故事的人會不會犯規。也許這個遊戲越進行到後頭，大家就會越小心謹愼……事態的發展是無法預料的，只能走一步算一步了。

想著想著，他感到睏倦，闔上眼睛，不一會兒就睡著了。

這幢經過改造的廢棄小型監獄顯然修建在一個人跡罕至的地方，每到夜裡，就是死一般的寂靜。房門與牆壁的隔音效果都相當好，但這種超乎尋常的安靜，仍然能把一些聲響帶進他們的耳朵。

南天一開始沒有聽到那聲音，他睡得很熟。後來音量變大，才將他從睡夢中拖曳出來。

有人在走動，或者是……跑步。仔細辨別片刻，聽出聲音來自樓下的大廳。

南天警覺地從床上坐起來，豎起耳朵又傾聽了一陣子，沒錯，是腳步聲，時快時慢。假設這聲音出現在一家健身房裡，那就是再正常不過的慢跑聲。但在這種特殊的場合中，顯得十分詭異。一連串疑問迅速地從腦海裡冒出來：是誰？誰會半夜三更到樓下去走動或者跑動？發生了什麼事？

南天小心謹慎地下床，慢慢地靠近房門，把耳朵緊貼在門板上。聲響愈發清晰了，的確有人在樓下繞著圈子跑步，或者是原地跑步。

南天搞不清楚這是什麼狀況，納悶之餘，覺得有些可笑。當前這種情形下，誰還有雅興鍛鍊身體？就算有，也不該三更半夜出來慢跑呀。

內心有種衝動，想立刻將門推開，看明白究竟是怎麼回事。但又害怕這是一個陷阱，擔心自己的冒失會導致意料不到的危險。

猶豫不決的當口，跑步聲戛然而止。南天心中一顫。

接下來的好幾分鐘，他沒有再聽到任何聲音。

南天回到床上，思索著這件不尋常的事，心緒複雜。既為方才沒有打開門看個究竟而懊惱，又安慰自己，待在房間裡是最正確的選擇。

謹慎一點總是沒錯的，畢竟這地方還有十二個人，聽到聲音的不會只有他一個。早上去問問大家，也許就知道是怎麼回事了。

第五天

南天早早就起床了，想起夜裡的怪事，睡意全無。看了一眼時間，現在才七點不到，但他已經按捺不住了，將房門打開，走了出去。

從二樓的走廊往下望，已有幾個人在大廳裡了，他們醒得比他更早。南天心想，這幾人如此早起，也許正在談論那件怪事。

果不其然，剛剛下樓，紗嘉就快步向他迎過來，問道：「南天，半夜你有沒有聽到奇怪的跑步聲？」

南天點頭，紗嘉低呼一聲，回過頭去對其他幾個人說：「南天也聽到了！」

他走過去問道：「你們都聽見了？」

萊克最先點頭，「是的。」接著，徐文、紗嘉和歌特也紛紛表示，聽到了深夜裡的跑步聲。

南天注意到，站在這裡的還有夏侯申和荒木舟，他們沒表態，「夏侯先生、荒木老師，你們也聽見了嗎？」

夏侯申說：「我沒聽到夜裡的怪聲，倒是聽到了大家的議論聲，所以才從樓上下來。」

南天望向荒木舟，「您呢？」

荒木舟望著別處，傲慢地說：「那麼明顯的聲音，我當然是聽到了。」說著頓了一下，「不過，我覺得沒什麼好大驚小怪的，也許只是有人夜裡睡不著，出來走動罷了。現在人還沒到齊，等剩下那些人起床，自然就清楚了。」

「說實話，荒木舟老師，我不這麼認爲。」歌特搖頭，「昨晚那個聲音不對勁，本來是一陣時快時慢的跑步聲，突然一下就什麼都沒有了，後來也沒再發出半點聲響。假設有人出來走動，走了一陣子之後，應該要回房間去，怎麼會忽然停下來呢？我當時的感覺，那個人就好像跑著跑著，很突兀地在原地站住，之後沒有再動一下——實在是詭異到了極點。」

「那有可能是錯覺，或者是一種假象。」荒木舟不以爲然，「年輕人，別太相信自己的感覺。」

南天問道：「你們都沒有出來看看是怎麼回事嗎？」

紗嘉說：「我有點害怕，不敢開門來看。」

歌特更是直言不諱，「不管有沒有聽到任何聲響，我都不可能在夜裡打開房門。住在這種鬼地方，遭遇了這樣的詭異事件，假如還不學會自保，那可太不明智了。」

徐文和萊克低著頭不說話，看來是默認了。

這時，從樓上走下來一個人——克里斯。不等衆人開口，他直接問道：「你們認爲那跑步聲是怎麼回事？」

南天攤了下手，「不知道，你覺得呢？」

克里斯環視幾人，用一種神秘的口吻道：「這裡發生的每一件事都是有理由的。不管昨晚是誰在下面走動，肯定有著某種特別的目的，絕對不會是無意義的行爲。」

也許是因爲克里斯的看法和自己不同，荒木舟語帶挖苦，「聽起來，你也不敢打開門來看，只能做些推測。」

克里斯平靜地說：「我不用打開門看都能知道，外面沒人。」

天才少年語出驚人，幾個人都禁不住瞪大了眼睛。

南天問：「你這麼說是什麼意思？外面沒人，那我們聽到的跑步聲是打哪兒來的？」

克里斯淡淡一笑，解釋道：「我的意思是，假如我沒想錯，刻意弄出那聲音讓我們聽到的人，懷抱著某種目的。既然如此，自然不會輕易被發現，即使此時被詢問，也不會承認自己夜裡做了些什麼——那不就等於是沒人嗎？」

「你認爲，弄出聲音的人，十有八九就是『主辦者』？」南天問。

克里斯笑而不答。

「總之，讓我們拭目以待吧。」荒木舟冷冷地說：「很快就能驗證你說的對不對了，小天才。」

大廳裡已經聚集了八個人：南天、荒木舟、夏侯申、萊克、歌特、紗嘉、徐文和克里斯。除了夏侯申一人沒聽到那聲音，其他七個人都聽到了。

八點過後，樓上陸續又下來了幾個人，分別是白鯨、千秋和龍馬。一問他們，全都表示沒聽到半點聲響。

最後一個下來的是北斗，聽到紗嘉詢問，他不好意思地撓著頭說：「我肯定是聽不到的，別說什麼跑步聲，只要我睡著了，地震打雷都吵不醒。」

人基本上聚集齊了，果真如克里斯猜測的那樣，沒有一個人承認自己半夜出來走動過。

「怎麼會有這種事情？」徐文大感費解，「那跑步聲到底是誰弄出來的？」

「我一開始就說了，這樣問是沒意義的。」克里斯搖頭，「就像推理小說裡，大偵探問『是誰殺了公爵夫人』，難道會有人舉手回答『是我』？」

「你的意思是，我們當中有一個人在撒謊？」萊克說。

克里斯聳了下肩膀，表示這是顯而易見的。

「你們別忘了，還差一個人。」荒木舟道：「暗火還在房間裡。」

「他昨天說要在房間裡專心想故事，白天就不下來了。」千秋說。

「別去問他了，沒意義的。」克里斯擺了擺手，「再說了，就算是他，他也一樣不會承認。」

大家都有些沮喪，徐文惶惑地喃喃自語：「那個人爲什麼要這樣做？到底有什麼目的呢？」

在場者面面相覷——確實，這個問題不搞清楚，著實讓人不安。

「別著急，我們很快就會知道了。」克里斯壓低了話音，似乎抱著某種期待。

晚上，衆人按時集聚在大廳裡，坐在了自己的位置上。等到六點五十分，暗火還沒下來。

白鯨有些不安，「暗火是怎麼回事？他有手錶嗎？我們要不要去叫他一聲？」

「我去……」北斗剛一舉手表態，突然像是想起了什麼事情，遲疑地縮回了手。

這時，夏侯申看到暗火房間的門打開，「沒事，不必了。」

暗火匆匆走下來，坐到自己的位置上，神情有些激動，「我想到了一個絕妙的故事……拜這個特殊的環境所賜，我用今天一天的時間，想出了一個迄今爲止個人最滿意的故事！」

「那眞是太好了！」千秋的眼神透出濃濃的興趣。

暗火不再多言，直接進入正題，「這個故事的名字，叫做『新房客』……」

第五天晚上的故事：

新房客

楔子

清晨六點接到下屬打來的電話，霍文知道，準沒好事。

「出什麼事了？」他用頭和肩膀夾著手機，已經在穿褲子了。

「頭兒，又有新的受害者了。你還是直接到現場來看吧，地址是楓樹大道五十三號。提醒一句，最好別吃早飯。」

霍文心一沉，知道是什麼案件了，暗罵一聲該死，掛了電話，迅速往身上套著上衣。睡在床上的妻子翻過身來，輕聲問道：「怎麼了？」

「沒什麼。」霍文不希望讓她知道這些令人髮指的案件，穿好衣服，俯下身，吻了一下她的額頭，「妳繼續睡。」

作爲刑警的妻子，她了解丈夫的工作，並不多問。

半小時後，霍文駕車趕抵案發現場。還是清晨，天濛濛亮，空氣中籠罩著濃重的霧氣，街上沒什麼人。一輛警車停在街邊，身著便服的年輕警察看見霍文的車開過來，立刻跳下警車，迎了過去。

「頭兒，你終於來了。」年輕警察趴上霍文的車窗，「現場我們已經維持了三十多分鐘，引起了周圍一些人的好奇，還好街上的行人不多。」

「把無關的人全部疏散開。」霍文從車裡鑽出來，重重地關上車門，「別讓他們知道發生了什麼事。」

「放心，我們就是這麼做的。」年輕警察領著他朝前方走去。

「這回發現的是哪一部分？」霍文疾步行走，面色陰沉。

「小腿，還有一部分內臟。」年輕警察做出極不舒服的表情，「眞是太噁心了！」

兩人繞過停靠在路邊的警車，從楓樹大道拐進一條小街。前面十米遠的地方，三個便服警察圍守在一個大型垃圾桶旁，見霍文來了，一起喊道：「隊長。」

他點了下頭，「被肢解的屍體在哪兒？」

一個警察指了一下垃圾桶旁邊的黑色塑膠袋，「這裡面。」

霍文正要用手撩開塑膠袋，年輕警察快步上前，「頭兒，你還是別用手碰得好。」說著遞出一根塑膠棍。

霍文接過來，挑開黑色垃圾袋，看到了裡面的東西，模糊的血肉的確令人作嘔。用小棍撥動著被砍成數截的殘肢，沒錯，是人的小腿，從腳的大小判斷，極可能又是個女人。兩截小腿被分別砍成四段，還有肝臟與一截小腸。

眉頭擰成了一股麻繩，霍文直起身子，把塑膠棍丟進垃圾桶，「誰最先發現的？」

「負責清運垃圾的清潔隊員。他把垃圾裝上垃圾車的時候，這包東西散了開來。不用說，他嚇得魂都飛了。」年輕警察回答。

「人呢？」

「送到局裡去錄口供了。」

「你覺得他有沒有什麼問題？」

年輕警察聳了下肩膀，「看不出來有任何問題。」

霍文吐了口氣，指著地上那包殘肢，對另一個警察說：「把這些帶回局裡，交給化驗科。」

戴著手套的警察把黑色塑膠袋拴緊，提起來，「隊長，還有什麼要辦的？」

霍文對他們說：「你們先回去吧，我和葉磊談談。」葉磊是年輕便衣警察的名字。

「是！」

三個警察帶著黑色垃圾袋朝警車走去，霍文對名叫葉磊的年輕警察說：「你上我的車。」

坐進隊長的車，葉磊掏出一包煙遞給霍文，後者望了他一眼，心領神會地抽出一支。

葉磊接著拿起打火機幫忙點煙，自己卻不抽，因爲這包煙是專門爲隊長準備的。

霍文的妻子很希望他戒煙，可當遭遇令人頭痛的重大案件，他還眞是離不開那口煙。

霍文深深地吸了一口，吐出青色的煙霧，「等錄完了口供，你記得提醒那個清潔隊員，這件事情不要講出去。你就說，這關乎到他的人身安全。」

「會不會嚇到他？」

「要的就是嚇到他，否則這些人不會聽話，還是會把消息傳出去。」

「你害怕他會像上次發現屍塊的那個晨練老頭一樣，四處去嚷嚷，招來媒體的關注？」

霍文凝望車窗外的馬路，行人逐漸增多了，「沒辦法，事態不能再擴大了，必須立刻加以控制。假如讓大家知道，近期的分屍案件其實還沒有結束，必定會引起極大的恐慌。」

「是啊，連續三個月了，被肢解的屍體陸續出現在城市的各個角落。幸好每次我們的動作都很快，及時地趕到處理，要不然後果簡直不堪設想。」

「目前是第幾次了？」霍文問。

葉磊從上衣口袋裡掏出一個小筆記本，翻開察看，「第六次，這上面記得很詳細，頭兒，你瞧瞧吧。」

霍文接過小本子，看著紙上分別記載的六次棄屍事件，心陣陣發緊。

三月二日，桐彎路垃圾桶，兩隻手臂及部分內臟。

三月十六日，竹竿巷垃圾桶，大腿部分。

三月二十八日，和平橋涵洞，小腿及部分內臟。

四月九日，濱江路垃圾桶，胸腹部。

四月二十五日，聚香大飯店後門垃圾堆放地，肩頸部與被硫酸腐蝕的頭部。

五月二十九日，楓樹大道與水牛街交叉口垃圾桶，小腿及部分內臟。

葉磊跟著隊長一起看著這一連串的棄屍記錄，心頭火起，「這個該千刀萬剮的瘋子！像玩遊戲一樣把屍體切割成幾部分，再分批丟棄，分明是在戲弄我們！」

不同於年輕氣盛的葉磊，霍文搖了搖頭，「你覺得兇手是個瘋子，在戲弄我們？我可不這麼認爲。依我看，這傢伙恐怕是我這二十年以來碰到的，最狡猾、冷靜而且危險的殺人狂！」

他用手指敲打著小筆記本，「透過你記錄的這六次棄屍過程，我們起碼可以發現幾個問題……」

葉磊冷靜下來，細聽隊長的分析。

「第一，兇手殺人後，拋完一具屍體的過程長達兩個月，屍身並未顯著腐爛。可見兇手將屍體冷凍了起來，再分批處理。」

「第二，兇手肢解屍體，分五次丟棄在不同的地方，每次只需要一個小垃圾袋就能裝完。這充分顯示了這傢伙的狡猾——目標不大，可以輕易地掩人耳目，令警方無從防範。我們總不可能監視全市每一個丟垃圾的人吧？」

「第三，把前面五次的殘肢組合起來，剛好能組合成一個女人。這一點，法醫那邊已經確認了。今天這起事件發生，意味著又有一個人被殺死，被拋棄的是這具屍體的第一部分……」

葉磊會過意來，「也就是說，後面至少還會有四次棄屍事件？」

霍文眉頭緊蹙，微微頷首，「第一具屍體的第一部分出現，是三月二日。最後一部分出現，是四月二十五日，隔了近兩個月。然後五月二十九日，也就是今天，第二具屍體才出現。你覺得這意味著什麼？」

葉磊轉動著眼珠，琢磨道：「從第一具屍體拋完到今天，隔了一個多月……難道說，這段期間，兇手在和第二個被害者接觸？」

「對！從犯罪心理學上來說，設若兇手是個無目的殺人的單純變態，對象應該是隨機挑選的。另外，這種類型兇手的犯案往往具有連續性，第一個受害者和第二個受害者之間，不應該隔了這麼長的時間。目前的情況表明了，兩個受害人遇害的間隔時間起碼有三個月，這段期間，兇手極可能和第二個被害者處於經常接觸的狀態，後來因爲某種原因，又動手殺了她。」

「兇手有預謀地和被害人接觸，達到某種目的之後，將其殺害……也許我們可以根據這個來鎖定嫌疑對象。」

「嗯，不過也別忘了，這僅僅是一種可能性，爲破案提供了一個可行的方向，但不保證絕對正確。」

「頭兒，你有什麼具體打算？」

霍文豎起一根指頭，「我們應該這樣來想，兇手已經殺了第二個人，接下來只是分批棄屍而已。現在，恐怕又在尋找下一個目標了。我們得搶在這傢伙第三次動手之前，把人給揪出來！」

葉磊皺起眉毛，「可是，第一具屍體的五官被毀，我們始終沒有接到相應的失蹤報案，連受害者的身分都無法確定，破案的切入點會在什麼地方？」

霍文老道地一笑，「你這句話，恰好就說中了破案的切入點。」

葉磊一怔。

「想想看，爲什麼有人被殺，我們卻沒有接到失蹤的報案？這說明了什麼？」

「啊！」葉磊恍然大悟，「被害者可能是外地人，或者流動人口！」

「沒錯。兇手多半很了解被害者的情況，料定了即使這個人『消失』，短時間內也不會引起關注，於是選擇下手。這從另一個角度說明了，兇手的確是一個非常狡猾、預謀充分的危險角色，而非頭腦簡單的莽夫。如果我們不能及時阻止，慘案恐怕會一直發生下去！」

「接下來，我們就把注意重點放在外來人口上面。」葉磊攥緊拳頭。

「具體方案回局裡再定吧！」霍文發動汽車引擎，緩緩開出楓樹街。

街對面的一家早餐店，一個坐在窗邊的人，冷冷地目送警察的車駛出自己的視線。

然後，這個人渾身像觸電般顫抖了一下。

眞爽！離得如此近，欣賞一群無知的警察演出由我一手導演的這齣好戲，眞是一種至高無上的享受。

他們做夢都猜不到，我就在他們身邊。想著，酥麻的快感又遍及全身。

1 女房東

余凱琳打開電腦，發現自己在網路上發佈的尋屋信息得到了回覆，對方留下了聯繫方式和地址。

太好了！她一分鐘都不想再等，立即撥通那電話號碼。

房東是個女人，余凱琳和她簡短地說了幾句，女房東不願在電話裡多說，表示具體情況可以見面後細談。這也正是余凱琳希望的，她迫切地想看看那房子。

掛了電話，余凱琳把女房東的電話和地址抄在一張紙上，然後關掉筆記型電腦，將它塞入裝滿衣物的皮箱。

出門之前，回頭望了一眼這間曾經帶給她無限溫情，現在卻只剩無比心傷的小套房。

拜拜了，黎昕。本姑娘不要你了。

計程車在一條不算熱鬧的街道邊停下來，余凱琳看著紙上的地址，沒錯，就是這兒。

付錢下車，拖著小皮箱，往紙上所寫的巷子走去。

四羅巷十一號，一棟二單元，二樓——余凱琳對照著地址，她現在已經站在樓下了。

還好，皮箱裡裝的都是衣物，不算太沉，當即一咬牙，兩手拎起箱子，開步上樓。

拐過樓梯口，踏上二樓走廊，余凱琳聽到有人在大聲說話。探頭朝斜前方望去，一對男女站在一間屋子的門口，正和屋內的女主人爭執著什麼。

「怎麼可能這麼貴？」打扮入時的年輕女人尖聲道：「現在租屋的行情我們都了解，

就是市中心最好的地段的新套房，也不可能開到這個價錢！」

女主人的語氣相當冷漠，「這是我的房子，要租多少錢由我決定，你們要是嫌貴，請便吧。」

余凱琳看不到說話的女人，她站在房間內。從聲音判斷，應該就是之前跟她通電話的人。難道在我之前，還有人約了來看房子？余凱琳心中暗忖，他們嫌貴，一個月的房租到底要多少？

年輕女人身邊的高個子男人猶豫著，「少兩千吧，一個月兩萬塊眞的太貴了。」

什麼？用一個月兩萬塊的價錢租一間套房？余凱琳大吃一驚──這個房東是不是瘋了？她以爲這是哪兒？紫禁城旁？西湖邊？還是什麼無敵海景豪華公寓？或者她把房子裝修成了總統套房？

「不用跟我討價還價。」那冰冷的聲音說：「你們去問問別人吧。」她好像想關門了。

「我們走！」年輕女人也覺得沒有談下去的必要了。

可是，余凱琳在網路上仔細地找過，這附近租不到其他房子了。此刻，那男人大概也在考慮同樣的問題，站在門口沉吟了片刻，咬了咬下唇道：「好吧，我們租了！」

女房東沉默了好幾秒鐘，似乎沒料到這男人居然肯答應，一會兒後，冷笑著回道：「行啊，預交半年的房租。」

「什麼？半年？」男人驚訝地叫嚷起來，「這麼高的租金……妳要我們一口氣付給妳十二萬？」

「就是這樣，別忘了還有三個月的押金。」

「我昨天打電話詢問的時候，妳明明說了房租是按月支付。」年輕女人怒斥道：「妳怎麼能言而無信？」

女房東用毫不在意的口氣道：「好了，我不想再說了，你們走吧。」

「哼！當我看不出來嗎？妳根本就不想把房子租給我們。」年輕女人尖酸地說：「妳就等著哪個傻瓜來租妳的破房子吧！」

說完，她拉起男友的手，怒氣衝衝地朝樓梯走來。經過余凱琳身邊，三人對視了一眼。

余凱琳望著這對氣急敗壞的男女，在心中說，沒必要去碰壁了，趁早走吧。

正要拎著皮箱轉身下樓，女房東從屋裡走了出來，瞧見余凱琳，問了一聲，「妳是來租房子的嗎？」

她扭過頭，看到了方才只聞其聲的女房東：四十歲左右，小眼睛，塌鼻樑，臉頰散佈著雀斑，髮型老氣得像八〇年代老電影裡的人物。身穿一件鬆垮肥大的深色連身裙，耷拉著臉，以一種審視的目光盯視自己。

看著女房東，余凱琳心裡多少有些明白，剛才那對男女爲何會有此遭遇——這樣的古板女人，性格必定十分怪異，看年輕漂亮的情侶估計最不順眼，不好打交道，「啊……我，不租了。」

「妳打過電話給我。」女房東聽出了她的聲音。

「嗯，對……」余凱琳有些尷尬，「抱歉，我付不起房租。」

女房東沒有理會，快步走上前來，凝視著她，「妳不是本地人吧？」

余凱琳被她看得頗不自在，「嗯，不是。」

「妳養寵物嗎？會很吵的那種。」她分明指的就是狗，卻不明說。

「不，我從不養任何寵物。」光是養活自己都困難了，她想。

「妳喜歡邀人來家裡聚會嗎？」

「不，我是外地人，沒幾個朋友。」

「有沒有什麼特殊的生活習慣？」

「妳指的是什麼？」

「比如熬夜上網、白天睡覺什麼的。」

「我是最典型的上班族，妳說的這種生活方式不屬於我。」

女房東微微點頭，像是對她的回答感到滿意，最後問道：「妳有男朋友嗎？」

余凱琳愣了兩秒，難以置信地輕聲一笑，「對不起，這跟妳有什麼關係嗎？或者說，這跟我租不租房子有關係嗎？」這話方才就想說了，自己只是租個房子，不想像嫌疑犯一般被審問。

「沒關係。」女房東搖頭，「我只是覺得，像妳這樣的美人兒，身邊肯定不乏追求者。

沒事，別介意，隨便問問而已。」

余凱琳發現她依然凝視著自己，顯然還沒放棄這個問題的答案，有些不痛快地答道：「我沒有男朋友。」事實上，我剛和男友分手——這句沒有說出來。

不知出於何種心態，女房東臉上露出笑容，「好的，房子就租給妳了。」

「真感謝妳，可是我說了，我付不起這麼貴的房租。」

「一個月五千，怎麼樣？」

「什麼？」余凱琳懷疑自己幻聽了，「多少錢？」

「我說，一個月五千塊。」女房東放慢語速，又說了一遍。

余凱琳驚訝地張大了嘴，「可是，先前那兩個人……明明是一個月兩萬塊，怎麼現在又……」

女房東擺了下手，「別提那兩個人了，老實說吧，我不喜歡他們，所以故意抬高價錢刁難他們。」說著，她頓了一下，「我覺得，租房子這種事情是要隨緣的。租給不投機的人，以後相處起來一定不愉快，還不如不租。」

「相處起來？」余凱琳沒聽懂，「我們會住在一起？」

女房東指著身後的兩扇門，「這一層樓的兩間套房都是我的，我自己住左邊那間，右邊那間用於出租。所以說，房子租出去後，我們就等於成了鄰居，見面和接觸的時間很多。」

「是這樣啊！」余凱琳點頭表示明白了。

「那麼，妳要租嗎？」

「這個……我也沒辦法一次付半年的房租。」

「沒關係，按月來就行了，押金只要一個月的房租就好，如何？」

余凱琳在心中迅速地計算著，現在自己手頭只有一萬多塊，幸好還有半個多月就該發薪水了……

「好的，我租了。」她說。

女房東掛著和藹的笑，和起初對待那對男女時判若兩人，「妳不打算看看房子嗎？」

余凱琳這才想起最重要的事，剛剛只顧著關心房租了，「哦，是啊，我怎麼連這個都忘了？」她失笑道。

「來吧，妳不會失望的。」女房東親切地幫她提起皮箱。

2 共進晚餐

這間套房大概有十多坪大，隔局是最典型的出租屋樣式，不分客廳和臥室，只在屋子的角落隔出浴室、小廚房。屋內擺放著床、書桌、衣櫃、沙發和茶几，還有電視機、冷氣機和小冰箱，整體感覺就如賓館裡的套房。裝修和傢具不算華美，但實用大方，而且收拾得十分乾淨清爽，顯示女房東是一個愛整潔的人。能在市區範圍內——特別是離上班地點很近的位置，租到這樣一間房子，余凱琳覺得相當滿意。

「怎麼樣？可以嗎？」女房東問道。

「嗯，不錯。」余凱琳一邊點著頭，一邊進浴室看了一眼，瓷磚和衛浴設備都擦得亮錚錚的，「很多地方就像新的一樣。」

「每次租屋的人走後，我都會徹底打掃一遍。尤其是床上用品，全都洗過並消毒，妳可以放心。」女房東介紹道：「基本的生活用品都有，只要帶衣服過來能住了。」

「眞是太好了！正如妳說的那樣，我就是要找這種只帶衣服就能住的房子。」余凱琳拍了拍自己的皮箱，「瞧，這就是我的全部家當。」

「這麼說，妳今天就要住進來？」

「可以嗎？」

「當然可以了。」女房東非常高興，「歡迎妳成爲這裡的新房客。」

「那麼，我現在就付租金吧。」余凱琳說：「哦，對了，我還不知道怎麼稱呼妳呢。」

「我叫韋雋，就喊我雋姐吧。妳呢？」

「余凱琳。」她伸出手去，和女房東禮貌地握了一下，「雋姐，以後要請妳多多照顧了。」

「唔，好的，沒問題！」韋雋流露出一種異乎尋常的興奮和喜悅，甚至漲紅了臉。余凱琳彷彿從她的眼睛裡看到某種期待，心中隱隱生奇，不明白這種期待意味著什麼。

接下來，余凱琳付了第一個月的房租與押金，雙方簽好合約，辦妥手續。韋雋又簡單說明了一下屋內幾樣家電的使用方法，以及其他注意事項，把房子的鑰匙交給余凱琳，她就到隔壁去了。

韋雋走後，余凱琳長長地吐出一口氣，仰面躺到床上。剛洗過的床單摸起來乾爽、舒服，還有一股洗滌過的清香，床墊柔軟舒適——儘管如此，心情卻無法輕鬆。

她從來沒有一個人單獨住過，之所以這樣，是逼不得已的。

余凱琳在心中想著，等黎昕回到公寓，發現自己不辭而別，他會怎樣呢？對了，肯定會打電話過來。

思及此，她把手機摸出來，關機。

今晚，她不想被任何人打擾，特別是黎昕。

躺在床上小憩了半個多小時，余凱琳坐起身，打開皮箱，拿出衣服，一件一件地掛在衣櫃裡，再把筆記型電腦和一些隨身用品擺放到相應的地方。

做完這些事，看了下手錶，已經是下午六點了。考慮著是否應該出去吃晚飯，眼光落到桌角處的一碗泡麵上，那是來這裡的路上在超市買的。唉！今天身心俱疲，實在是不想出門，晚飯將就著吃它吧。

余凱琳走進小廚房，燒了半壺水，剛要揭開泡麵的紙蓋，外面傳來敲門聲。打開門，就見韋雋端著一盤香噴噴、熱騰騰的肥腸馬鈴薯蓋澆飯，站在門口。

「還沒吃飯吧？」她問道。

余凱琳點頭，「今天有點累，我懶得出去吃，正要泡麵。」

韋雋搖著頭，「這可不行，泡麵那種東西怎麼能當晚飯呢？既沒營養，又不管飽。」把肥腸馬鈴薯蓋澆飯遞到余凱琳面前，「嚐嚐我的手藝吧，不管怎麼說，應該比泡麵強。」

余凱琳有些驚訝地問：「這個……是給我的？」

「是啊，要不我端過來幹什麼？」

「可是……這怎麼好意思呢？」余凱琳實在不適應剛住進來就接受人家的招待。

「有什麼不好意思的？我一個人還不是要做飯來吃，多做一份只是順便。」韋雋親切地說：「咱們已經是鄰居了，別客氣。」

「那就謝謝了，雋姐。」余凱琳感激地接過蓋澆飯，順勢說道：「進來坐會兒嗎？」

韋雋顯得很高興，「好啊好啊。」

余凱琳把蓋澆飯端到茶几上，韋雋滿眼期待地望著她，「趕緊嚐一口，看看味道如何？」

「肯定很好吃。」余凱琳笑笑地道：「光是看著都讓我有食欲。」一面說，一面拿起盤子上的不銹鋼小勺，舀了一勺，送進嘴裡。

她咀嚼著，希望按預期那樣做出很好吃的樣子，卻發現很難做到。這蓋澆飯外表好看，聞著也香，吃進嘴裡，偏偏有股說不出的怪味——醬汁甜味過重，和肥腸一點都不搭調；米飯有些夾生，咬起來很不舒服；更要命的是，肥腸像是洗得不怎麼徹底，有股隱隱的臭味，使她作嘔。爲了不失禮，只能竭力控制住自己的面部表情，不做出很難吃的樣子。

韋雋見她一言不發，問道：「怎麼樣？好吃嗎？」

「嗯……」余凱琳盡最大的努力做出禮貌性回應，「……不錯。」

「是吧！」韋雋大感欣喜，「這是我今天開創的新作法，在醬汁中加入蜂蜜和一點果汁。呵呵，我很喜歡吃甜的。我就知道，除了我之外，還會有人喜歡這種口味。」

余凱琳有些想吐，天啊，她的味覺怎麼會這麼奇怪？難道她看不出我是在說客套話？

韋雋確實像是沒察覺到余凱琳的心思，熱心地催促道：「喜歡就快吃吧，涼了可就不好吃了。」

反正已經夠不好吃了，余凱琳心裡想，表面上還是舀了一塊馬鈴薯，送到嘴裡。還好，這玩意兒還勉強能吃。

韋雋一直盯著余凱琳吃飯，像是很享受自己的作品被人分享。但余凱琳實在無法再繼續吃下去了，只好藉由聊天轉移她對這盤飯的注意力，「雋姐，妳一個人住嗎？妳的家人呢？」

韋雋沉吟了一下，「我沒有家人。」

余凱琳一愣，「雋姐，妳……沒結婚？」這個年齡的女人，按理說，小孩都該讀中學了。

「嗯。」韋雋的臉沉了下來，很明顯不想談這個話題。余凱琳只得知趣地收口。

房間裡的氣氛僵了一會兒，韋雋又轉成一副笑臉，「其實吧，我挺喜歡一個人住，也適應了。不過，還是希望身邊能有個說說話、談談心的人，不一定非得是男人。說實話，把這間房子租出去，除了有份收入，更重要的就是想……也許能和房客做個朋友。妳知道，我沒有工作，無法結識同事或者更多的人，所以了，這是我唯一的交友途徑……」

說到這裡，她的臉有些紅，「唔……當然，妳和我不同，妳有工作，有很多和人接觸的機會，身邊不會缺少朋友。我的這種願望，聽起來也許很可笑……」

「不！」余凱琳真誠地望著韋雋，「我完全理解。妳也曉得，我是外地來的，在這座陌生的城市工作，時常感覺無法真正融入到本地人的小團體之中。再加上公司的同事之間，有時為了個人利益勾心鬥角、爾虞我詐，很難找到一個真心朋友。儘管每天跟很多人接觸，我卻經常感到一種莫名的孤獨……」

韋雋拉住余凱琳的手，「妳說得太對了，在現在這個社會裡，一份純眞的友誼，比黃金還要珍貴。如果……我是說，假如妳不討厭我這個人，也許我們眞能成爲好朋友。」

余凱琳立刻說：「雋姐，我當然願意和妳做朋友了。妳把房子便宜地租給我，等於幫了我大忙，而且……」她瞥了一眼那盤蓋澆飯，「妳的……熱情，讓我感覺到，妳是一個大好人。」

韋雋備受感動，「眞是太好了！我果然沒看錯，妳是個善解人意、眞誠待人的好女孩。」

余凱琳不好意思地一笑，「過獎了。」

韋雋似乎因交了新朋友而格外激動，整張臉又漲紅了，態度更顯熱情，「快吃吧，如果不夠的話，我那邊還有。」

余凱琳趕緊說：「夠了，夠了。雋姐，我吃得慢，一會兒吃完後，我把盤子給妳送過去吧。」

「好的。」韋雋從沙發上站起來，「那我回去了。」

走到門口，她又扭過頭來說了一句，「能和妳交朋友，我眞的很開心。」

「我也是。」余凱琳微笑。

韋雋點了下頭，離開了。

余凱琳坐回到沙發上，出了會兒神，然後把剩下的蓋澆飯全部倒進馬桶。

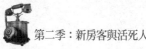

3

直覺

晚上，余凱琳打開電腦上網。登入QQ，黎昕的頭像急促地閃動，代表他焦急地想和女友取得聯繫。余凱琳根本懶得點開來看，她能猜到，一定是一連串的道歉。很遺憾，這些話語無法打動她了，她被傷得太深。

余凱琳狠下心，將黎昕丟進黑名單，手機在之前關了機——黎昕現在失去了和她的所有聯繫手段。余凱琳希望通過這種方式暗示他，同時也告知自己，兩人之間徹底玩完了。

QQ上的另一個頭像閃動起來，是公司的同事孟曉雪，一個比余凱琳還要小兩歲的女孩，也是外地人。由於兩人年齡相仿，加上孟曉雪沒什麼心機，性格仗義，余凱琳和她的關係很好，算是在公司裡唯一的朋友。

孟曉雪在線上問道：凱琳姐，今天電話怎麼打不通？

余凱琳回覆：我搬出來住，手機暫時關機。

孟曉雪：跟黎昕吵架了？

余凱琳：不是吵架這麼簡單，我和他徹底分手了。

孟曉雪發了一個表示驚訝的表情：出了什麼事？

余凱琳：一言難盡。

孟曉雪：講給我聽聽吧。

余凱琳：曉雪，我現在有些心煩，不大想說這件事，以後再說。

孟曉雪：好吧。對了，妳搬到哪兒了？

余凱琳：離公司很近，就在米市街的四糴巷，以後來玩。

孟曉雪：好啊！房子還不錯吧？

余凱琳：嗯，很好。房東是個獨身女人，挺熱情的，而且她覺得和我挺投緣。

孟曉雪：那就好。凱琳姐，一個人在外面可要留意啊，晚上睡覺的時候一定要把門窗鎖好，注意安全。

余凱琳身體裡淌過一陣暖流：知道了，謝謝。我今天有些累了，先下了，明天公司見。

孟曉雪：好的，再見。

余凱琳退出QQ，關閉電腦，接著從書桌抽屜裡拿出一本日記簿。這是她養成多年的習慣，每天都會把生活點滴和種種快樂悲傷記錄下來，就像對一個無所不談的閨中密友傾訴衷腸。

今天，她記錄下了租房的整個過程、由冷變熱的女房東，還有她那糟糕的肥腸馬鈴薯蓋澆飯。

寫完之後，余凱琳將日記本放回抽屜，從衣櫃中拿出換洗衣物，走進浴室。

站在熱氣汩汩翻騰的淋浴蓮蓬頭下，她閉著眼睛，任由許多股細小的水柱沖刷身體。

真髒！她意識到，黎昕也許在東窗事發之前，就已經背著自己做過「那種事」了。而這意味著，他把她也變髒了。

想到這裡，余凱琳一陣抽搐。

好希望清水能把自己沖刷乾淨，也能把記憶中關於黎昕的那一部分徹底洗去。該死的！為什麼還在想他？不是下決心和他一刀兩斷了嗎？不管怎麼說，都該徹底忘掉那個骯髒的男人！

這時，外面的房間突然傳出聲響，好像是某種碰撞的聲音。

余凱琳的心一下收緊了，不由自主地抱住身子，恐懼地睜大眼睛。

什麼聲音？

外頭不可能有人，我鎖好了門的。

余凱琳關掉蓮蓬頭，浴室裡驟然安靜下來，豎起耳朵仔細聆聽，卻沒有再聽到任何聲響。是聽錯了，還是錯覺？余凱琳思忖著，應該出去確認一下。

她用一張大浴巾裹住身體，輕手輕腳地走出浴室，警覺地掃視著房內，沒有發現異常。

莫非這房子裡有老鼠？

為了確認，她在房間的各個角落尋找起來。從小她的膽子就比一般的女生稍大一些，不害怕蛇蟲鼠蟻這類東西。

整間屋都看了一遍，並未發覺老鼠或老鼠洞。余凱琳猜想那鬼東西可能躲在某個暗處，旋即想到床下。

她在床前跪下來，試探著把腦袋伸下去察看，但床底下太黑了，啥也看不到。直起身子，瞥見旁邊的小桌子上有一盞檯燈，於是打開，拿到床下照明。

這一回，床底下一覽無遺了，確定沒有老鼠藏身。她準備將檯燈拿起來，光線一掃，無意間在床腳下發現一個閃閃發光的小東西。

將那東西摸出來，居然是一只鑽石耳墜！

不難透過這玩意兒精緻的做工，以及鑲在上面的鑽石質感與亮度判斷，這是一只價值不菲的耳墜。當然，它曾經是一對的，但只有其中一只孤單地被遺落在這陰暗的床腳底下。

余凱琳立刻想到，這是上一個女房客遺失的東西，當然也不排除是女房東本身所有。不管怎麼樣，她得找女房東問問。

余凱琳穿好衣服，拿著鑽石耳墜來到隔壁門前，敲門。

幾秒鐘後，韋雋打開門，問道：「凱琳，有什麼事嗎？」

余凱琳將閃閃發光的小東西放在掌心裡，攤開來給她看，「雋姐，我在房間的床下找到一只鑽石耳墜，想問問是不是妳的東西？」

韋雋看著鑽石耳墜，臉色驟然發生一些微妙的變化，貌似感到非常意外。好一會兒後，才答道：「唔……不是我的。」

「那麼，肯定是住在這兒的上一個房客丟失的。」余凱琳說：「雋姐，她沒有回來找過嗎？」

韋雋支吾著，「沒有……也許，她不知道自己丟了耳墜。」

余凱琳愣了一下，「哦，那我把它交給妳吧。」

「嗯……好的。」韋雋收下耳墜，「如果她回來找，我就交還給她。」

「那我回去了。」

回到房間裡，余凱琳把門鎖好，坐在床上，眉頭禁不住緊皺。

韋雋那一瞬間變現出來的不自然表情，她注意到了。而且，她還察覺了一些不合邏輯的小細節。

韋雋說那女房客不知道自己丟失了耳墜，這不大可能。這種貼身配戴的東西，弄丟以後很快就會發覺，怎麼會不知道呢？而且，這耳墜看著如此昂貴，怎麼會有人在丟失以後，找都不找就搬走？說實在話，耳墜掉落的地方也不算非常隱蔽，若有心尋找，絕不可能找不到。

還有一點，余凱琳也發現了——韋雋說「如果她回來找，我就交還給她」，乍聽之下合情合理，可仔細一想，就會覺得不對。

那女房客在這裡租過房子，難道作爲房東，會沒有她的聯繫方式？如果韋雋想把這耳墜還給對方，何須等女房客想起後來找，直接打電話叫她回來取不就行了嗎？

余凱琳用手托著下巴，思索著。種種跡象表明，韋雋顯然在某些方面沒有說實話，她對自己有所隱瞞。另外，這件小事爲什麼能令她緊張不安呢？這只耳墜對她而言，究竟意味著什麼？

思來想去，余凱琳的頭腦冒出一個古怪的念頭：難道說，那女房客是遇到了某種突發事件，或者是在某種極度特殊的情況下遺失這只耳墜，她本人沒機會得知，也再無可能回來尋找？

余凱琳打了個寒顫，晃了晃腦袋，想把怪異的想法從腦海裡甩出去。她對自己說：別胡思亂想了，這是現實生活，不是偵探小說，不會出現那些戲劇化的誇張劇情。實際上，最現實的可能性是：這個房間曾住過一個大而化之的傻女人，也許她眞的沒意識到耳墜掉在了床下，可能她認爲掉在大街上了。又或者是，她回來找過，不過女房東告訴她，房間已經打掃過了，沒發現什麼耳墜，所以當韋雋看到這耳墜出現在眼前，才會感到意外——如此解釋，一切不都能說通了嗎？

看了下時間，已經十點半了，明天一早要上班呢。她不想再糾纏這件事了，換上睡衣，上床睡覺。

其實，人在遇到事情後的第一直覺，往往是最準確的。

很多天之後，余凱琳才意識到這一點。

4

黎昕

星期一，余凱琳準時到她工作的室內設計公司上班，忙忙碌碌整個半天，到了中午，叫上孟曉雪一起去外面的餐館吃飯。剛走到公司樓下，看到等候在門口的男人，頓時一怔，隨即挽著孟曉雪的胳膊朝反方向走。

守候在門口的黎昕已經看到她了，快步走上前來，喊道：「凱琳！」

余凱琳沒有理會，挽著孟曉雪走向公司的另一個門。黎昕跑到她們跟前，截住去路，帶著尷尬的神情說：「凱琳，我想跟妳談談。」

「我們沒什麼好談的。」余凱琳冷冷地把頭扭到一邊。

黎昕轉而對孟曉雪道：「曉雪，讓我和凱琳單獨談幾分鐘，好嗎？」

孟曉雪還沒來得及說話，余凱琳已搶先替她回答，「不行，我們現在要去吃飯，你讓開。」

孟曉雪被夾在中間，感覺有些難堪，「凱琳姐，黎昕都到這兒來了，妳還是跟他談談吧，我先去吃飯了。」說著一個人走了。

余凱琳想了想，有些事情說透也好，免得黎昕一直糾纏，便站定腳步，雙手交叉抱在胸前，「要說什麼就快說，我沒多少時間。」

黎昕望了一眼周圍，來來往往的人潮從他們身邊經過，「這裡不是說話的地方，我們到比較安靜的地方去吧。」

余凱琳逕自朝門口走，黎昕緊跟其後。走進一處相對安靜的角落，她轉過身來，「就在這裡說吧。」

「凱琳，昨天怎麼能不辭而別呢？我打了無數通電話，甚至滿街找妳。失去了妳，我簡直寢食難安……」

余凱琳做了一個打住的手勢，「如果你來就是說這些的，那我沒工夫聽。」說罷便要離開。

黎昕趕忙用身體擋住她，「別急著走。」他咬著嘴唇，眉頭緊蹙，「我知道，我做了對不起妳的事，傷了妳的心，妳要和我分手，我無話可說。我今天來，不是奢望妳能原諒，或者是要求妳回心轉意，我只是……擔心妳賭氣離開，會忽略一個很重要的問題。」

「聽著！」余凱琳正色道：「第一，我不是在賭氣。我不是十多歲的小姑娘，還要玩這些把戲。第二，既然你也知道我倆分手已成定局，那就應該和我保持距離。我的事情，不勞你操心了。」

「是，我明白，我來找妳，只是爲了提醒妳一件事情。知道嗎？我非常擔心妳的人身安全。」

余凱琳斜睨著他，「什麼意思？」

黎昕面露憂色，「沒看前段時間的報紙嗎？市區最近發生了可怕的殺人碎屍案，警察在堆放垃圾的地方發現了部分被肢解的屍體。報紙上猜測說，遇害的可能是外地來的單身女人。凱琳，明白我在擔心什麼了吧？現在離開我，一個人到外面去住，實在太不是時候了！」

余凱琳瞇起眼睛，「你跟我說這些，不會是叫我搬回去，繼續和你一起住吧？」

黎昕侷促地搓著手掌，「凱琳，我眞的不是爲了勸妳回去才說這些，更不是故意嚇唬妳，只是情況特殊……我的意思是，妳回來住，妳睡床，我睡沙發，這樣起碼比妳一個人在外面住安全些。」

「你是說，咱們雖然分手了，還是可以住在一起，彼此之間互不干涉，井水不犯河水，是這個意思嗎？」

「對，就是這個意思。凱琳，我眞的沒別的想法，就是不希望妳因爲和我分手而陷入……」

「夠了，黎昕。」余凱琳冷笑道：「別說這些幼稚可笑的話了。你覺得你的提議現實嗎？我會同意嗎？」

黎昕瞪大了眼睛，「幼稚可笑？凱琳，妳可以不接受提議，但我實在是看不出來，這有什麼好笑的？你認爲我在危言聳聽？」

「哼，我只是在想，報紙上每天報導各式各樣稀奇古怪的事情，難道我都該認爲，這些事也會發生在自己身上？」

「當然，我知道這種事情不是必然會發生，可是不怕一萬，就怕萬一啊！而且，妳難道沒發覺，妳目前的狀況就跟碎屍案件的受害者一樣：單身、外地女人，妳怎麼能夠掉以輕心？」

余凱琳沉默了片刻，「我知道了，謝謝你的提醒，我會注意的。」

「妳現在住在什麼地方？」黎昕問。

「這你就不用管了。」余凱琳依舊冷漠，「總之是一個安全的地方。我不是小孩，知道該怎樣保護自己。」

黎昕歎了口氣，「好吧，希望妳保重。」頓了頓，抬起頭來直視余凱琳，「凱琳，雖然這番話我已經說過，但還是想再說一遍：妳是我唯一愛的女人，至於我做的那件對不起妳的事，只是一時犯糊塗而已。」

見余凱琳要張口說什麼，他搶在她前面道：「我不奢望妳原諒，可是希望妳能知道，儘管分了手，我還是愛妳，而且不打算放棄妳。妳有拒絕我的權利，我也有再次追求妳的權利，可以說我臉皮厚，但我不會改變想法。」

說完這番話，他轉身就走，留下余凱琳張口結舌地愣在原地。

5 新房東的怪癖

傍晚下了班，余凱琳先在附近一家快餐店吃了晚飯，又在周圍的步行街散了半小時的步，再返回租屋處。

剛沿著樓梯走上三樓，就見韋雋守在門口，像是在等著她回來一樣。看到余凱琳，立刻笑逐顏開，「凱琳，回來啦！吃飯了沒有？」

「吃了，雋姐。」余凱琳微笑回應，「妳也吃了吧？」

「吃過了。」韋雋見她拿出鑰匙準備開門，忙道：「到我這邊來坐會兒吧，喝杯茶。」

「啊，這……」

「來吧。」韋雋拉住余凱琳的手，「晚上一個人多無聊啊，過來聊會兒天。」

「……好吧。」余凱琳只有答應。

坐在碎花圖案的布沙發上，余凱琳環視這個房間的佈局，整體來說跟她那邊是差不多的，只有一些傢具的擺放位置略有不同。

韋雋端著一只茶盤從廚房裡出來，托著的除了兩杯茶，旁邊還有兩個蓋著蓋子的方形瓷杯。

「我這裡只有清茶，喝得慣吧？」她坐下來，遞出一杯茶。

「嗯，我喜歡清茶。」余凱琳看著玻璃杯中嫩綠色的茶葉，再聞了聞嫋嫋升起的茶香，讚歎道：「好茶。」

「不瞞妳說，這茶確實是名貴的好茶葉泡出來的，不是用來招待客人，我自己還捨不得喝呢。」韋雋笑著說。

「那我可得好好地品一品。」

余凱琳俯下身子，輕輕吹拂冒著熱氣的茶水，正想喝一口，忽聽韋雋在一旁問：「妳是加紅糖，還是奶油？」

「什麼？」余凱琳以爲自己聽錯了，「清茶裡加糖……和奶油？」

「是啊，沒試過吧？我發明的新喝法。」韋雋挑了下眉毛。

余凱琳懷疑地望著她，判斷她是不是在開玩笑。

韋雋笑著把兩個方形瓷杯的蓋子揭開，裡面分別裝著深褐色的紅糖和乳白色的奶油。她拿起茶盤上的一只金屬小勺，再次問道：「加哪一個？」

「謝謝，兩樣都不加，我就這樣喝。」余凱琳搖頭。

「試一下吧，我保證妳會品嚐到一種奇妙的美味。」

恐怕我昨天就已經領教過這種「奇妙的美味」了——余凱琳心中想道。這回，實在是不敢恭維了。

「雋姐，我不認爲清茶適合跟紅糖、奶油配在一起。清茶本來講究的就是清新淡雅，微微的甘苦味才是它的特點。加了糖和奶油，會變得不倫不類。」余凱琳只有說實話。

韋雋的臉色有點不好看，「妳沒試過，怎麼知道不好喝？」

「我能想像出那種味道。」

韋雋連連搖頭，「想像是不能代替眞實感觸的，只有試了之後，才能做出客觀評價。想想看，咖啡裡都能加巧克力和奶油，爲什麼清茶就不行？」

「因爲清茶是很東方化的東西，它跟那些東西不搭調。」余凱琳聳著肩膀，半開玩笑地說：「雋姐，妳不能把一杯清茶變成摩卡咖啡。」

「我不這麼認爲，對於任何事物都要有創新精神，否則就不會有進步。咱們試試看吧！」

余凱琳覺得有些煩了，只是喝杯茶而已，自己居然要費盡唇舌解釋這麼大一通道理，而且再三表明了態度，她爲什麼還如此執拗？思及此，她的口氣生硬起來，「雋姐，我就喝純的清茶，什麼都不加。」

「這樣吧，我加紅糖，妳加奶油。」韋雋擅作主張，以金屬小勺舀了一大塊奶油，放入余凱琳的茶杯，又倒了些紅糖在自己的茶裡，「咱們看看誰那杯的味道更好一些。」

余凱琳驚訝極了，天哪，她竟然如此強人所難，完全不尊重別人的意見！

韋雋喝了一口自己那杯茶，讚歎道：「嗯，我就知道口感很好！凱琳，喝喝看吧，眞的不錯。」

余凱琳沒法接受這樣的事情，放下茶杯，從沙發上站起來，走到門口，「雋姐，對不起，我累了，先回去了。」

韋雋盯著被關攏的房門，面色陰冷。

余凱琳回到自己那邊，將包包往沙發上一甩，躺到床上，深吸一口氣，再緩緩吐出來。回想著剛才的事，忽然覺得自己會不會做得太過分了？可是……她怎麼能這樣強迫別人呢？請人喝茶，還要逼迫別人照她的意願去嘗試那些怪異的，甚至是噁心的口味，這算怎麼回事？

轉念一想，也許韋雋只是太過熱情。生活中有一類人就是這樣，會強行對你付出，或給予幫助，認爲這是一番好意，卻忽略了尊重別人的意願，結果讓一番好心淪爲他人的困擾。也許，韋雋就是這樣的人。

而且，余凱琳又想到，韋雋既沒有工作，也沒有家人的陪伴，經常一個人待在家裡，肯定是太無聊了，才會想嘗試各種古怪的口味，只爲等著新朋友下班回來後，分享她自認爲的「奇妙美味」。顯然是期待太大了，才會如此堅持吧！偏偏自己完全不給面子，一口都沒喝就走了……加了奶油的茶味道，也許沒有想像中那麼糟……

想著想著，余凱琳有些後悔了，自覺方才的態度太過失禮，可能傷了韋雋的心。明天見到韋雋的時候，要跟她好好地道個歉。

余凱琳依照慣例寫了篇日記，懷著愧疚的心情，進浴室去洗了個澡。之後上網看了部電影，漸漸睏倦了，便關閉電腦睡覺。

躺在床上，又想起了喝茶的事，內疚不安困擾著她，難以入眠。

靜謐的黑夜裡，余凱琳漸漸聽到隔壁傳來一種低沉而持久的聲音，聽起來……就像是有人在原地慢跑。仔細聆聽，沒錯，是運動鞋踩踏木地板產生的聲音，時快時慢，不太規律，表示跑步的人在變換著邁步的節奏。

聲音如此明顯，意味房子的隔音效果很不好。

余凱琳看一眼手機螢幕顯示的時間，十一點半了。她納悶地想，韋雋怎麼會這麼晚在家中原地跑步呢？就算是鍛鍊身體，時間也太不恰當了吧？

聲音並不大，不至於構成噪音，但在寂靜的夜裡聽來，總是讓人心煩。余凱琳期待著跑步聲儘快結束，萬萬沒想到，聲音居然持續了半個多小時才消停。

睡覺之前跑步，這房東的怪癖眞是太多了。

6

來自同事的警告

早上，余凱琳出門前，判斷韋雋應該起床了，走過去輕輕敲了敲隔壁的房門。

過了好一會兒，韋雋才打開房門，看見她，笑著說道：「早啊，凱琳。」

「早啊，雋姐，我沒打擾妳睡覺吧？」

「沒有，我一向都是早起的。有事嗎？」

「唔……沒什麼，雋姐，我就是想跟妳說一聲……對不起……」余凱琳帶著歉疚的表情說。

「什麼事啊？」韋雋好像一點也不明白，「為什麼要道歉？」

「就是昨晚的事。我想了想，自己真是太固執了，妳一番好意請我喝茶，我卻沒有領情……」

韋雋望著余凱琳，好像過了許久才理解她的意思，大笑起來，「原來就為這個呀，我還以為什麼事兒呢！嗨，別放在心上，有什麼呀？」

余凱琳也笑了，「雋姐，妳沒生我的氣就好。」

韋雋嗔怪地輕輕打了她的肩膀一下，「我哪有妳想得這麼小氣？咱們是鄰居，又是朋友，應該互相理解嘛。」

「是，妳說得太對了，那我上班去了。」

「唉，好。對了，吃早飯了沒有？我正在蒸包子，妳拿兩個去吃吧。」

「不用了，雋姐，我買了麵包，剛才吃過了。」余凱琳衝韋雋揮了揮手，朝樓梯走去，

「走了啊，拜拜！」

韋雋也衝她揮手，目送她走下樓，然後轉身回到屋裡，將門關上，走進廚房，繼續剛才在做的事——以抹布將案板上殘留的血跡擦去，又將菜刀表面的血污仔細沖洗乾淨。

案板旁邊的一個大碗裡，裝著一碗肉丁，那是包子餡剩下的材料。

韋雋將冒著熱氣的蒸鍋揭開，裡面有六、七個大包子。她用筷子把它們夾起來，放在一個盤子裡。冷卻一陣子後，拿起一個包子，送到嘴裡咬了一口，細細品味。過了十幾秒，緩緩搖頭，把它丟進垃圾桶。

隨後，她端起灶台上那一大碗肉丁，走入浴室，全倒在了馬桶裡，連著沖了好幾回才沖掉。

她深深地歎了口氣，顯得很失望。

余凱琳來到公司，走到自己的工作位置，愣住了。

她的辦公桌上，擺放著一大束包裝精美、嬌艷欲滴的黃玫瑰。旁邊的女同事見她來了，羨慕地說：「凱琳，妳男朋友眞好，一大早就送花過來，多浪漫呀。」

余凱琳淡淡地笑了一下，把花拿起來，看了看掛在上面的卡片。只是輕輕一瞥，就將那卡片揉成了一團。隨即，這束玫瑰花被插在了公司樓道的垃圾桶裡。

到了中午吃飯的時間，余凱琳害怕那煩人的傢伙又出現在大門口，直接拉著孟曉雪走後門。

坐在一家小餐館裡，兩人點了一葷兩素一湯，聊著天等待上菜。

「眞是可惜了！」孟曉雪搖著頭，語氣不無遺憾。

「什麼可惜了？」余凱琳問。

「那束黃玫瑰呀。多麼美的花，竟然被妳直接扔了。」

余凱琳笑道：「早知道妳喜歡，就讓妳帶回家去。」

「少來，那等於是我接受了黎昕送的花，這算是怎麼回事兒？」

余凱琳臉上的笑容消失了，「曉雪，以後別在我面前提起黎昕這兩個字。」

孟曉雪望著她，「凱琳姐，妳和他到底怎麼了？我就問這一次，以後保證再也不提他。」

余凱琳沉默良久，「他背著我，跟別的女人……」

「我一猜就是這麼回事！」孟曉雪氣呼呼地說：「男人都這個樣，朝三暮四！東窗事發後，又想盡辦法來彌補，以求挽回妳的心。實際上，誰知道是不是虛情假意？」

余凱琳緘默不語，貌似被觸到了心中的痛處。

心直口快的孟曉雪意識到這一點，趕緊將話鋒一轉，安慰道：「不過，男人嘛，總有犯糊塗的時候。如果他能知錯就改，保證沒有下回，原諒他一次也是可以考慮的。我從黎昕的行動來看，他可能眞是下定了決心要痛改前非……」

余凱琳打斷她的話，「別說了，曉雪。妳不清楚具體情況，他不是跟一般的女人來往，而是……」

說到這裡，她無法繼續下去，抬手捂住了嘴，臉上露出極度厭惡的表情。

孟曉雪感覺事有蹊蹺，試探著問道：「是什麼？」

余凱琳把頭扭到一邊，深吸了口氣，「別問了，我眞的不想講。」口氣很強硬，沒有商量的餘地。

孟曉雪很想探知，又不好勉強，只得作罷。

這時，她們點的菜上來了。在碗裡添上飯，兩人開始進餐，吃到一半，余凱琳忽地想起了什麼，問道：「對了，曉雪，妳知不知道，市裡最近是不是發生了殺人碎屍案？」

孟曉雪差點被口中那一塊肉噎住，「凱琳姐，能不能別在吃飯的時候說這種事情？」

「啊，對不起。本來我昨天就想問的，後來忙起來，就給忘了。」

孟曉雪放下筷子，用面紙擦了下嘴，「妳是從哪兒知道的？報紙上？」

余凱琳搖頭，「不，是昨天黎昕告訴我的。他想以此爲由，叫我回去繼續跟他住，可我不怎麼相信，覺得他在唬我。怎麼？眞有這樣的事？」

孟曉雪目光低垂，片刻後，抬起頭來凝視著余凱琳，「凱琳姐，其實妳租房子那天，我就想告訴妳這件事了，但害怕嚇著妳，所以沒有明說，只是提醒妳注意安全。」

余凱琳詫異地問：「竟然眞有此事，我之前怎麼完全沒聽說？」

「我是聽跟我合租房子的一個朋友說的，她前些日子無意間在報紙上看到一篇報導。也許是受到來自政府或警方高層的壓力，相關的報導並不多，網路上與此相關的消息和帖子，據說都被莫名刪除了。我們猜，也許是上頭那些人害怕引起市民恐慌，或者是對所謂的城市形象造成不良影響。」

余凱琳呆呆地道：「難怪我完全不知道……」隨即又急切地問：「聽說被殺的是一個外地來的單身女人，這是眞的嗎？」

孟曉雪想了想，「這我倒沒聽說，不過確實有可能。」

余凱琳捂住嘴，面露恐懼。

孟曉雪說：「凱琳姐，我聽說警察到現在還沒能抓到兇手，而且這個兇手有持續作案的可能。妳一個人搬到外面去住，眞是挺讓人不放心的。要不，妳忍一口氣，聽黎昕的，先回他那兒去吧。」

余凱琳斷然搖頭，「不可能，這樣不是正中了他的下懷？他告訴我這件事，爲的就是這個目的，我才不會讓他得逞。」

孟曉雪凝視著她，輕輕一笑，「其實我看得出來，妳還是愛著他的。」

余凱琳的心似被針刺了一下，隱隱抽痛，立刻矢口否認，「別胡說！我是下定了決心和他分手的，絕不是鬧著玩！」

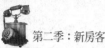

「人的心態是會隨著時間慢慢改變的，況且有些人雖然可惡，真正地失去了他，妳又會覺得……」

「曉雪，別講這些了。」余凱琳截斷話頭，用手勢示意孟曉雪打住。她聳了下肩膀，轉移話題，「妳現在住的那個地方到底怎麼樣？」

「房子挺好的，房租也合理。」

「可妳畢竟是一個人呀，不像我，朋友之間彼此還能有個照應。」孟曉雪是和幾個認識的朋友一起合租房子，相對余凱琳來說，境況要好一些。

「有什麼辦法呢？」余凱琳歎了口氣，略作沉吟，「不過，也不能完全算是一個人，起碼有房東住在旁邊當鄰居，必要時也能互相照應一下。」

「就是妳說的那個四十多歲還沒結婚的老姑娘？」孟曉雪忍不住想笑，「那個人怎麼樣？」

「還好吧，挺熱情的。就是吃東西的口味有些古怪，而且……有些時候，有點兒熱情過度了。」

聽余凱琳說起昨晚在韋雋家喝茶的經過，孟曉雪皺起眉毛，「她也太強人所難了吧？怎麼能逼著別人嘗試那些奇怪的口味？」

「算了，後來我想了下，她也沒惡意。她是把我當成朋友，才會這樣。」

「和這種人當朋友，我可受不了。」孟曉雪吐了吐舌頭。

沉默了一小會兒，余凱琳說：「對了，我發現，她還有一些怪癖。」

「什麼樣的怪癖？」

「昨天晚上十一點半左右，我聽到隔壁傳來跑步的聲音，一直跑了半個多小時。」

「睡覺之前跑步？」孟曉雪詫異地張大了嘴，「那樣會令神經興奮，還睡得著嗎？」

「可不是嗎？我也是這樣想，誰會在那麼晚的時候跑步呀？」

「你沒問問她這是怎麼回事？」

「沒問，這是人家的事兒，我管不著。」

「我又沒叫妳去干涉她。不是說她很想跟妳做朋友嗎？妳就以朋友的身分去跟她說，睡前運動對健康非但無益，反而有害，這樣就可以很自然地聊起這件事了。」

「還是妳會出主意，下次我就這麼跟她說。」

孟曉雪望著一桌沒吃完的飯菜，「妳看，好好的一頓午飯，我們卻在說這些倒胃口的話題，還吃得下嗎？」

「怪我。」余凱琳笑道：「下次請妳吃頓好的。」

兩人離開小餐館，在路上默默地走了好幾分鐘，彼此都沒有說話，似乎都在想著什麼心事。忽然，孟曉雪突兀地道：「凱琳姐，我覺得，住妳隔壁的那個女房東，也許不是普通人。」

余凱琳停下腳步，「什麼意思？她不是普通人，是什麼人？」

孟曉雪遲疑著說：「我的意思是，她可能是那種……有些不太正常的人。」

「爲什麼會這麼覺得？」

「妳想啊，她喜歡那些怪異的口味，還逼著別人嘗試，又大晚上的跑步——這些事情，都顯得她有些不正常。」

余凱琳思索著說：「沒妳說得這麼嚴重，我只認爲她有點古怪，並不認爲她怪到了不正常的地步。」

「反正我提醒妳一點，這種有著古怪嗜好的獨身老姑娘，往往都有些偏執傾向，容易出現極端行爲。沒惹到她，可能還好，但若有一天，妳嚴重地冒犯了她，說不定她會做出讓人意想不到的事。」

余凱琳回想起去租房子的時候，韋雋對那對男女冷若冰霜，面對自己時，卻是熱情無比，前後態度的轉變眞的很大，頓時有點不安，「曉雪，妳可別說這些話來嚇我。」

孟曉雪顯得有些爲難，「凱琳姐，其實我也知道，妳一個人在外面住，又是跟這個女房東當鄰居，本來是不該說這些話讓妳不舒服。可是……我眞的有這樣的感覺啊。妳不知道，我的直覺素來比一般人要準得多。」

「行了行了。」余凱琳不想繼續談論這個話題，「我會注意的。」

7

樂趣

在余凱琳看來，韋雋每天的生活相當枯燥乏味，但事實並非如此，她有著屬於自己的「樂趣」。

現在，她開始尋找這種樂趣了。

韋雋哼著自編的小曲，悠閒地從抽屜裡拿出一串鑰匙，套在手指上甩動著，走出家門。

來到過道上，她安靜下來，左右四顧，確認沒人之後，走到余凱琳現在住的那間房子面前，用鑰匙打開房門。進入屋內，輕輕將門關攏。

每天最快樂的時候到了，她可以盡情窺探房客的隱私。

首先，她走到衣櫃前，將櫃門拉開，欣賞裡面的各種衣物。

唔，這些衣服太普通了，沒有任何出彩之處。她微微搖著頭，顯得有些失望。但很快，一些內衣引起了她的注意，精神為之一振。這女人在內衣方面的品味還是挺不錯的，她想著。嗯，這套淡紫色蕾絲邊的內衣就蠻適合我，幹嘛不試試？

她把身上的衣服全都脫下來，任由它們散落在地，一絲不掛。她絲毫不覺得羞恥，也不在意尺寸合不合，硬是將另一個女人貼身的內衣、內褲套到自己身上，低下頭滿意地欣賞，甚至在屋裡轉起圈來。

十多分鐘後，她才不捨地脫下這套內衣，把它們小心地放回原位。然後，嘗試另一套絲質睡衣……

半個多小時後，衣櫃門關上了。她深信，經過自己小心謹慎的還原，哪怕是福爾摩斯都很難發現這些衣物被人動過。

接下來，第二個項目。韋雋走到書桌前，將沒有上鎖的抽屜打開。本來，她只想尋找一些與住客私生活息息相關的小物件，推斷出一些生活細節，並產生出與此相關的、富戲劇性的聯想，不想竟然驚喜地發現，抽屜裡躺著一本日記！太棒了，對於偷窺狂來說，日記本無異於最好的禮物！

韋雋急不可待地將日記本翻開，像吸毒者找到了上等冰毒一樣興奮。翻了幾頁，她卻露出幾分失望。原本打算像閱讀一本厚厚的書籍那樣慢慢品味，沒想到這本日記是新的，只寫了兩篇，就是從租房子那天才開始寫的。

韋雋不知道，余凱琳爲了徹底忘記黎昕，已經將記載有往日情的厚厚日記本燒掉了。儘管與期待不符，僅有的兩篇日記還是引起她極大的興趣。

五月二十八日

今天真是不可思議，我居然只花五千塊錢就租到了滿意的房子。實在沒想到會這麼順利，本來還以為要先在旅館裡將就著呢。房子很不錯，乾淨、衛生，到了晚上也很安靜。女房東人很好，非常熱情。她招待我吃她自己做的肥腸馬鈴薯蓋澆飯，雖然味道怪怪的，我還是很感激她。她說，希望能跟我做朋友，我又何嘗不是呢？對於我這樣一個獨居在外的單身女人來說，能有一個鄰居作為好朋友，是再好不過的事了。

看到這裡，韋雋的表情無比舒暢，顯得極爲滿足。翻過一頁，繼續品讀。

五月二十九日

今天他來找我，以一個荒謬絕倫的理由，厚顏無恥地要求我搬回去，繼續和他同住。我現在光是看到他都覺得噁心，他居然還能提出這樣的要求，簡直太可笑了！

這一段，韋雋看不懂是什麼意思，只是猜測是男女之間的情感糾葛，於是跳過去接著往下看。

我實在不能接受，雋姐怎麼能逼著我去喝那些奇怪口味的茶呢？但是現在想想，她也沒有惡意，只是太熱情了。而我，竟然因為一時難以接受，就毫不領情地離開。此時想起來，自己做得有些過分，不知道是不是傷了雋姐的心。我決定明天跟她好好道個歉，希望她不至於太生我的氣。

「噢，小可憐。」韋雋憐惜地喃喃道，合攏日記本，把它謹慎地放回原位。她舒了口氣，感到非常滿意和充實。如果不是害怕碰倒這裡的東西，眞想翩翩起舞。

哦，對了，還有最重要的事呢，得檢查一下「那個」。

韋雋走進浴室，將燈打開。靠近位於蓮蓬頭的那面大鏡子，用幾乎把鼻子貼在上面的方式仔細觀察了好一會兒，心滿意足地點了下頭。

非常好，不會有人看出一絲破綻。

8

油炸餅

余凱琳以前都是盼著早些下班，但今天，她第一次希望在公司待得時間久一點。

今天中午和孟曉雪談論的那些話題，眞的有點嚇到她了，她甚至有些後悔自己一個人出來租房子住。也因此，她更恨黎昕了——如果不是他做了那種骯髒的事，她又怎麼會處於如此境況？

下班的時候，余凱琳終於忍不住了，拉住準備離開的孟曉雪。

「曉雪，今天……妳能不能到我那裡去，陪我住一晚上？」她有些不好意思地問。

孟曉雪一愣，立即明白過來，「凱琳姐，是不是我們中午說那些嚇到妳了？」

余凱琳無法逞強，只有點頭。

孟曉雪想了想，「陪妳住一晚上沒有問題，可這不是長久之計，我總不能每天都去陪妳睡吧？」

「我不會叫妳每天都陪我的，主要是今天剛說了那些事，我心裡特別害怕，過幾天就好了。」

孟曉雪歎了口氣，「唉，這是何苦呀？人家黎昕要保護妳，妳不肯，卻找我陪著一起住……」

「好了好了，我說過別提他的。」余凱琳煩躁地說：「妳就說陪不陪吧。」

「陪，陪，今天我就當一回『三陪』！」孟曉雪做了個鬼臉，「但是有條件，妳得請我吃牛排。」

「鬼丫頭，撐死妳！」余凱琳嗔怪道，旋即露出笑顏。

兩個女人到西餐廳去吃了頓豐盛的晚餐，又去逛附近才開張的百貨公司，各收穫了一件衣服，孟曉雪還買了一頂漂亮的帽子。兩人的心情都很好，余凱琳心中的恐懼感被漸漸驅散。

回到租住處，已經是九點過了。

孟曉雪進了屋，繞著房子轉了一圈，「這裡是挺不錯的，乾淨，也比較清靜，五千一個月非常划算。」

「可惜就只有這麼一間，要是像妳租的房子那樣，是一個大房子，隔成好幾間，就可以和別人合住了。」

「合租也有很多壞處的。」孟曉雪坐到沙發上，翹起二郎腿，「比如說共用浴室，有時妳想上廁所，偏偏有人佔著，急死人。」

余凱琳倒了杯水端過來，遞給她，「我現在覺得這些都不要緊，最重要的是安全問題。」

「這倒是，一個人單獨住，到了夜裡挺讓人緊張的。」孟曉雪喝了口水，把杯子放到茶几上。

兩人坐在沙發上閒聊了一會兒，門外傳來敲門的聲音。

「這麼晚了，誰會來找妳？」孟曉雪問。

「還會是誰，就是那個女房東唄。」余凱琳壓低聲音，「這下妳可以看看她了。」說著站起來，走到門口，把門打開。

果不其然，韋雋站在門外，手裡又端著一盤黃燦燦的油炸食物，笑容滿面地對余凱琳說：「凱琳，今天這麼晚才回來呀！妳看，我又做了些油炸餅，帶幾個來給妳嚐嚐。」

「哎呀，雋姐，這怎麼好意思呢？經常吃妳的東西。」

「客氣什麼，咱們是鄰居，又是朋友嘛！」韋雋把盤子遞給余凱琳，「還不知道妳吃不吃得慣。」

余凱琳簡單地客套一句便不推卻了，把盤子接過來，「那眞是謝謝了，雋姐，進來坐會兒吧。」

「好啊。我一天待在家裡悶死了，也想跟妳聊會兒天……」正說著話走進屋內，韋雋一下看見坐在沙發上的孟曉雪，臉上的笑容驟然消失，表情變得十分僵硬。

「原來妳有客人啊。」她冷冷地道。

余凱琳趕緊介紹，「是啊，她是我公司的同事，叫孟曉雪。」

孟曉雪從沙發上站起來，主動伸出手，「妳是雋姐吧？妳好。」

韋雋打量了她幾眼，又望著她伸出來的手，好半天才伸出手，只輕輕地跟她碰了一下，立即縮回來。

余凱琳招呼道：「雋姐，坐吧，我給妳倒杯水。」

「不必了。」韋雋面無表情地說：「既然妳有朋友在這兒，我就不打擾了。」

「沒關係啊，我們又沒什麼事兒，可以一起聊會兒天。」

「改天吧。」韋雋擺了下手，轉身拉開房門，出去了。

余凱琳端著一盤油炸餅，呆呆地站在原地，茫然地望向孟曉雪。

孟曉雪重新坐到沙發上，用手指輕輕按著嘴，然後搖了搖頭，發出一聲難以置信的嗤笑。余凱琳坐到她身邊，將裝著油炸餅的盤子放到茶几上，尷尬地說：「我眞沒想到，她竟然會這樣。」

「她這算是什麼意思？」

「我也不懂。」

「她本來笑嘻嘻地要進來和妳聊天，看到我後，態度大變……」孟曉雪思忖著，「她顯然是看我不順眼。」

「可是，這怎麼可能呢？」余凱琳感到難以理解，「她又不認識妳，沒理由討厭或排斥妳。」

孟曉雪凝視著余凱琳，「中午我就跟妳分析過了，她可能有些不正常，現在看來果眞如此。這種人的心態和想法跟一般人不同，不能用正常人的思維去解釋她的一舉一動。」

「那妳認爲這是怎麼回事？」

孟曉雪低頭思索，半晌後抬起頭來，「她剛才的表現，就像在吃醋。」

「什麼？」余凱琳感到啼笑皆非，「吃醋？我們都是女人，她吃什麼醋？」

孟曉雪擺了下手，「不是那種意義的吃醋。我的意思是，像她這種深居簡出、性格孤僻的單身老姑娘，在看待某些事情的時候，可能會非常偏執。比如說，她希望她是妳唯一的朋友，不願妳再結交別的朋友。如果妳沒能如她所願，她會非常生氣。」

余凱琳聽她這樣一說，想了起來——租房子的第一天，韋雋說，她沒有多少和別人接觸的機會，希望能和自己成爲好朋友。當時自己順著她的意思說，身在異鄉，經常有種孤獨感，身邊也沒什麼朋友……難道，她現在看到自己和孟曉雪在一起，竟會把這當成一種背叛？

呆了半晌，余凱琳吶吶道：「確實有妳說的這種可能。」

「眞要是這樣，妳最好和她保持距離。」孟曉雪嚴峻地說：「對這種性情乖僻、喜怒無常的人，只能敬而遠之。」

余凱琳望著那一盤油炸餅，爲難地說：「可是，並不是我要主動和她接觸呀！妳瞧，她不時就會送上一些食物、小點心來讓我品嚐，我不接受，她會覺得我不領情，但接受的話，不就意味著和她的關係更近了？」

孟曉雪也望向那盤黃燦燦的油炸餅，噗嗤一笑，「不知道這回的油炸餅，又會是什麼怪口味？」

余凱琳說：「要不咱們試試？」

孟曉雪和她對視幾秒，憋著笑說：「好吧，我還眞有點好奇。」

余凱琳從盤子裡拿起兩塊餅，遞了一個給孟曉雪。兩人盯著那油炸餅看了幾秒，同時咬下一口。

孟曉雪細細咀嚼著，「這味道還好吧，不算太難吃。」

「確實。」余凱琳說：「比起那天的肥腸蓋澆飯和加了奶油的清茶，這個味道還算是正常。」

「就是油太多了，吃起來有點悶。」孟曉雪又咬了一口，看到了油炸餅裡包的肉餡，「等等！這個肉的味道怪怪的，我怎麼吃不出來是什麼肉？」

「嗯，微微有點腥味。」余凱琳思忖著，「可能是羊肉。」

「不像。」孟曉雪搖頭，「羊肉的顏色沒這麼紅。可要說是牛肉，口感又不對。」

余凱琳停止咀嚼。

孟曉雪說：「這肉……不會是不新鮮吧？」

「我也不知道。」

「算了，咱們別吃了。」孟曉雪把剩下的油炸餅放回盤子裡，「不管肉是不是眞有問題，反正心裡已經不舒服了。」

余凱琳望著滿滿一盤油炸餅，犯了難，「還有這麼多，怎麼辦啊？」

孟曉雪說：「倒掉唄，這種來歷不明的肉做成的餅，吃了之後不定會出什麼問題呢。」說完端起盤子，走到垃圾桶旁，踩住開關，將整盤油炸餅全都倒進去。

「哎……」余凱琳覺得畢竟是人家的一番心意，有些不忍，但還沒來得及阻止，東西已經被倒掉了，只好作罷。

孟曉雪的一隻手沾滿了油，對余凱琳說：「我先去洗澡了。」

「好。」余凱琳站起來，「我給妳找一件睡衣。」

孟曉雪接過余凱琳遞給她的粉色睡衣，走進浴室。

9

浴室裡有「人」

韋雋回到自己那邊，帶著滿臉慍色重重地坐到沙發上，雙手交叉。

幾分鐘後，她拿起遙控器，將電視機打開，一個形象猥瑣的老男人在主持一檔娛樂節目，看得噁心。其實也不怪這電視節目，現在所有的東西都令她心生厭惡。用力地摁了一下遙控器的電源鍵，將電視關閉，把遙控器狠狠地丟到一旁。

她討厭自己的安排被人破壞，卻又無處發洩，有氣無處撒的滋味令她無比煩躁。

突然，韋雋想到一個問題：那女人只是來玩一會兒嗎？她今晚不會是要住在這裡吧？她們的關係有這麼親密嗎？余凱琳不是自稱沒什麼朋友嗎？要我？

越想越生氣，兩排牙齒格格地磨蹭，胸中一團無名火在熊熊燃燒。

我得確定一下，她想著，朝浴室走去。

韋雋這邊的浴室和余凱琳那邊的浴室只有一牆之隔，本來修房子的時候不是這樣的結構，後來經過了她的親手改造。這是她的一個重大秘密，曾經住在這裡的房客無一人知曉。

韋雋走到浴室的牆邊，拉開面前的壁櫃，將用做掩飾和遮擋的各種沐浴露、洗髮液拿開，露出一塊被橫板隔斷的透明玻璃。

從這塊玻璃看過去，余凱琳那邊的浴室一覽無遺——從那邊看，卻只是一塊毫不出奇的大鏡子。

這特殊的單面透光玻璃，像一張寬幅大紙，書寫並記錄著韋雋無數次卑劣的偷窺經歷。

幾乎每一晚，韋雋都會定時守在這裡，像欣賞電影一樣將對面浴室裡的人的一舉一動盡收眼底，獲得莫名的滿足和變態的快感。

前面幾晚，余凱琳一成不變的洗澡動作她有些看夠了，今晚正好換個新鮮的。

她開始期待孟曉雪能留下來了。

她沒有失望，十多分鐘後，孟曉雪拿著一件粉色睡衣走進浴室。

韋雋的情緒變得亢奮起來，呼吸逐漸急促。太好了，我要看看這臭婊子有沒有什麼特殊的癖好，全都展現出來吧，最好一絲也不要保留。

在韋雋的注視下，孟曉雪脫光了身上的所有衣服，露出年輕性感的胴體。走到蓮蓬頭邊，旋開水龍頭，數股細小水流噴灑而下。

待水溫調節合適，孟曉雪閉起眼睛，站在蓮蓬頭下，溫暖的水流從她的頭頂傾洩，從上而下地沖洗她。她用手指梳理著披肩的長髮，然後抹掉眼前的水，拿起旁邊一個玻璃小台子上的洗髮乳，擠了一些在手心，抹在頭上，開始洗頭。

韋雋看了幾分鐘，有些失望，孟曉雪洗澡的過程平淡乏味，沒有她期盼的精采看點。

漸漸的，那邊浴室的霧氣使鏡面模糊起來，不怎麼看得清了。但她並不打算放棄，把臉湊近了些，睜大眼睛，像是非要看出個名堂不可。

突然，那一邊的孟曉雪像是感應到了什麼，驀地一驚，雙手護住上身，惶恐地左右張望。韋雋也感到驚愕無比，這種偷窺，她進行過無數次了，從來沒有人發現過任何破綻。

但孟曉雪此刻的表情，好像察覺到了什麼！

難道，這女人……發現了這個秘密？韋雋往後退了一步。不可能啊！她怎麼發現得了？

韋雋的心臟怦怦狂跳，繼續注視著特殊玻璃的另一邊，緊張的心情漸漸平復下來。孟曉雪左右四顧，卻沒把目光鎖定在鏡子上，可見她並不知道蹊蹺所在，但確實感覺到了異樣，關了水，擦拭兩下身體，匆忙地套上睡衣，奔逃出去。

韋雋迅速地將沐浴露、洗髮液放回原處，擋住玻璃，關攏壁櫃。

余凱琳正在沙發上翻著一本雜誌，看見孟曉雪神色驚惶地從浴室裡衝出來，詫異地問道：「怎麼了？」

孟曉雪坐到她身邊，臉色蒼白，呼吸急促，好一陣子後，才從喉嚨裡擠出一句話：「我剛才感覺……浴室裡有人！」

這句話把余凱琳嚇得渾身一抖，後背倏地竄起一股涼氣，手中的雜誌落到腳邊，「什麼？有人？」

「我正洗著澡，忽然感覺到一股視線，好像有人在偷窺！」

余凱琳恐懼地縮緊身體：「妳看到人了？他在哪裡偷窺？」

「沒有看到，但我能感覺到！」

余凱琳的眼神透出懷疑，「感覺？這種東西可信嗎？」

孟曉雪焦急地說：「當然可信！我告訴過妳的，我的直覺比一般人要強得多，我很早以前就知道了。」

余凱琳遲疑片刻，「那……我們一起去浴室瞧瞧。」

孟曉雪嚥了口唾沫，壯起膽子點了點頭。

兩個人互相挽著手臂，顫抖地慢慢靠近浴室。推開門，狹小的空間一覽無遺，余凱琳看了上方通風的小窗子，外面只有一片漆黑，「眞要有人偷窺，只能透過這扇小窗戶，可這裡是二樓啊，怎麼有辦法爬上來？」

孟曉雪答不出話，死死地咬著下嘴唇。

「曉雪，妳是不是產生錯覺了？」余凱琳問。

孟曉雪仔細地感覺了一會兒，方才的異樣感已經消失了。她吐了口氣，扯了余凱琳一下，「咱們回去吧。」

重新在沙發上坐下來，孟曉雪凝視著余凱琳的眼睛，「凱琳姐，妳聽我說，在我八歲那一年，一天傍晚，我在院子裡跟幾個小夥伴一起玩耍。本來玩得很開心，忽然感覺心裡煩躁不安，非常難受，竟然不由自主地大哭起來。我媽媽以爲我受了欺負，出來質問那些和我一起玩的小夥伴，當時他們都懵了，包括我自己在內，誰也不明白這是怎麼回事。而且無論大家怎麼勸，我都哭個不停。結果半個小時後，媽媽接到警察打來的電話，他們說，我爸爸開的計程車在半個小時前和一輛公車相撞，他……當場死亡……」

說到這裡，孟曉雪淌下了眼淚。余凱琳既驚訝又難過，一時不知該說什麼好，只有挽住她的肩膀。

她深呼吸一口，抹去淚水，「這是十多年前的事了。凱琳姐，我說出來，不是想讓妳跟著我一起傷心，而是想告訴妳，我說自己的直覺比一般人強，是有根據的。」

余凱琳感慨道：「我以前只在書上或電影裡看過這樣的事，沒想到這類事情在現實中眞的存在。」

「而且在我身上，發生過不止一次。」孟曉雪說：「當然，不一定都是有人死這樣的大事，有時只是一些小事，比如迷路後選擇哪個方向才是正確的之類。不管如何，這些大事小事都應證了我的第六感。」

「第六感？」

「沒錯。妳不知道嗎？第六感其實就是潛意識的能力，是每個人與生俱來的，只是大多數的人第六感比較弱，所以感覺不到。但我，恰好就是那種第六感較強的人，能夠憑直覺感知一些旁人無法洞察的事。」

「比如說，感覺有視線在注視妳，就是第六感的表現？」余凱琳問。

孟曉雪點頭。

「曉雪，妳告訴我這些，到底想說明什麼？」余凱琳憂心忡忡地問。

孟曉雪望著她，緘默了好一陣子，才緩緩地回道：「凱琳姐，妳現在住的這房子有問題。」

余凱琳心中駭然，惶惶地問：「有什麼問題？」

「具體不清楚，但總有種讓人很不安心的感覺。」

「妳從什麼時候感覺到的？一進門就有了？」

「不……」孟曉雪埋頭沉思著，「剛進門的時候，感覺並不明顯，是從那個雋姐來過之後，再加上後來在浴室裡……」

說到這裡，她頓了頓，猛然抬頭，「對，我的異樣感，就是從那女房東來拜訪後出現的。恐怕不是房子有問題，而是女房東有問題！」

余凱琳想起孟曉雪白天說過的話，「妳好像一直在懷疑她。」

孟曉雪睜大眼睛，「不，我中午跟妳說的那些話，只是一種推測。但今晚見過她的面，並在這裡待了這麼久，我是真的認定她不對勁了！」

余凱琳問：「妳到底覺得她有什麼問題？」

孟曉雪眉頭緊蹙，「這個……我不好妄加判斷，但我敢肯定，她身上隱藏著秘密。」

余凱琳抬頭仰望天花板，神情惘然，「我們每個人身上都隱藏著秘密。」

「妳想說的是『隱私』吧？」孟曉雪不以爲然，「就算我們藏著秘密，也不會對他人造成任何威脅，但這個女房東就很難說了。」

「妳認爲她是危險人物？這樣說也太誇張了，頂多是性格孤僻、脾氣古怪，我不認爲有這麼嚴重。」

孟曉雪聳了下肩膀，沉默了一小會兒，還是堅持己見，「凱琳姐，情況真的不對勁。保險起見，妳最好別住這兒了，換個地方吧！」

余凱琳歎息道：「重新找房子哪有這麼容易？這地段不錯，附近的房子基本都租完了。再說，我已經交了房租和押金，沒錢再租別的房子了。」

「要不妳想個理由，叫她把押金退給妳？」

「我能想出什麼理由？」余凱琳十分爲難，「這房子又沒什麼實質性的問題，叫我怎麼開得了口？」

孟曉雪思索了好一陣子，也沒想出合適的理由來，這事確實不好辦。

余凱琳說：「算了，曉雪，別費這心思了。妳跟我說的這些，我會特別留意的，大不了處處小心謹慎，不招惹她就行了。」

孟曉雪猶豫著說：「凱琳姐，可別怪我又提起黎昕。但以現在的情況來看，如果他肯眞心跟妳道歉，不妨就依了他，回他那裡去住吧。」

這一次，余凱琳沒有堅決反對，咬著嘴唇思量了好久，沒有說話。

接著，兩人聊了一會兒別的話題，漸漸從惶恐不安的情緒中走出來。接近十一點，擠在一張床上睡了。

睡前，余凱琳將今天發生的所有事情，詳詳細細地記錄在日記本中。

10 意料之外

公司樓道的垃圾桶裡，又插上了一束嬌媚動人的鮮花，這次是淡紫色的洋桔梗。

余凱琳眞希望黎昕別再做這些無用功了，他做過的骯髒事，怎麼可能是幾束鮮花就能挽回的？實在是浪費時間，白費心思，也讓本該盛開在美麗花圃中的鮮花擺錯了地方，就如他此刻表錯了情的愛慕，沒有絲毫意義——她不無遺憾地想道。

上午十點剛過，余凱琳的手機響了，一看號碼，是家裡打來的。

她一邊接聽電話，一邊走到樓道裡。

「喂，媽，有什麼事嗎？」

電話裡傳出母親焦慮的聲音，「凱琳，妳爸病了。」

余凱琳心頭一緊，「什麼病？」

「最近他老是頭暈、胸悶、全身無力，我昨天陪他到醫院去檢查，醫生說他的心臟出了問題，得了一種叫『充血性心力衰竭』的病。」

「嚴重嗎？」余凱琳問，她沒聽說過這種病。

「醫生說是比較嚴重的病，必須馬上動手術安裝心律調節器，否則可能會有生命危險。」母親的聲音有些哽咽。

「那就聽醫生的，趕緊做手術呀！」余凱琳焦急地說。

「凱琳，我們去年買了房子，家裡的錢全花光了，還欠了親戚幾十萬。現在手頭哪湊得出多少錢？根本不夠做手術啊。」

「這手術需要多少錢？」

「光是心律調節器就要好幾萬，再加上手術費、醫藥費什麼的……我們真的沒有那麼多錢……」母親嗚咽起來。

余凱琳握著手機發怔，心中陣陣抽搐。

「凱琳，妳那兒有錢嗎？」母親問。

「我……」余凱琳說不出話來。她恨自己如此沒用，在父母最需要幫助的時候，竟然一點錢都拿不出來。

母親聽女兒沉默不語，明白了，立刻反過來安慰道：「沒關係，凱琳，我知道妳一個人在外面也不容易。這事就別操心了，媽會想辦法的。」

「媽，妳能想什麼辦法？」

一陣緘默後，母親低沉地說：「實在不行，只有把房子賣了……」

余凱琳著急了，「這不行！房子賣了，你們住哪兒呢？」

「妳爸的病不能不醫呀。」

余凱琳焦躁地思忖著，對母親說：「媽，這樣，我給你們寄三萬塊過去，剩下的錢你們找親戚朋友先借著，把這個難關捱過再說。不管如何千萬別賣房子，知道嗎？」

「妳有三萬塊？」母親很了解女兒，如果有錢，剛才她就不會沉默了。

「別管了，我會想辦法的，總之就按我說的這樣辦。」

母親猶豫片刻，「……好吧。」

「這兩天我就把錢匯過去，媽，妳別著急……」

余凱琳又說了一些安慰母親的話，掛斷電話後，原地轉了兩圈，心急如焚。

話說出來倒是容易，上哪兒去湊這三萬塊呢？

她能想到的，只有自己唯一的朋友孟曉雪。

中午吃飯的時候，余凱琳把父親得病的事告訴孟曉雪，沒等將借錢的話說出口，聰明直爽的孟曉雪已經猜到了她的意思。

「凱琳姐，說吧，需要多少錢？」

「曉雪，妳手頭有閒錢嗎？」

「看妳打算借多少。」

「三萬。」

孟曉雪想了想，「凱琳姐，咱們的薪水都差不多，妳沒法存得起錢，我也一樣。我之所以手裡有些餘錢，是因爲我媽媽前不久給我寄了些用於應急的錢，現在，這錢就先借給妳應急……」

余凱琳感激地緊緊抓住她的手，「曉雪，眞是太感謝妳了！後面幾個月，我一定省吃儉用，儘快把錢還給妳！」

「那倒不必，遲些還給我也沒關係。」孟曉雪說：「可是，我剛才還沒把話說完，我手裡沒有三萬，最多只能借給妳兩萬。」

余凱琳的神情又低落下去，「唉！剩下的該怎麼辦？」

孟曉雪問：「黎昕呢？」

余凱琳咬著嘴唇不說話，眉頭緊蹙。

「凱琳姐，這種非常時刻，別再顧及面子了。既然黎昕肯低頭認錯，妳就給他個台階下吧。這個時候要他幫忙，他肯定是萬死不辭。」

余凱琳歎了口氣，「不瞞妳說，我也想過他。可是，我跟他住在一起這麼久，太了解他這個人了。他就是典型的『月光族』，每個月的新水能用到月底就很不錯了。這件事情，即便他想幫我，也是心有餘而力不足。」

孟曉雪沉默了，好一會兒後，她雙眼發光地望向余凱琳，「我倒是想到個主意。」

「什麼主意？」

「昨晚我們不是還在說，要叫妳那個房東退還押金，但沒有合適的理由？現在這種狀況，不就是最名正言順的理由？」

余凱琳也是眼睛一亮，「對啊，我就說父親生了重病，一方面要用錢，另一方面也許需要回老家照顧他，用這個理由搬出來，再要求她退押金，好歹能湊到五千塊，另外的五千總有辦法湊到。」但隨即，她的眼神又黯淡下來，「可這樣一來，我該住哪兒呢？我沒錢再租房子了呀。」

「妳可以住到黎昕那裡去啊！如果實在不願意的話，也可以暫時到我那裡去擠一下。」

「嗯，就這麼辦。曉雪，妳眞是太聰明了。」主意拿定，余凱琳心中如釋重負，輕鬆了許多。

晚上，余凱琳敲開韋雋的門。

「凱琳，有事嗎？」韋雋站在門口問。

「嗯……」余凱琳露出有難處的樣子。

韋雋打量了她幾秒，「進來坐吧。」

余凱琳坐下來後，將事先準備好的話講出來，「雋姐，今天上午我接到我媽打來的電話，說我爸……」她詳細地道出父親生病的情況，並特別強調了自己和家中都沒錢的事實。

「哦，這樣啊，那妳打算怎麼辦？」韋雋問，其實有些猜到了。

「雋姐，我想不出別的辦法了，只有暫時不租房子，把錢寄給家裡，多少有點幫助。」

「妳想讓我把押金退還給妳？」

余凱琳窘迫地點頭，又趕緊補充道：「雋姐，如果妳不願意，也不用全部退給我，畢竟這算是我毀約……」

韋雋盯著她的臉，許久沒說話，房間裡籠罩著一種令人尷尬的沉默。過了一會兒，她問道：「妳搬出去，把錢寄回家，接下來打算住哪兒？」

「我打算搬去跟同事合住，先擠著住一陣子。」

「就是昨晚那個叫孟曉雪的嗎？」

余凱琳輕輕點頭，隱隱感覺到韋雋有些不快，不知道她接下來會是何種反應、會不會答應自己的要求，心中忐忑不安。

韋雋從沙發上站起來，在房間裡來回踱了幾步，走到櫃子前，打開櫃門，當著余凱琳的面拉開櫃子中間的一層抽屜，拿了五千塊的現金出來。

「喏，拿著吧。」她把鈔票遞給余凱琳，「數一下。」

「不用了，雋姐。」余凱琳感激地接過錢，「感謝妳能答應我這不情之請，這幾天真是給妳添麻煩了。我明天早上就搬走，到時候再來跟妳道別。」

見余凱琳準備站起來，韋雋坐到她身邊，「等一下，我可沒說這錢是退給妳的押金。」

余凱琳一愣，不明白這話是什麼意思。

韋雋望著她，「我說過了，我把妳當朋友。現在妳有困難，我怎麼能眼睜睜地看著妳陷入困境？搬去和同事擠著住，畢竟不是長久之計。這錢，就算是我借的，妳還是繼續住在這裡吧。」

余凱琳完全沒想到韋雋會這麼做，一時因愕然而合不攏嘴。良久之後，她才說道：「雋姐，這怎麼好意思？」

韋雋用手勢打斷她的話，「如果妳也把我當朋友，就別推辭了。」

余凱琳心中暖烘烘的，感動不已。點了點頭，把錢放到皮包裡，隨即說：「雋姐，我一定會儘快還給妳的。哦，對了，我寫張借據吧。」說著就要從包裡摸出紙筆。

韋雋按住她的手，「別寫了，又不是多大的數目，我相信妳。」

余凱琳的身心都快被洋溢出來的暖意融化，滿臉通紅，「雋姐，我真不知道該怎麼感謝妳。遇到妳這樣的好人，我真是太幸運了。」

韋雋笑著說：「別說這些了。朋友嘛，有困難的時候就該互相幫助。」

余凱琳站起身，「雋姐，那我就回去了。」最後不忘再次強調，「真的很感謝妳。」

韋雋面露微笑，送她到門口。房門關攏，微笑變成了一絲捉摸不透的淺笑。

余凱琳回到自己那邊，打開皮包把錢數了一遍，沒錯，五千元整。太好了，不但在一天之內湊到了兩萬五千塊，還避免了向黎昕屈服的難堪局面。

余凱琳躺在床上，長長地舒了口氣。想起之前對韋雋的種種猜忌和誤解，簡直臉紅心臊、羞愧難當。

出於愧疚與感激，她決定這個週末請韋雋吃一頓飯，好好回報一下這個女房東——不，是新朋友。

11

深夜跑步聲

六月四日，星期六。

市公安局。

葉磊剛辦完一個案子從外面回來，大汗淋漓。還沒來得及坐下喝口水，隊長霍文就迎面向他走來，招了下手，「到我辦公室來一趟。」

「唉，要命。」葉磊擦了擦額頭上的汗水，「不會馬上就有新任務了吧？」

走進隊長的辦公室，葉磊坐到霍文對面的一把皮椅上，問道：「隊長，有什麼吩咐？」

「這幾天，你那裡還是沒接到失蹤人口的報案？」霍文問。

「沒有。」葉磊搖頭。

「看來我們的判斷是對的，殺人碎屍案的被害人，確實是外地人或流動人口。」

葉磊想了想，說：「可是，就算是外地來的人，也不可能和周遭的人完全沒聯繫啊。一個大活人憑空消失，有過接觸的人難道不覺得奇怪？」

霍文雙手交叉，手肘撐在桌面上，目光如炬，「我分析，有兩種情況：第一，被害者是沒有工作或居無定所的流動人口，由於沒有固定接觸的對象，所以在失蹤被害後，無法引起任何人的關注。」

葉磊點點頭，繼續聽隊長的分析。

「第二種情況是，被害者是有工作和固定居所的，但兇手將其殺害前，使用了某種方法，使得周遭的人認爲被害者是『暫時離去』，而非『永遠消失』，所以直到現在，也沒有任何人來報案。」

葉磊輕輕地捏著下巴，「隊長，你的意思是，兇手可能製造出被害人離開了本地或變換了居住地點的假象，用以迷惑旁人？」

「這種可能性很大。」霍文停頓了一下，「第二個受害者的第一部分殘肢出現的日子是五月二十九日，到現在已經過去七天了，第二部分殘肢還沒被拋出來。」

「隊長，你想說什麼？」

「我在想，這個兇手到底是根據什麼，來決定棄屍的日期？僅僅是隨機決定嗎？」

「總不會棄屍還要看心情吧？」葉磊半開玩笑地說。

霍文嚴峻地注視他，「說不定眞是你說的這樣。」

葉磊撤掉了臉上的笑意，表情轉爲嚴肅。

「我上次就分析了，這種變態殺手的心理和正常人不同。殺人碎屍，不一定意味著毀屍滅跡，可能只是一種娛樂，或者是發洩，和兇手的情緒息息相關。情緒穩定的時候，也許做這種事情的慾望就會低一些。心情不暢，或心理不平衡的時候，就會想做這些事情來發洩，或者尋求刺激。」

「隊長，你的意思是，兇手之所以過了七天，還沒有把第二具屍體的另外一部分丟出來，是因爲這幾天的心情不錯？」

「只是有這種可能。總之，這段時間，仍然要加強夜裡對小街小巷的巡邏。還有密切關注與外來人口接觸頻繁的人，不能掉以輕心，絕對不能再出現第三個受害者！」

「是！」葉磊站起來，行了一個禮。

這天下午，余凱琳上超市去買了食材和水果，還有一些簡單的餐具。她上午跟韋雋說了，晚上要請她吃飯，韋雋顯得很高興。

新鮮的牛外脊肉、雞、胡蘿蔔、洋蔥和紫甘藍，還有紅酒和各種調味品，以及餐後的西瓜。余凱琳清點著自己所買的東西，嗯，都齊了。拎著這一大包食材回到租住的小套房，看了下時間，四點鐘，可以開始動手了。

六點鐘，韋雋從隔壁過來，一進門就讚歎道：「嗯，好香！」

余凱琳笑著說：「我正在做……」

「等一下，讓我猜猜看。」韋雋用手勢截斷她的話，以嗅覺刺探著房屋裡飄溢的香味，「是烤雞，對嗎？」

余凱琳大感驚訝，「是的！雋姐，妳的鼻子真厲害！」

「這不算什麼。經常做飯的人，對各種香味都很熟悉。」

「馬上就好了。雋姐，妳先坐會兒，看看電視吧。」余凱琳招呼道。

「有什麼需要我幫忙的嗎？」

「沒有，我都準備好了，只等妳過來，就可以煎牛排了。」

韋雋笑道：「看起來是打算請我吃西餐了。」

余凱琳不好意思地說：「中國菜太複雜了，我不怎麼會做，西餐相對要簡單些。」

「西餐很好，那我就等著品嚐妳的手藝了。哦，順便說一下，我的牛排只要五分熟。」

「好的，再等我二十分鐘就好。」

余凱琳轉身繼續去忙碌，韋雋繞著屋子轉了一圈，坐到沙發上，隨手翻著一本時裝雜誌。

六點半，余凱琳把做好的蔬菜沙拉、黑胡椒牛排和蜜汁烤雞端上餐桌，再擺上兩只高腳玻璃酒杯，倒上紅酒。餐桌是一張鋪了桌布的折疊小方桌，這樣一些東西就把桌面全佔滿了。

韋雋走過來，看著一桌像模像樣的西餐，讚嘆道：「真沒想到妳這麼會做菜，看起來真不比西餐廳的餐點遜色。」

「見笑了，雋姐。實際上，我就只會做這幾個菜。」余凱琳招呼道：「請坐吧。」

兩人相對而坐，余凱琳端起酒杯，「雋姐，我敬妳一杯，感謝妳……」

「感謝的話就別再說了。」韋雋端起酒杯，「妳這麼客氣，咱們都會很拘束的。像朋友一樣輕鬆地吃飯、聊天，好嗎？」

余凱琳一笑，「好的。」兩人一起呷了一口杯中的紅酒。

「先嚐嚐牛排吧，這個要趁熱吃。」余凱琳說。

「好的，我來嚐嚐味道。」韋雋用餐刀切下一小塊牛肉，以叉子送進嘴裡，「嗯，很好吃！肉很嫩，而且肉汁豐富。」

「合妳的口味就好。」余凱琳又用餐刀從整隻烤雞上割下一隻雞腿，放到韋雋面前的一只空盤子上，「再吃這個吧，雋姐。」

韋雋用兩根手指輕輕撚起雞腿，咬了一口，連連點頭，「這個更好吃，是我最喜歡的口味！」

事實上，余凱琳確實是刻意投其所好，做了這道蜜汁烤雞。她曉得韋雋喜歡帶甜味的食物。此刻，見客人吃得滿意，自已也覺得很有成就感，高興地說：「妳喜歡就好，我之前還擔心手藝不到家。」

「唔……」韋雋很享受地閉上眼睛，細細品味，「不止是好吃，我簡直迷上這味道了！能教我怎麼做這道烤雞嗎？」

「很簡單，用微波爐就能做了。」

「妳買了微波爐？」

「嗯，我一個人吃飯，用微波爐比較方便。」

「教教我吧，到底是怎麼做出來的？」韋雋一邊切著牛排，一邊興致盎然地問。

「首先將雞腹掏空，用牙籤在雞肉表面扎出很多小孔，再把鹽、胡椒粉、辣椒粉和麥芽糖漿均勻地塗抹在雞的內外……」

余凱琳細緻地講述著烤雞的製作過程。韋雋眼睛一眨也不眨，顯得很有興趣，聽完後點了幾下頭，表示懂了。

「妳是怎麼會做這道烤雞的呢？」

「我以前買過一本食譜，自己在家裡試著做出來的。」

「太好了！」韋雋欣喜地說：「我很喜歡研究各種美食，沒想到妳也喜歡，以後咱們可以多交流。」

「嗯，是啊……」余凱琳禮貌地答應著。

接著，兩人又隨意地聊著一些女人間的話題。不論談論什麼，余凱琳都儘量順著韋雋的意思說。看得出來，她這次請客是相當成功的，韋雋滿面紅光，顯得情緒極佳。

進餐到一半，韋雋把杯中的紅酒喝完了。余凱琳要幫她倒酒，她卻擺了擺手說：「我今天很開心，想盡興一些，喝這種酒不帶勁。」

余凱琳顯出抱歉的樣子，「對不起，雋姐，我只買了這一瓶酒。」

韋雋豎起食指擺了兩下，「等著。」起身走出房門，一分鐘後，拿著一瓶白酒回來。

「怎麼樣？換成喝這個吧。」韋雋重新落座，晃了晃那瓶酒。

「吃西餐喝白酒，不大合適吧？」

「沒什麼不合適的，相信我，烈酒適合於任何場合。」韋雋打開瓶蓋，給自己倒了大半杯白酒，問余凱琳，「妳也來點兒？」

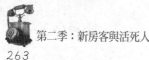

「我就喝紅酒好了。」她握住酒杯，杯底還剩了淺淺的一層酒。

韋雋揚了揚眉毛，「我這可是瓶好酒，眞的不品一口？」

「我不怎麼會喝白酒。」

「就當是陪我喝一點吧。」韋雋用懇切的眼神望著余凱琳，「少喝點兒就是了。」

余凱琳不好再推辭，只得答應，「好吧。」喝完杯中剩下的那一點紅酒，把杯子遞了過去。

韋雋很高興地往杯中倒了半杯白酒，將杯子遞給余凱琳，然後端起自己的酒杯，「這次換我敬妳一杯。」

余凱琳雙手托住杯子，慚愧地說：「雋姐，都是我受妳的照顧，還是應該由我敬妳。」

韋雋搖著頭說：「不，我也要感謝妳。妳讓我有種交了個好朋友的感覺，不像以前住在這裡的那個女人……」說到這裡，話音戛然而止，她怔了怔，張開的嘴唇顫動一下，意識到自己失言了。

余凱琳好奇地問道：「以前住在這裡的那個女人……怎麼了？」

「沒什麼。」韋雋恢復了正常神情，「她只是……有些表裡不一、虛僞不實……算了，不說她了。」她舉起酒杯，「爲我們的友誼，乾杯。」

余凱琳將杯子迎過去，碰了一下，「乾杯。」

說的是「乾杯」，但余凱琳只淡淡地抿了一口，她不適應白酒那濃烈刺激的燒灼感。

反觀韋雋，竟把大半杯白酒一飲而盡。

喝完後，她望著余凱琳的杯子，「妳怎麼沒喝？」

「我真的不怎麼喝得慣白酒。」

「妳看，我這麼大一杯都乾了，妳總要喝一半吧，要不然可是看不起我哦。」韋雋半開玩笑地說。

余凱琳無奈，只有硬著頭皮把杯中的酒喝下一半，被火辣的酒勁嗆得直皺眉頭。

「唉，這就對了。」韋雋滿意地說：「好了，剩下的我也不勸妳了，慢慢喝吧，今晚把杯子裡那一點兒喝完就行了。」說罷，往自己的杯中又倒了大半杯。

余凱琳很少喝酒，尤其是度數如此高的白酒。她本來就沒什麼酒量，再加上喝雜了，之前又沒吃多少東西，漸漸的，她感到頭暈目眩，胃也有些難受。本來還能勉強跟韋雋說著話，後來就什麼都聽不清了，暈乎乎地用手掌撐著頭，昏昏欲睡。

忽然一陣反胃，之前吃進去的酒菜猛地湧到喉嚨處，呼之欲出，她趕緊用手捂住嘴，踉蹌著衝向浴室。

「喲，不好！」韋雋知道余凱琳要吐，趕忙放下酒杯，快步走過去扶住她。

到了浴室的馬桶邊，余凱琳哇一聲吐出來，韋雋在旁邊輕輕拍著背。

這麼吐了一陣子，肚子裡空了，人也清醒了許多。余凱琳捧了幾把涼水漱口，又將毛巾浸濕，洗了把冷水臉，總算感覺好多了。韋雋又扶著她走出浴室，坐到外面的沙發上。

余凱琳有些虛弱地靠著沙發靠背，韋雋倒了杯溫水，她接過來喝了。

韋雋問道：「怎麼樣？現在要舒服些了吧？」

余凱琳臉頰緋紅，「雋姐，眞不好意思，讓妳沒胃口了吧？」

「哪兒呀，都怪我，硬要妳喝白酒。唉，早知道妳這麼不能喝，我就不勸了。」

「我很少喝白酒。」

「看得出來，才這點兒酒就把妳撂趴下了。」韋雋笑著說。

余凱琳勉強支撐著想要站起來，「冰箱裡有西瓜，我去切。」

「妳坐著，我來吧。」韋雋按著她的肩膀，站起來朝冰箱走去。

不一會兒，韋雋端著切好的西瓜從廚房裡出來了。余凱琳胃裡火燒火燎，正想吃些冰涼爽口的來鎮一下，接連吃了好幾塊西瓜。

冰涼的水果下肚，胃裡舒服多了，只是頭還有些暈。她苦笑道：「還好明天是星期天，要不然我這狀況，怕是起不來上班了。」

「沒這麼誇張。妳從來沒醉過吧？睡一晚上就好了。」韋雋說：「對了，這麼久了，我還不知道妳在哪家公司上班。」

「一家室內裝潢設計公司，就在這附近。」余凱琳從旁邊的皮包裡摸出一張名片，雙手遞出。

「喲，原來是個設計師呀，眞不簡單！」韋雋看著名片上的介紹，睜大眼睛。

「頭銜好看罷了，說到底，還不就是個打工的。」余凱琳自嘲地笑了笑。

韋雋看看名片，又看看余凱琳那張清秀乾淨的臉蛋，露出難以理解的神情，「有件事我眞是想不通，像妳這樣的美人兒，又是高級白領，怎麼會沒有男朋友呢？」

余凱琳嘴唇微微顫動了一下，亮汪汪的眼睛裡掠過一絲黯淡。

韋雋捕捉到了這一微妙的表情，心裡立刻清楚了七八分，對他人隱私的強烈探知欲像小貓的爪子般在心尖輕輕撓動，令她心癢難耐，當下試探著問道：「妳不是沒有男朋友，而是和他鬧矛盾了吧？」

余凱琳本來是不想說起這些事情的，但也許是喝了酒的緣故，忽然產生出一種強烈的向人傾訴的慾望。壓抑許久的惆悵、心酸和憤懣一齊湧上心頭，話已經到了嘴邊，不吐不快了。

「是的，我之前交了一個男朋友。我們之所以分手，不是普通戀人鬧矛盾這麼簡單……」

韋雋聽到她開始說，便完全放心了。她知道，所有想要傾吐心事的人，一旦開了頭，就不可能輕易停下來。

「那是怎麼回事呢？」她以關切的口吻問道。

余凱琳背靠著沙發，眼睛望著對面的牆壁出神，顯然陷入了回憶，「本來，我們的感情很好，雖然從認識到眞正開始交往只有短短的一個多月，可我認定了他就是自己這輩子要找的男人，是值得託付一生的人，所以義無反顧地把身體交給了他，並住到他那裡去，和他同居。我很愛他，理所當然地以爲我在他心中也是唯一。直到一個多星期前，我才發現自己原來有多麼的天眞……」

「出什麼事了？」

「那天就跟今天一樣，也是週末。我本該休息的，但公司有個緊急任務，要求我們幾個設計師加班。我一直待到很晚很晚……」

「期間，我給他打了好幾通電話，叫他別等我吃飯，自己很晚才能回去。他說本來想和我一起去看電影，現在只好一個人去了。我聽得有些愧疚，一心想著，還是該早點回去陪他。」

「接近晚上十點鐘，我和同事終於完成了任務。我打算立即回家，但同事提議去吃宵夜，我也確實餓了，就跟著他們一起去。路過一條街，我無意間朝旁邊一條很黑很窄的小巷瞥了一眼，萬萬沒想到，竟然看見一個好熟悉的身影……」

「是妳男朋友？」韋雋神情專注，「他在那裡做什麼？」

余凱琳緊緊咬住下嘴唇，接下來的回憶令她痛苦不堪。

「巷子裡有一個大垃圾桶，他就站在旁邊，和一個染著一頭金髮、濃妝艷抹的女人抱在一起，不顧周圍的環境有多麼糟糕，兩個人不知廉恥的互相撫摸、擁吻。那女人穿著非常艷俗的衣服、黑色的網狀褲襪，踩著一雙廉價俗氣的厚底高跟鞋……我一看就知道她是什麼貨色。」

「妳覺得她是妓女？」韋雋盯住她，「妳認為妳的男朋友在跟妓女亂搞？」

余凱琳苦笑一聲，「這還有什麼疑問嗎？事實擺在眼前，再明顯不過。」

「妳沒有當場過去質問他？」

「沒有。他們靠在牆邊，他背對著我，我沒看到他的臉，只是認出了他穿的衣服。我那時心中還抱著一絲僥倖，希望這只是一個和他有著相似背影的男人，而非他本人。」

「那妳又是怎麼確定的呢？」

「我摸出手機，打他的電話，隨後就聽到他的手機鈴聲從那條陰暗的小巷子傳出來……那個瞬間，我整個人如同掉進了冰窟，一句話都說不出來，掛斷手機，一路哭著跑回了家。」

「後來呢？他回來後，是怎麼解釋的？」

「還有需要解釋嗎？他明白我看到了一切，撒謊和辯解都毫無意義。他只是跪在我面前，說自己一時糊塗，忍不住去沾染那種女人，乞求我能原諒，再給他一次機會。」

「這麼說，他承認他找的是妓女？」

「是的。他說，正因為那是妓女，他對她們沒有絲毫的感情。這只是肉體出軌，內心依舊忠於我……」

「別相信他的鬼話！」韋雋突然咆哮起來，怒不可遏，「挨千刀的、卑鄙下流的臭男人！比陰溝裡的老鼠還要骯髒、下賤！他們不配得到任何同情，應該統統去死！下到地獄十八層去，被惡鬼碎屍萬段！」

余凱琳怔怔地望著暴怒的韋雋，不明白她為什麼反應如此激烈，也被她青筋暴露、面目猙獰的模樣嚇得瞠目結舌，最後幾分酒勁全給嚇醒了。

「雋姐，妳……怎麼了？」她小心地問。

韋雋自知失態，調整著情緒，竭力使情緒恢復冷靜，「哦，沒什麼，只是……妳講的這些事，令我想起了一些往事。」一邊說，一邊呼呼喘著粗氣。

「難道妳也有類似的經歷？」

「我不想回憶了，也不想講出來。」她盯著地板。

余凱琳趕緊說：「沒關係，雋姐，我知道這些事情是非常令人心傷的。妳既然不願講，就別去回想了，最好是忘了這些事。起碼……我就是這樣做的。」

韋雋抬頭望著她，「妳就是因為這個原因，才離開那男人，搬到這裡來住？」

「是的。」

「那他後來有沒有來找過你？」

「來過，他厚顏無恥地說，不會放棄追求我，還希望我能搬回去，繼續和他同住。我告訴他，這不可能，我已經死心了。」

「妳真的對他死心了？」

余凱琳短暫地遲疑了一兩秒，「是的。他既然會做出這種行為，有第一次，就肯定還會有第二次，就像好了傷疤忘了痛一樣。而且這件事徹底改變了我對他的看法，只覺得這個人不論是身體還是內心，都變得骯髒無比。」

韋雋盯視著余凱琳，微微點頭道：「很好，就該這樣。」

房間裡靜默了一陣子，兩個女人各懷心思，都有些無話可說了。

為了化解沉悶氣氛，余凱琳招呼韋雋，「雋姐，吃西瓜呀。」

「不吃了，我回去了。」韋雋站起來，望著杯盤狼藉的餐桌，「要不要我幫忙收拾一下？」

「不用，不用。」余凱琳擺著手說，「我自己來就好。」

「那好吧。」韋雋端起茶几上裝西瓜皮的塑膠盤，「垃圾我幫妳帶出去丟，西瓜皮留在垃圾桶裡，會招蒼蠅的。」

「謝謝了，雋姐。」余凱琳說。

韋雋端著塑膠盤走到垃圾桶旁，一腳踩開桶蓋，正要把西瓜皮倒進去，不期然看到垃圾桶裡的一樣東西，本來恢復平和的臉色又沉了下去。

余凱琳見她面色驟變，一臉不悅，覺得有些奇怪，走過來問道，「怎麼了？」同時朝垃圾桶裡望去。

啊！該死！她在心裡大呼一聲，天哪，垃圾桶裡還留著幾個韋雋送來的油炸餅！那天被孟曉雪倒掉後，自己就徹底忘記這件事了！

余凱琳尷尬極了，侷促地解釋道：「雋姐，眞不好意思，這油炸餅其實挺好吃的，但是有點油膩，也太多了，我就……」

「沒什麼。」韋雋冷冷地說：「算我自作多情。」

余凱琳面紅耳赤，「不，雋姐，不是這樣的……」

韋雋將裝著西瓜皮的塑膠盤遞給余凱琳，蹲下身子，雙手伸進垃圾桶，把那幾個油炸餅撿了起來。

余凱琳目瞪口呆地望著她，錯愕不已，「雋姐，妳這是幹什麼？」

韋雋瞥了她一眼，陰沉地說：「沒什麼呀，妳不吃，我就拿去餵狗，免得浪費。」

冷冰冰的話語如同冰錐，狠狠地扎進余凱琳的心。

韋雋連招呼也不打一個，拿著那幾個油炸餅，拉開門回去了。

余凱琳全身癱軟，緩緩地順著牆邊滑了下去，神情呆滯地坐在地板上，一動也不動。

許久後，用手捂住臉，嗚咽起來。

順著臉頰默默流淌下來的淚水，包含著她的寒心、後悔、歉疚和委屈。怎麼也沒想到，自己小心謹慎才苦苦營造出來的和諧氣氛，會於最後一刻煙消雲散。她從未體驗過如此強烈的挫敗感。

此刻，只有日記本才是最忠實可靠的朋友，它能包容和理解她的所有苦衷。余凱琳含著淚水，將心中的委屈和心酸記錄下來。

收拾完餐具杯盤，身心俱疲，只想好好洗個熱水澡，然後上床休息。

站在熱氣騰騰的蓮蓬頭下，無論如何也想不到，隔著一塊玻璃，一雙怨毒的眼睛正注視著她。

這晚睡著後，余凱琳又聽到隔壁傳來跑步聲，時間還是十一點半。聲音比上次更大一些，表明對方跑得很重。

余凱琳驟然想起，上一次聽到跑步聲的那晚，她拒絕了喝韋雋的茶。這次，又發生了這樣的事。

難道說，在屋內跑步，意味著韋雋在生氣？這是否也代表著，即將有不好的事情發生？

余凱琳感到全身發冷。

12
又見碎屍

對於流浪漢來說，想要吃一頓眞正意義的「早」飯是很困難的。早晨，人們疾步穿梭於大街小巷，目的是上班或上學，根本沒有閒暇去關注街邊的一個老乞丐，當然更談不上施捨。要想從垃圾桶中撿到他們吃剩的早餐，一般得等到九點半過後。

本來，老流浪漢很清楚他的早飯時間。但問題是，昨天一整天都沒能吃到東西，儘管現在才清晨五點剛過，他已經餓得兩眼發花了。

他必須碰碰運氣，即使希望渺茫，還是期待著能從某一個垃圾桶翻出些殘留的食物。

老流浪漢沿著大街接連翻找了兩個垃圾桶，結果一無所獲。垃圾桶顯然已經在夜裡被某個拾荒者提前光顧過了，不但沒有能吃的東西，就連能賣點錢的塑膠罐、保特瓶都沒有。他沮喪極了，內心的失落偏偏像催化劑一樣，令饑餓感急劇膨脹，他必須繼續下去。

走過兩條街，老流浪漢來到一個小型菜市場，再過一個多小時，這裡就會熱鬧起來。他認爲，這種地方總是會殘留一些食物，但是該死的，市場管理員雇來的清潔工居然把這裡打掃得像溜冰場一樣乾淨。

太過分了，簡直不給我們這種人留點活路！他忿忿地想。

還好，那邊有一個小垃圾車，希望沒有被同行洗劫乾淨，哪怕只是變質的豆類製品或過期的零食也好。他祈禱著，走過去在一大堆垃圾中翻找起來。

他看到一個藍色的小塑膠袋，紮好的，裡面裝著一些橢圓狀的東西，不知道是什麼。抓過來，用力打開。

什麼？雙眼瞬間瞪圓。

居然是一袋子的油炸餅！而且看起來……還很新鮮！（對於流浪漢或乞丐來說，任何沒有發霉或發臭的食物，都叫新鮮）

意外的收穫令老流浪漢興奮不已，在快要餓昏的時候找到這種東西，簡直就跟快要溺水的人發現一塊浮木一樣美好。

他抓起一個，咬了一大口。眞香！滿嘴是油。

狼吞虎嚥地把第一個油炸餅吞下肚，感覺好多了。輪到第二個，他才開始細細品嘗味道。唔，仔細一吃，這肉的味道怪怪的，吃不出來是什麼肉，也許是有些變質的緣故，不過仍然很香，而且管飽——這就夠了，其他的他才不在乎呢，腸胃早就練成了銅牆鐵壁，百毒不侵了。

一連吃下三個油炸餅，老流浪漢的肚子塡飽了。看了一下，塑膠袋裡還剩四個，眞好，今天的午飯甚至晚飯都有著落了。

他心滿意足地將塑膠袋口綁好，準備打包帶走。這時，注意到這個小垃圾車的角落，還躺著一只黑色的大塑膠袋，鼓鼓囊囊的。

既然我今天的運氣這麼好，不妨看看這一包是什麼東西，也許又是一個天大的驚喜。

他鑽進垃圾車，把那黑色塑膠袋提出來，打開袋口的瞬間，似乎體會到了買刮刮樂彩券的快樂。

可惜，這種快樂在袋口敞開的下一秒消失無蹤，換成了疑慮和困惑。這些血紅色的是什麼？看起來像是一些內臟……是豬下水嗎？正猜測著，目光掃到袋子裡的一樣東西，身體立即像觸電般劇烈發顫。

老天啊，這是……人的手！

他看清楚了，嚇得怪叫一聲，猛地將袋子甩開，部分內臟和一隻手從裡面散落出來。

老流浪漢驚恐不已，駭得雙腿發軟，一屁股坐到地上，連滾帶爬地向後挪動身體，正好撞到路過這裡的菜市場管理員。

那人心不在焉地走著，突然被撞了一下，剛想開口罵人，卻發覺老乞丐的狀況不大對，順著他的視線望過去，看到了人手和散落出來的內臟，啊地驚叫一聲，嚇得目瞪口呆。愣了幾秒，迅速掏出手機，撥打一一〇。

葉磊蹲在地上，戴著手套的手將黑色塑膠袋撩開，仔細觀察了一陣子，站起來對霍文說：「頭兒，初步判斷，是第二個受害者的兩隻手和手臂，以及脾臟、腎臟。」

霍文面色冷峻，神色凝重，微微點了下頭，「把證物帶回去吧。」

葉磊將黑色塑膠袋綁緊，交給旁邊的一個警察。那警察迅速帶著殘肢離開。

霍文轉身望向報案的菜市場管理員，「是你最先發現的嗎？」

「不是我。」中年男人連連擺手，指著蜷縮在一旁的老流浪漢，「是他。」

霍文鷹隼般的眸光射向蹲在地上的老乞丐。後者抬起頭來，目光恰好和他相遇，被懾人的氣魄震駭得打了個冷顫，慌亂地辯解道：「警官，不關我的事啊！我只是在這個垃圾車裡找東西吃，沒想到會翻出這樣一包東西！」

霍文望著手足無措、惶恐不安的老乞丐，心中十分清楚，這可憐人不可能與殺人碎屍案有關係，只是一個「發現者」。他調整著自己的面部表情，將審視的眼神收斂起來，說道：「不用緊張，只要如實回答我的問題就行了，我不會爲難你。」

老流浪漢不住地點頭。

「這包東西是放在垃圾車裡面，還是外面？」

「在裡面，很裡面，我是鑽進去才拿出來的。」

「你是一個人發現這包東西的嗎？當時附近還有沒有別的人？」

老流浪漢想了想，苦著臉說道：「好像沒別的人了。當時太早了，街上都還沒幾個人呢。」

「就是說，你來到這裡的時候，沒看到有人丟垃圾？」

「沒看到。」

看來，這袋殘肢是兇手昨天晚上或半夜丟棄在這裡的。霍文思忖著，又問：「你爲什麼會來翻這兒的垃圾？」

「我肚子餓了，想從垃圾堆裡找點能吃的東西。先給我找到了一袋油炸餅，我吃了幾個，想看看還有沒有別的，結果就看到了這個鼓鼓囊囊的大袋子。想不到一打開，居然是……」老流浪漢又露出驚恐的神色。

霍文掃視周圍的地上，「哪兒有什麼油炸餅？」

老流浪漢趕緊把方才嚇得丟在一邊的半袋油炸餅撿起來，雙手捧給面前的刑警隊長看，「就是這個。」

霍文晃了一眼，對那髒乎乎的油炸餅並沒細看，只想知道老乞丐有沒有說實話。現在，他覺得沒什麼好問的了，轉身對一個年輕警察說：「你把這位老先生帶回局裡做個筆錄，然後把他送到就近的收容所去。」

老流浪漢緊張地問：「警官，你們不會是要把我關起來吧？」

「不是要關你。收容所裡有吃有住，比你在街上討飯強多了。」年輕警察對老流浪漢說：「跟我走吧。」

老流浪漢歡天喜地地跟著年輕警察上了警車。

霍文和葉磊也坐到警車裡，葉磊掏出小本子，一邊記錄一邊念道：「六月五日，星期日，第二個受害者的第二部分被丟棄在梨溪菜市場旁邊的垃圾車，包括兩隻手和手臂，以及部分內臟。」

霍文雙手搭在方向盤上，眉頭緊蹙，「昨天我們還在思索兇手下一次棄屍的時間，今天就出現了，哼！」他自嘲地嗤笑了一聲。「就像聽到了我們的談話，不想令我們失望一樣。」

葉磊盯著手中的小本子，「距離上一次棄屍，間隔了八天。」他望向隊長，「頭兒，按你的分析，昨天這個兇手大概遇到了不順心的事。」

霍文眸光低垂，沒有說話，好一陣子後，問道：「調查有進展嗎？有沒有發現可疑對象？」

「情報科提供了一些單身居住、曾經或現在與外地單身女人有來往的人的資料。」葉磊從黑色皮包內拿出一疊紙，遞給霍文，「這只是一部分，無法將所有這種類型的人都統計出來，數目太龐大了。」

霍文一張一張翻看著，紙上印著情報科列出的具有犯罪可能性的人的照片、名字、年齡、職業等基本資料。挨著把這幾十頁紙全部看完，他又問道：「怎麼全是男的？」

葉磊說：「情報科認爲，會做殺人棄屍這種事的，男人的可能性要大些。」

霍文不滿地晃著腦袋，「這可不一定。他們太主觀臆斷了，而且缺乏經驗。一九八七年美國俄亥俄州著名的連環殺人分屍案，就是婦女所爲。」

葉磊點頭，「我一會兒去叫他們把符合這種條件的女人也列出來。」

霍文問：「這一堆人裡面，有沒有重點排查對象？」

「有。」葉磊把身子傾過來，翻找著，從一堆紙裡選出大約十張，「這幾個人曾經多次和外地單身女人交往，其中一些還與外地單身女人同居過。」

「好，重點關注這幾個人，同時叫情報科繼續統計可疑對象。」

「是！」

霍文狠狠地咬著牙，「我就不信，這隻殘忍的狐狸能一直不露出尾巴！」

13

一滴紅酒

六月六日，星期一上午，瞅準余凱琳上班去了，韋雋迫不及待地用鑰匙打開隔壁房門，來到余凱琳這邊。

她早就按捺不住了，自從上次偷看了余凱琳的日記，她就一直沒再次光顧過。經過這麼幾天，日記的內容應該添加了不少吧。這回，她可以渡過一個「充實」的上午。

她直接來到書桌旁，拉開抽屜，拿出日記本。正要翻開來看，瞥見桌上的紅酒——就是先前余凱琳請她吃飯時喝剩下的那瓶酒。韋雋注意到，酒還剩了大半瓶。一邊喝紅酒，一邊欣賞隱私，是不是更有情趣呢？可是，酒少了的話，余凱琳會不會發現？

斟酌了好幾秒，她判斷著，假設只倒一小杯，肯定不會有人覺察，除非對方之前用刻度尺量過，但誰又會這樣做呢？

韋雋悠然地從廚房裡拿出一只玻璃酒杯，倒了半杯紅酒，在桌前的椅子上坐下來——快樂之旅啓程了！她翻開日記本，接著上次的開始看。

五月三十日

今天中午，我問起曉雪最近發生的殺人碎屍案的事，沒想到她居然知道。看來，黎昕並沒有騙我。

韋雋的眼睛一下睜大了，神情變得緊張。

曉雪告訴我，警察現在還沒有抓到兇手，而且報紙上說，這個兇手有持續作案的可能。

她覺得我一個人住在外面不安全，勸我忍一口氣，回黎昕那裡去住。可是，我心中還是無法釋懷。

韋雋眯起眼睛，凝神屏氣。

後來，我們談起了我昨晚聽到隔壁傳來跑步聲的事，曉雪認為雋姐可能有些不正常，她說這種有古怪嗜好的獨身老姑娘，往往都有些偏執傾向，容易出現極端行為。雖然我覺得，她有些言過其實了，但這些話確實令我感到不安。

韋雋咬緊下顎，竭力壓抑自己的憤怒，繼續往下看。

晚上，曉雪到租房子的地方來陪我住，她在浴室洗澡的時候，懷疑裡面有人偷窺，但我們走進去，沒發現有人。曉雪堅持說她的直覺比一般人要強，還說這房子和房東有問題，再次勸我別住在這裡了，回到黎昕身邊去。我的心裡很亂，不知道該怎麼辦……

那個叫孟曉雪的臭婊子！韋雋又驚又怒，漲紅了臉，牙齒磨得咯咯作響，氣得渾身顫抖，忘記自己手中正端著一杯酒，杯子不慎傾斜，灑了一點紅酒在日記本上。

韋雋大驚失色，暗叫不妙。趕緊走到茶几旁邊，扯了幾張抽紙，將日記本上的紅酒吸掉、擦乾。可酒水的顏色已然浸入紙頁，並將紙張變皺。

韋雋呆呆地站在原地，不知該如何是好。

糟了，她想著，余凱琳可能會發現的，而且只需稍加聯想，就能猜到是怎麼回事。

怎麼辦呢？她焦急起來。我總不能把日記本丟掉吧，這樣不是更加明顯？現在，只能期望酒的顏色變淡，她不會注意到，或者是直接翻過這一頁……

韋雋惴惴不安地暗忖著，臉色漸漸沉靜下來，不再焦躁。

如果實在不行，我就……

余凱琳今天在公司加了晚班，回到住所，已經接近十點鐘了。她精疲力盡，只想快些洗澡睡覺，但多年的老習慣又逼使她拿出日記本。

韋雋擔心的事情發生了，余凱琳翻過幾頁，忽然看到左下角的紙張發皺，而且染上了淡淡的紅色。疑惑地將那頁紙靠近鼻子，聞到紅酒的氣味，她呆住了。

這是怎麼回事？日記本上怎麼會有紅酒的痕跡？她清楚地記得，星期六那天晚上喝過紅酒，她就再沒有碰過那瓶酒。昨夜寫日記的時候，這一頁還是好好的！

余凱琳的身體顫抖起來，她意識到，有人進了自己的房間，偷看了自己的日記！而能做到這件事的人，只可能是……

天哪，余凱琳捂住嘴。她這樣做有多久了？難道，她把我日記上的內容全都看過了？

趕緊把寫過的日記快速瀏覽了一遍，想到這些內容可能已經被韋雋知曉，感到不寒而慄。讓余凱琳更加恐懼的是，她不知道韋雋還在這個房間裡幹了些什麼。

現在，唯一能確定的一件事，就是孟曉雪是對的，這個女房東確實不正常。這地方，絕對是不能再住下去了。

14

自保手段

第二天中午吃過飯，余凱琳和孟曉雪漫步到一個小廣場邊，在一張休閒木椅上坐了下來。余凱琳說起日記的事，孟曉雪十分震驚，同時顯得有些激動。

「怎麼樣？現在證實我說的話了吧？我就告訴妳，那個女房東有問題！妳檢查過沒有，沒丟東西吧？」

余凱琳搖頭，「沒有，我現在沒錢，那屋裡的傢具本來就是她的，能丟什麼呀？」

孟曉雪思索了一陣子，說：「她肯定是那種有偷窺癖的人，以窺探別人的隱私來獲得快感。這種人的心理嚴重不正常！」

「我該怎麼辦？」余凱琳憂慮地問。

「別在那裡住了，她有這種怪癖，妳難道還敢挨著她住？」

「我也不想再住在那裡了，可是怎麼叫她退房租？」

「拿著日記本去找她當面對質，她肯定沒話說。」

「我有什麼證據證明日記本上的酒跡是她造成的？她完全可以不承認，說是我自己弄的。」

孟曉雪想了想，「確實，真要跟她鬧翻了，對妳不利。」

「可不是嗎？我還欠著她五千塊錢呢。她要是一怒之下叫我還錢，我哪兒有錢給她？」

「要不把房門換個鎖，這樣她就進不來了。」

「我也想過，但這樣一來，不就擺明了是怎麼回事嗎？這和跟她明說鬧翻了有什麼區別？」

孟曉雪歎了口氣，「照妳這麼講，事情就不好辦了。」

「要不怎麼找妳商量呢？就是因爲我沒主意呀。」余凱琳爲難地說：「主要是我借了她的錢，免不了受到牽制。」

孟曉雪緘默了一會兒，喃喃道：「這個女房東奇怪的地方太多了，獨居、喜歡怪異的口味、夜晚在家裡跑步，還有偷窺別人隱私的特殊喜好……這樣想來，我最擔心的事並不是沒可能……」

余凱琳納悶地問：「曉雪，妳最擔心的是什麼事？」

孟曉雪望著她，猶豫了半晌，嚥了口唾沫，「凱琳姐，我要照實說出來，妳可能會害怕。」

余凱琳深吸一口氣，「說吧。」

「我覺得，這個女房東，也許跟那起殺人碎屍案有關係。」

余凱琳低呼一聲，駭得臉都白了，半點血色也不剩，「曉雪，別嚇我呀！」

「我當然不是故意嚇妳。其實，那天在妳那裡住了一晚上後，我就產生這個想法了，就是害怕嚇著妳，所以一直沒說。今天聽到妳說那房東趁妳不在的時候跑去屋裡偷看日記，再加上我那天晚上一些設身處地的感受，她眞的越來越可疑了，很可能就是……」

「別說了！」余凱琳害怕地交叉抱住手臂。

孟曉雪見她怕得厲害，安慰道：「我也只是猜測，可能沒這麼嚴重。」

「萬一是真的呢？」余凱琳顫抖不已，「那我……豈不是危險極了？」

孟曉雪勸道：「凱琳姐，住到黎昕那裡去吧。」

余凱琳鬱悶地說：「這幾天他都沒再來找我，估計也覺得沒指望了。要我拉下臉主動聯繫他，我做不到。」

孟曉雪歎了口氣，「這都什麼時候了，妳還死要面子。」

「不是面子的問題，我有我的原則。」余凱琳不想繼續說關於黎昕的話題，「曉雪，幫我想想，還有沒有別的辦法？」

孟曉雪沉思許久，打了個響指說：「有了！我給妳想了個既可以擺脫她，又能要回房租的好辦法。」

「說來聽聽！」余凱琳急切地說。

孟曉雪娓娓道來，「首先不露聲色，假裝沒有發現日記的事。然後去買一個針孔攝影機，安裝在房間的某個角落。如果那房東再偷偷到妳的房間裡來，針孔攝影機會把她的行為拍下來。妳把這東西交給警方，就能控告她侵犯隱私。如此一來，不就可以名正言順地要求她退還全部房租？說不定還能獲得一筆賠償金呢！」

「賠償金就不用了，只要能拿回房租，離開那裡，我就心滿意足了。」余凱琳頓了一下，遲疑地問：「這辦法真的有用？」

「相信我，有偷窺癖的人，絕不會只犯一次，一定還會跑到妳的屋裡去。說不定，她已經去過很多次了，只是這次才讓你發現。」孟曉雪略微停頓，補充道：「我可不是胡亂猜測，想想看，她竟然在妳的房間裡邊偷看日記邊喝紅酒，可見有多麼的膽大妄為、肆無忌憚！光憑這一點，就能判斷出她是個老手。以前住在那裡的房客，恐怕都是她的偷窺對象。」

余凱琳打了個冷顫，起了一身的雞皮疙瘩。

「怎麼樣？要用我這個辦法試試嗎？」孟曉雪問。

余凱琳略微考慮，點了下頭，「哪裡有賣針孔攝影機？」

「電腦城裡都有賣。」孟曉雪朝街道一側望去，「這附近不就有一家挺大的電腦城嗎？」

余凱琳從長椅上站起來，「我們現在就去買。」

兩人來到電腦城，找到一家專賣電腦配件和攝影器材的店鋪。孟曉雪幫余凱琳問道：「老闆，這裡賣針孔攝影機嗎？」

四十多歲的男老闆望了她們一眼，「妳們買來做什麼？」

「我們開了家服裝店，想買來當監控。」孟曉雪瞎編了個理由。

「嗯，那行。」男老闆點了下頭，「主要是警察那邊打過招呼，要我們賣這些特殊商品的時候，問清楚買主的用途，不能用來做不合法的事情。」

余凱琳和孟曉雪迅速地交換一個眼神。

男老闆問：「要高級點兒的，還是普通點兒的？」

「要便宜的。」余凱琳說。

男老闆應了一聲，從身後的貨物櫃裡拿出一個機身只有火柴盒一半那麼大的攝影機出來。余凱琳和孟曉雪湊近仔細觀瞧，這小玩意兒的鏡頭與圓珠筆芯差不多細，整體是黑色的，若刻意安裝在某個角落裡，極難被發現。

「這個多少錢？」余凱琳問。

店主又拿出一堆小東西，「加上無線接收器、裝在電腦上的採集卡和接收機專用電源適配器，一共兩千五百塊。」

「啊！這麼貴呀……」余凱琳咋舌。

「這還貴？」男老闆笑道：「我給妳拿的都是最便宜的了。」

「可不可以再便宜點兒？」孟曉雪問：「以後要是還有這方面的需要，我們都會上你這兒來買……」

經過一番討價還價，最後以兩千兩百塊成交。男老闆教了她們使用方法，包括怎麼安裝針孔攝影機、接收器怎樣連接電腦、如何將錄下來的影像轉存在電腦中等等。

兩個人走出電腦城，余凱琳歎息道：「唉，看著都沒錢了，還要花兩千多塊買這個玩意兒，希望貞能派上用場。」

「等著瞧吧，會有用的。」孟曉雪自信滿滿。

余凱琳看了下手錶，中午一點剛過，離上班還有一小段時間。她說：「我們回公司去休息會兒吧。」

孟曉雪點了下頭。不想才走沒幾步，余凱琳皮包裡的手機響了起來。拿出來看了一眼，是一個陌生的號碼。

「喂！」她接起電話。

「請問是余凱琳女士嗎？」一個陌生男人的聲音。

「對，請問您是？」

電話裡的人跟余凱琳說了接近一分鐘。孟曉雪在一旁觀察到，她漸漸張開了嘴，露出意外而驚愕的表情。好一陣子後，她吶吶地道：「哦，好的，我知道了。」

見她掛斷電話，孟曉雪立即詢問：「怎麼了？誰打的？」

余凱琳的神情有些恍惚，張著嘴愣了好一會兒，「發生了意想不到的事。」

「什麼事？」

「電話是醫院打來的，說韋雋出車禍了。」

「啊？」孟曉雪叫了一聲，「怎麼回事？」

「具體情況我也不清楚，只說她頭部受傷，現在處於輕度昏迷中，需要做個小手術，還要進行全身檢查。估計不會太嚴重。」

「他們怎麼會打電話給妳？」

「說是韋雋身上沒帶什麼錢，在她的上衣口袋裡發現了一張我的名片，問我是不是她的朋友，叫我送點錢過去。」余凱琳茫然地問：「我該去嗎？」

孟曉雪想了想，「去，當然得去。正好可以表明妳沒有產生懷疑，依舊把韋雋當作朋友，降低她對妳的警惕，我們的計劃才容易成功。」

余凱琳沉吟片刻，點頭道：「妳說得對。」但立刻又犯了難，「可我哪有錢帶過去？」

「到了那裡再說吧，總之要表示妳對她的關心。」孟曉雪問：「哪家醫院？」

「市立第四醫院。」

「離這兒不遠，我們打車過去吧。」孟曉雪抬手招了一輛計程車，兩人一起鑽進後座，車子疾速朝醫院駛去。

15

天賜良機

趕到醫院，余凱琳和孟曉雪通過詢問找到急診室。孟曉雪停下腳步，「我就不進去了，在這兒等妳。」

余凱琳想了想，點頭道：「好。」

走進急診室，余凱琳在第二張病床上看到韋雋。她躺在那兒，閉著眼睛，額頭的傷口已經做了簡單的止血處理，臉上有一些乾了的血跡。

余凱琳走上前去，對俯身在病床前檢查韋雋手臂的男醫生說：「醫生，您好，我是韋雋的朋友余凱琳。」

「哦，妳來了。」戴眼鏡的男醫生直起身子，衝她點了下頭。

「她怎麼會出車禍呢？」余凱琳問：「傷得嚴重嗎？」

「也不知道有什麼急事，在車輛行駛的時候橫穿馬路。」男醫生用責備的口吻說：「還好那輛麵包車的司機及時踩了煞車，撞得沒那麼厲害。我初步檢查了一下，頭部有一道四釐米左右的傷口，需要縫合，另外就是胳膊有些擦傷。算是幸運的了，傷得不重。」

「唔，那就好。」

「妳是她的朋友吧？傷者還沒交醫藥費，趕緊去幫她交了，我馬上安排後續的縫合手術。」

「嗯，要交多少錢？」

「先交一萬塊。」

余凱琳怔住了，「要這麼多？」

男醫生不解地望著她，「這還算多？手術費和醫藥費，以及接受全身斷層掃描的費用，還有後期的觀察與治療費用──一萬塊只是預付金。」

余凱琳尷尬地說：「我知道，不是嫌貴，只是一時拿不出這麼多錢。」

「那趕緊去銀行領錢。」

「我不是身上沒有，而是根本就沒這麼多錢。」余凱琳更窘迫了。

男醫生攤了下手，「那妳說怎麼辦呢？我們醫院有明文規定，病人得先交錢，然後才安排手術。」

這時，躺在病床上的韋雋哼了一聲。她剛才就已經從昏迷狀態中醒過來，聽到了醫生和余凱琳的對話，抬了下手，虛弱地喊了一聲：「凱琳……」

余凱琳靠近她，俯下身子，面露關切，「雋姐，妳醒了，沒事吧？」

「嗯，還好。」韋雋有氣無力地說：「我聽到你們說的了，我知道妳沒錢……這樣吧，妳到我房間裡去，幫我拿兩萬塊錢過來，好嗎？」

余凱琳愣了一下，「這合適嗎？」

「有什麼不合適的？妳這是在幫我的忙。」韋雋從皮帶扣上取下鑰匙，遞給她，「錢就放在衣櫃中間的那個小抽屜裡，妳知道的，我上次借錢給妳，就是從那裡拿的。」

余凱琳只有接過鑰匙，「好的，我馬上去。」

正要離開，韋雋忽然抓住她的手，「凱琳，妳是我的朋友，我信任妳。快去快回，別耽擱時間。」

等在門口的孟曉雪一直悄悄聆聽著幾人的對話，聽到韋雋說了這樣一句話，心頭震動一下。

余凱琳望著韋雋，點頭道：「我知道，雋姐。」隨即快步走出急診室。

在門口跟孟曉雪會合，兩人沿走廊步出醫院，余凱琳說：「韋雋叫我幫她回去……」

「不用說了，我都聽到了。」孟曉雪說，直視著余凱琳，「她最後跟妳說的那句話，妳有沒有聽出什麼來？」

余凱琳神情惘然，「她說，叫我快去快回，別耽擱時間，有什麼問題嗎？」

「當然有問題。」孟曉雪說：「妳沒聽出來？這句話是帶有暗示性的。」

余凱琳一臉疑問。

「想想看，韋雋的情況已經穩定下來了，並不是十分緊急，她爲什麼還要特別叮囑妳『別耽擱時間』？顯然，妳不太可能故意在路上耽擱什麼時間，唯一有可能耽擱時間的地方，是她家！」

「妳是說，韋雋這句話的意思，是暗示我不要在她家待太久？」

「依我看，是暗示妳不要碰她家裡的其他東西。」孟曉雪瞇起眼睛，「這說明了，她家裡肯定隱藏著秘密！」

「我本來就不會碰她家裡的其他東西。」余凱琳的臉有些發燙。「如果是在正常情況下，那當然。但是，妳別忘了我們對她的懷疑，現在可是千載難逢的好機會。」

「難道妳要我搜查她家？」余凱琳搖頭，「我做不出這種事。」

孟曉雪把頭偏向一邊，歎道：「妳呀，叫我說妳什麼好？」

余凱琳說：「別光是站在這兒說話了，我既然答應了她，就只能快些幫她把錢拿過來，不然咱們上班也要遲到。」

一句話提醒了孟曉雪，「對，是得抓緊時間，我陪妳打車去吧。」

兩人趕緊招了一輛停在醫院門口的計程車，趕回住所。

余凱琳用韋雋的鑰匙開了房門，逕自走到衣櫃前，打開櫃門，又拉開中間的小抽屜，裡面果然有一疊現金。她快速地數了兩萬塊，把錢放進皮包的內層，將衣櫃關好，「我們走吧。」

孟曉雪環視韋雋的房間，無比遺憾地問：「我們眞的要放棄這麼好的機會？這種機會肯定只有一次，等她出了醫院，就不可能搜查到她的房間了。」

余凱琳堅持立場，「曉雪，我們不是警察，沒有權力搜查別人的房間。再說了，韋雋是個心思很縝密的人，翻動她的東西，免不了要改變一些物品擺放的位置，或者留下一些痕跡，她肯定會發現的。還是別打這種主意爲好。」

孟曉雪無可奈何地歎了口氣，「好吧，那算了。」

兩人正要離開，孟曉雪忽然又叫了一聲，「啊！我們怎麼把那個東西給忘了！」

余凱琳莫名其妙地望著她，「什麼東西？」

「妳剛剛買的針孔攝影機！」

余凱琳一愣，隨後一驚，「妳想做什麼？」

「聽我說，既然想知道韋雋到底和殺人碎屍案有沒有關係，這眞的是絕無僅有的天賜良機！與其把攝影機安在妳房間，還不如安在她這邊！如此一來，只要打開電腦，就能看到這邊的情況，等於洞悉了她的所有秘密！」

「不，不行。」余凱琳連連搖頭，「本來我怪她侵犯了我的隱私，如果我這樣做，豈不是變本加厲地侵犯了她的隱私？這是違法的！」

「我知道！但妳要自保，這是迫不得已！」孟曉雪抓住她的手臂，「妳想過沒有？她既然能趁妳不在的時候跑到妳那邊去，也能在妳熟睡後，或者是毫無防備的時候重施故技。若她當眞包藏禍心，妳就死定了！明白了嗎？現在不是當正人君子的時候，爲了保命，必須確定她到底是不是我們懷疑的『那種人』！」

這番話將余凱琳嚇得臉色蒼白、後背發冷，恐懼地睜大眼睛，不知該如何是好。

孟曉雪看了一下手機顯示的時間，「沒時間猶豫了，快到上班時間了。把針孔攝影機拿出來，我幫妳找一個夠隱蔽的地方。動作得快點，在這裡待久了，韋雋會起疑的。」

余凱琳還在猶豫，孟曉雪急了，索性將她的皮包一把抓過來，拿出針孔攝影機，「這件事我來做，責任我承擔！」

抬起頭來環顧周圍，發現窗框的顏色和針孔攝影機的顏色極為接近，而且有深色的窗簾當掩飾，安在那裡，韋雋不可能注意到。

選定地方，她接著抬了一張椅子到窗邊，踩在上面，按照賣攝影機的老闆教的方法，把這小東西安在了隱蔽的角落裡。

最後，孟曉雪用面紙把椅子擦乾淨，對依舊傻愣在原地的余凱琳說：「行了，我們走。」

余凱琳一臉不安，「曉雪，我真的覺得，這樣有點……」

「別再說了，快走！」孟曉雪催促道：「等韋雋從醫院回來，一切就真相大白了！」

16 跑步聲的秘密

這幾天，余凱琳一直有些心神不寧。她後悔了，一想到安裝在韋雋房間裡的針孔攝影機，就渾身不自在，感覺自己也成了一個可恥的偷窺者。黑色的針孔攝影機不像是能幫上忙的工具，反倒像是埋藏於心頭的一顆不定時炸彈，隨時可能因爲韋雋的返回而爆發。儘管反覆勸慰自己，韋雋回來後也不會輕易發現，但她就是忍不住擔心和懼怕，被作賊心虛的心理深深地困擾。

可惜，已經無法把那顆不定時炸彈取回來了，正如孟曉雪所言，那是唯一一次單獨進入韋雋房裡的機會。

星期五中午，余凱琳走出公司大門，再次看到等候在門口的黎昕。

這幾天黎昕沒有再送花來了，大概隱約猜到了那些美麗鮮花的可悲歸宿，這次他選擇親自前來。令他欣喜的是，余凱琳看到他，沒有像上次那樣掉頭就走，這讓他看見了事情的轉機。

黎昕快步迎上去，笑容滿面地說：「凱琳，下班了？」

面對這樣一句廢話，余凱琳淡淡地嗯了一聲，表情沒有以前那麼拒人於千里之外。

「我們一起去吃頓飯吧？」黎昕懇切地邀請。

余凱琳幾乎想答應，但下意識的矜持和積蓄多日的排斥感比想像中更加頑固，令她不由自主地道：「不用了，你有什麼事嗎？」

黎昕頓了頓，並不堅持，「還是我上次提過的那件事，我眞心希望妳能暫時放下前嫌，到我那裡去住。凱琳，妳要相信我，我真的是爲了妳的安全著想。知道嗎？前幾天警方又發現了被肢解的女人屍體，聽我朋友說，是在一個菜市場的垃圾車裡找到的。凱琳，妳可曉得自己的處境有多麼令人擔心？」

余凱琳咬著嘴唇不說話。其實她在心裡思量過，如果黎昕再次找上門來，提出這個要求，她會認眞考慮。

黎昕見她沒有斷然拒絕，知道余凱琳已經有了回心轉意的念頭，不失時機地說：「凱琳，我知道妳還在怪我。我向妳保證，再也不會做任何對不起妳的事，如果沒能做到，活該我天打雷劈、五雷轟……」

余凱琳打斷黎昕的毒誓，這不是她想要的，「別說這些。你的提議……讓我仔細考慮一下。我得先說清楚，就算答應搬到你那裡去住，也只是以一個房客的身分，不意味著我們又恢復成了男女朋友的關係。我和你各住一個房間，互不干涉，我每個月都會付房租給你。」

黎昕心中狂喜，余凱琳的這種妥協，已經是很大的讓步了。他立刻答應下來，「好的，好的，只要妳肯過來，什麼都依妳的意思。只是，千萬要儘快決定啊！妳多在外面待一天，都讓我牽腸掛肚、徹夜難眠……」

余凱琳翻了下眼睛，懶得聽這些肉麻的話，逕自朝前面走去，頭也不回地拋下一句話：

「下個星期前我會答覆你。」

今天是星期五了，下個星期之前，不就意味著兩天之內嗎？黎昕興奮得臉頰發紅，幾乎要跳起來。

余凱琳下午下班後回到住所，發現隔壁的房門打開著。心中咯噔一聲，知道韋雋回來了，立馬想到那個針孔攝影機，驟然緊張起來。

韋雋大概聽到了余凱琳的腳步聲，從屋內走出來，衝著她笑道：「回來了，凱琳。」

「雋姐，妳出院了？」余凱琳儘量壓制住緊張的心情，打量了幾眼，韋雋的額頭有縫針的疤痕，被耷下來的頭髮遮擋了一些，不是很明顯。

「是啊，沒什麼大礙了。」韋雋說：「那天眞是謝謝妳了。」

「別客氣，做過全身檢查了吧？」余凱琳說著客套話。

「嗯，醫生說沒問題。」她指了下額頭的傷，「現在就等著兩個星期之後去拆線。」

「沒事就好。」余凱琳說：「那我進去了。」

「凱琳……」韋雋叫住正要用鑰匙開門的她，「我這個人也眞是健忘，當時只想到請妳幫我拿錢，都忘了告訴你，我的冰箱裡有飲料。妳那時肯定很渴，可以拿出來喝呀。」

余凱琳愣了一下，「哦，沒關係的，我沒那麼渴。」

「哎呀，跟我客氣什麼？那天妳難道沒有順便打開我的冰箱，看看裡面有沒有什麼喝的？」

余凱琳本來有些詫異，不明白韋雋爲什麼要糾纏冰箱裡的飲料什麼的，這時總算聽明白了，「雋姐，我沒有打開妳的冰箱，或者是碰別的東西。我從衣櫃的抽屜裡拿了錢，就直接趕到醫院來了。」

韋雋顯得尷尬起來，「我……我不是那個意思，只是想叫妳別客氣。」

余凱琳不想再說下去了，淡淡地道：「沒什麼事了吧？雋姐，我進屋了。」

「哎，好的。」

余凱琳進屋後，將房門鎖好，坐到沙發上，重重地吐了一口氣。

本來，她感到有些憤懣，但很快就冷靜下來，意識到韋雋旁敲側擊詢問的問題，必定有某種深意。

冰箱。

余凱琳心中一抖，她爲什麼特別在乎冰箱有沒有被人打開來看過？難道冰箱裡藏著什麼秘密？這個念頭引起了某些恐怖的聯想，她猛然想起，韋雋的冰箱很大，大得有些不合情理——獨居的單身女人，用得著那麼大的冰箱嗎？

余凱琳惴惴不安地猜測、思忖著。旋即想起，自己根本沒必要在這裡瞎猜疑，明明就有途徑接觸眞相。

目光移到了桌上的筆記型電腦上。前兩天，她嘗試著接收過針孔攝影機傳來的影像，現在只要打開電腦，就能看到韋雋那邊的狀況。

余凱琳躊躇了幾分鐘，走到書桌前，按開電腦開關。

經過簡單的操作，螢幕上出現隔壁的俯視場景，以及韋雋的身影。她正在收拾餐桌上的碗盤，顯然才吃過晚飯。

第一次窺視別人，余凱琳感到臉紅心跳，緊張不已。雖然知道韋雋不可能發現，還是有些提心吊膽，而且有種負罪感。

大概看了十分鐘左右，余凱琳將畫面關閉。韋雋吃過飯後就坐在沙發上看書，沒做什麼特別的事。

她自覺有些無聊和卑鄙，暗暗責怪自已，然後上網瀏覽新聞，沒有再打開監視畫面。

十一點，余凱琳到浴室洗了個澡，準備睡覺。本來按慣例，睡前要寫日記的，但想到韋雋可能會偷看日記，她沒有把日記本拿出來。

睡了之後沒多久，隔壁傳來跑步聲。

奇怪，韋雋才出了車禍，按道理應該休息一段時間才對。剛出院就進行劇烈活動，這樣合適嗎？

余凱琳慢慢地從床上坐起來，她太想知道這是怎麼回事了。韋雋夜裡跑步之謎一直困擾著他，如今，答案該揭曉了。

下床，打開電腦，螢幕出現了隔壁的情景。

什麼？

她湊近電腦螢幕，揉了揉眼睛，懷疑自己的視覺是不是出了問題。

韋雋的房間亮著燈，跑步的聲音一直持續著，但屋裡沒有人！

余凱琳驚愕得幾乎暫時停止呼吸，一時反應不過來這是怎麼回事。韋雋並沒有在房間裡跑步，那麼跑步聲是從哪兒來的？

愣了好一陣子，眼睛持續搜索著，突然注意到放在桌上的一樣東西，霎時間什麼都明白了。

桌子上放著一台老式的錄放音機。

余凱琳深吸一口氣，原來如此，韋雋的「夜晚跑步」是假象！跑步聲是她事先錄好的，人壓根不在屋內。

這很明顯地衍生出一個問題：她到哪裡去了？爲什麼要做這種掩飾？

直覺告訴余凱琳，這裡面大有文章。

不能再猶豫了，余凱琳的心臟怦怦亂跳。

必須離開這裡，搬到黎昕那裡去。就是明天！

17

駭人影像

第二天一大早，余凱琳就起床了。昨天晚上根本沒睡好，恐懼和擔憂令她無法安眠，一些事情也在困擾著她。

擺在面前的問題有兩個：第一，韋雋很顯然在做著一些不可告人的事情，可到底跟殺人碎屍案有沒有關係？僅僅通過目前了解的情況，似乎無法做出具體判斷。

第二，自己要搬到黎昕那裡去，該怎麼跟韋雋說呢？還欠著她五千塊錢，現在提出要搬走，她會同意嗎？

對於第一個問題，余凱琳想過報警，可又覺得沒有確鑿的證據，害怕只是誤會一場。第二個問題，她感到十分爲難。如今她不在乎韋雋肯不肯退房租這樣的小事了，她擔心的是如果激怒了韋雋，而她又眞的是「那種人」，會不會發生什麼可怕的事？

思來想去，余凱琳最後決定，暫時不讓韋雋知道自己要搬走，今天下午趁她不注意的時候悄悄離開。剩下的事情，和黎昕或者孟曉雪商量之後再說。

打定主意，她用手機撥通了黎昕的電話。

黎昕很快就接了（顯然因為看到來電顯示是余凱琳），口氣透出興奮和期待：「凱琳，妳決定搬過來了吧？」

余凱琳低沉地嗯了一聲。

「太好了！」電話那頭，黎昕的欣喜難以形容，「我會準備一桌好菜迎接妳！我們就在家裡吃，好嗎？」

「先別說這個。」余凱琳說：「我在這邊買了些東西，一個人拿不了，你中午一點左右能過來幫我拿一下嗎？地址是米市街的四羅巷十一號，一棟二單元，二樓。」

本來以爲黎昕會想都不想就一口答應，因爲這是一個獻殷勤的好機會。出乎意料，他過了好幾秒才吶吶地說道：「凱琳，我很想去幫妳拿東西，可是……恐怕不行，我今天……有點事。」

余凱琳完全沒想到黎昕會拒絕她的要求，而且理由如此拙劣，「剛才不是還說要在家裡準備一桌好菜嗎，怎麼現在又有事了？」

「我是才想起來的。」他的回答很窘迫。

余凱琳心中不滿，但想到自己和黎昕本來就不是男女朋友的關係了，也不便發作，語氣冷淡地說：「那算了吧，我自己搬。對了，房東，你那裡的房租是多少？」

黎昕聽出余凱琳是在說氣話，略微猶豫了一下，「要不，我還是來幫妳拿吧。」

「算了，你別勉強。」余凱琳沒好氣地說。

「不，讓我想想，中午……應該可以。」

「好吧，那就這樣。我收拾東西了。」

掛了電話，余凱琳從床底下拿出皮箱，把衣服、日常用品等東西裝進去。看了一下小廚房，新買的微波爐、餐具和剩下的食物等等雜七雜八的物品，還需要幾個大袋子來裝。

這會兒是上午九點鐘。余凱琳在心中計劃著：先去外面逛一陣子，買幾個購物袋，吃了午飯之後回來，那時候黎昕也差不多該到了。

之所以決定在中午一點鐘左右搬走，是因爲余凱琳知道，韋雋吃過午飯後，一般都會睡會兒午覺。那個時候走，最不容易被她察覺。

余凱琳緩緩打開房門，走出去，輕微地將門帶攏。看了一眼韋雋那邊，門是關著的。很好，她靜悄悄地沿著樓梯走下去，離開了。

中午十二點半。

黎昕比預定的時間提早半小時來，站在二樓的走廊上，望見關著的兩扇房門，想了一會兒，摸出手機給余凱琳發了條簡訊。

凱琳，妳在屋裡嗎？我現在就在門口，但我不知道是哪一間。

她很快回覆：我在外面吃飯，半小時內回來，你等著。

黎昕拿著手機站在走廊上，猶豫片刻，決定先下樓去。不想這時，韋雋的房門打開，她看到了正欲離去的黎昕。

韋雋凝視了黎昕一會兒，問道：「你是來找余凱琳的嗎？」

黎昕被她打量得有些不自在，張了張嘴，沒有說話。

「到我這邊來等吧。」韋雋偏了下腦袋，指向自己的屋子。

黎昕略微遲疑，點了下頭，走了進去。

韋雋望著黎昕進屋，然後把頭探出去，確定走廊上沒有別的人。剎那間，她的眼裡掠過一絲陰冷的光，背對黎昕，將門緊緊鎖好。

接近一點鐘，余凱琳拎著幾個購物袋回來了。方才在樓下，她沒看到黎昕，本來以為上樓來，會見他等在走廊上，想不到也沒瞧見人影。她有些詫異地左右四顧，確定黎昕確實不在。

怪了，明明發簡訊說已經過來了，現在又跑到哪裡去了？

余凱琳用鑰匙打開門，把購物袋甩到床上，撥打黎昕的手機。

嘟嘟聲響了又響，黎昕沒接電話。余凱琳越發感到奇怪，一切顯得那麼不合常理，心中隱隱約約產生一種不好的預感：難道，黎昕出什麼事了？

突然，余凱琳想到一種可能性——黎昕到這裡後，也許試著敲了房門，見沒有人開門，才發了那條簡訊。而他的這些行為，引起了韋雋的注意……難不成，他在韋雋那邊？

不妙，萬一韋雋問起黎昕來這裡的目的，而黎昕告訴了她，自己偷偷搬走的想法就不可能實現了。

不過，轉念又想，真是這樣也沒關係，反正黎昕在這裡，不如就對韋雋直言相告。她和黎昕兩個人，也不會怕她一個。

想到這裡，余凱琳離開自己這邊，來到隔壁門前，敲門。

過了好一會兒，韋雋才把房門打開，問道：「凱琳，有什麼事嗎？」

「雋姐，我想問問，剛剛有沒有一個男的來找我？」

韋雋一副茫然的樣子，「不知道，我一直在屋裡。」

余凱琳相當吃驚，「妳是說，妳沒聽到我那邊有敲門的聲音？」

「沒聽到。」韋雋問：「怎麼，跟誰約好了嗎？」

「是啊，一個朋友。」

「不會是妳的前男友吧？」

余凱琳不知道韋雋怎麼一猜就準，心中暗暗吃驚，只有答道：「……是的。」

「你們和好了？」

「沒有，他只是有點事找我。」

「可能他還沒來吧，再等一會兒，說不定人就來了。」

余凱琳神思惘然地點了下頭，本打算過去了，忽地發覺韋雋跟自己說話的過程中，身體一直堵在門口，就像是怕她會進去一樣。

糟糕！該不會……

「對了，雋姐……」余凱琳的頭腦急速運轉著，「我這個月的薪水快發了，那筆錢，我先還妳一些吧。」一邊說著話，左手一邊故作隨意地慢慢滑進褲子口袋，摸索著摁下了手機的重撥鍵——她今天只跟黎昕一個人通過電話。

「不著急，全部湊齊再還給我也不遲。還有什麼事嗎？」韋雋說，表示想關門了。

「沒什麼事了，那我回去了。」

恰在這當口，房間裡傳出一陣細微的手機鈴聲。韋雋一愣，表情驟然變得無比緊張。余凱琳的心臟被重重地擊打了一下，表面上卻裝作什麼都沒聽到，悄悄按了掛斷鍵，手機鈴聲戛然而止。

「雋姐，不打擾了。」余凱琳假裝平靜地轉過身，走進自己的房間。

韋雋望著她離開的背影，又扭頭望了望屋裡，低頭沉思，眉頭漸漸皺緊，若有所悟。

余凱琳將房門鎖好，心臟怦怦狂跳。她已經確定，黎昕就在韋雋的房子裡，他究竟處於何種狀況，她必須馬上得知。

快啊！快啊！余凱琳瞪著筆記型電腦的開機畫面，希望能立刻轉換成隔壁房間的畫面。內心祈禱著，希望黎昕還是安全的，只要確認這一點就行了，然後立刻報警。

手不住地發抖，電腦啓動後，她焦急地打開監視畫面，卻因爲心慌意亂而進行了一系列的錯誤操作，把電腦裡儲存的昨晚的監控畫面播放出來。

螢幕上，韋雋正在吃著晚飯。余凱琳本來就不怎麼熟練，此時又慌亂不已，一時竟忘了怎樣調換成即時監控狀態，只能焦急地將影像快轉，幾乎失去了冷靜判斷的能力。

這時，畫面的變化抓住了她的注意力。她立即停止快轉，讓監控影像恢復正常的播放速度。

之所以停止快轉，仔細觀看，是因爲她看到韋雋打開了冰箱。她特別注意了畫面一角顯示的時間，十點十五分，韋雋僞裝跑步的一個多小時前。

韋雋從冰箱的冷凍庫裡取出一個包裹著好幾層塑膠布的大袋子，然後慢慢將那幾層塑膠布撕開。

這裡面會是什麼？余凱琳屏住了呼吸。

終於，她看見了。

塑膠布全部扯開，韋雋從袋子裡取出一個冰凍的人頭，朝廚房走去。

余凱琳的腦子嗡一聲炸了，眼前浮出一層紅幕，胃部的劇烈收縮和陣陣眩暈感讓她想吐。之前一切可怕的猜想，這一刻全都得到了證實。她總算知道，自己這些天以來一直在和什麼人相處。

余凱琳全身顫抖著摸出手機，已經用不著證實現在韋雋那邊的情況了，更不敢想像黎昕是否已經遭到了與那顆冰凍頭顱的主人同樣的命運。她只希望還來得及，願警察趕到時，黎昕還能留有一命。

哆嗦的手指尚未撥出報警電話，門外傳來了韋雋的敲門聲，「凱琳，開一下門，我有事情找妳。」

余凱琳嚇得一抖，手機掉落，啪一聲摔到地上。連忙把手機撿起來，還想撥電話報警，但下一秒，鑰匙旋轉門鎖的聲音傳入耳中。

天哪，她居然要……直接闖進來！難道她發現我知道了她的秘密？也許之前黎昕的手機鈴聲響起，她就意識到什麼了！余凱琳驚恐得幾乎當場暈過去。

韋雋已經把房門推開了。余凱琳想到電腦螢幕還在播放監視影像，急忙抬起手，一下把筆記型電腦的蓋子壓下來。

韋雋跨進門，剛好看見余凱琳驚慌失措地守在電腦前，雙手壓在筆記型電腦上。

「妳在幹什麼？」她冷冷地問，臉上沒有一絲表情。

「沒……沒幹什麼。」余凱琳緊緊地壓住電腦，沒有意識到這是欲蓋彌彰。

韋雋盯著余凱琳的電腦，眼珠轉了幾圈，貌似明白了什麼，慢慢地靠過來，「妳該不會……」

「沒……沒有……」余凱琳的腳都有些軟，緊張得幾乎嘔吐，呼吸急促，驚駭地搖晃著腦袋。

韋雋粗暴地一把將她推開，抬起筆記型電腦的蓋子，赫然看到螢幕上自己的影像——剛好是她捧著一顆人頭到廚房裡去的畫面！

韋雋大驚失色，轉過頭去，見余凱琳正在撥電話，表情瞬間變得無比瘋狂、猙獰可怖，尖叫道：「妳這個臭婊子！」縱身撲了過去。

余凱琳驚叫一聲，被比她粗壯的韋雋按倒在地，手機甩了出去。韋雋壓在她身上，用盡力氣扇了她兩耳光，將她打得眼冒金星。接著掐住她的脖子，像瘋狗一樣咆哮道：「賤貨！我對妳這麼好，把妳當朋友，借錢給妳，妳卻偷偷算計我！在我的房間裡安攝影機，好收集證據，把它交給警察，對嗎？還好我及時發現，否則就讓妳得逞了！看來妳也跟之前那些賤女人一樣，一個個都不是好東西，都該碎屍萬段！」

余凱琳被緊緊地卡住脖子，無法呼吸。使勁掙扎，雙手在韋雋的臉上胡亂抓撓，卻只能將她抓傷，無法擺脫這孔武有力的女人的箝制，眼看著就要窒息而亡了。

千鈞一髮之際，余凱琳急中生智，將右腿蜷曲到右手能夠觸碰到的地方，把腳上的高跟鞋脫了下來。求生的慾望逼出驚人的力量，鞋跟對準韋雋的太陽穴，猛地擊打過去。

「啊！」一聲慘叫，韋雋身子朝左一偏，昏倒在地。

余凱琳雙手護住咽喉，大口喘息，驚魂未定地掙扎著站起來，看著不省人事的韋雋，估計太陽穴挨了這一記重擊，一時半會兒是醒不過來了。

沒有時間害怕或猶豫，目前最關鍵的，是到韋雋那邊去，確定黎昕的生死。

18

水落石出

余凱琳推開韋雋的房門，跌跌撞撞地闖進去。她沒有在屋子裡看見黎昕，猜想他也許是在廚房或者浴室裡。上天啊，不要只讓她看到一具冰冷的屍體。

廚房裡沒有，余凱琳提心吊膽地推開浴室的門，赫然看到黎昕昏倒在地，雙手被繩子反綁在身後的一根管道上，雙腿也被捆綁著，嘴裡堵著毛巾，頭頂上有血跡，似乎被重物擊打過。

余凱琳慌亂地將黎昕扶起來，扯掉他嘴裡的毛巾，用力搖晃著他，大聲喊道：「黎昕！黎昕！」

黎昕緩緩地睜開眼睛，看到面前的余凱琳，似乎用了好一會兒才敢相信這是真的，「凱琳，是妳嗎？」

「對，是我。」余凱琳撫摸著黎昕的臉，此刻已經完全拋開了對他的責怪，流露出來的只有愛意，「你怎麼樣？沒事吧？」

黎昕咧了一下嘴，「我的頭有些痛，那個女人是個瘋子。我在門口等妳，她把我騙進來，趁我不備，將我打昏……這到底是怎麼回事？」

余凱琳流著淚說：「她確實是個瘋子！她就是殺人碎屍案的兇手！」

黎昕緊張地問：「人呢？現在在哪裡？」

「她闖進我的房間，想要殺我……我跟她搏鬥，用高跟鞋把她打昏了。」

「做得好！快幫我把繩子解開！」

余凱琳先將反綁住黎昕雙手的繩子解開，然後和他一起解開他腳上的繩子。黎昕的手腳都有些發麻，過了好一陣子才勉強站起來。

余凱琳望著黎昕頭頂上的傷口，「你的傷怎麼樣？還痛嗎？」

「有點痛，不過沒啥大礙。」

「我們得趕快報警。」

「對，不過，得先過去看看那個瘋女人。」黎昕謹慎地說：「妳確定她真的昏死過去了？」

「應該是。」

黎昕抓住余凱琳的手，兩人一起朝隔壁走去。

來到隔壁房間，余凱琳指著韋雋昏倒的地方說：「就在那……」

話還沒說完，她就呆住了。

韋雋不見了！

余凱琳驟然緊張起來，驚駭地自語道：「她……到哪裡去了？」回過頭來，駭然發現，韋雋從門背後閃出來，手中舉著一把明晃晃的尖刀，朝黎昕刺去！

「小心！」余凱琳撕心裂肺地大喊。

黎昕似乎有所預料，在余凱琳示警之前，就猛地轉過身來，剛好抓住韋雋舉著刀的手臂，刀尖就在他的眼珠前停下來。

韋雋的兩隻手被黎昕緊緊抓住，兩人互相使力，僵持了好幾秒。她猛地張開嘴，一口咬向黎昕的鼻子。黎昕痛得大叫，朝後仰去，倒在地上，韋雋趁機撲上去，雙手舉起尖刀猛刺。

生死關頭，黎昕顧不得疼痛，再次抓住韋雋的手腕，截住刀勢。但他沒想到，這瘋女人發起狂來，力氣比男人還要大，那把尖刀眼看著就要壓上他的咽喉！

余凱琳站在旁邊，慌亂得手足無措，見韋雋漸漸佔了上風，而黎昕快要支撐不住，焦急地掃視著周圍——對了，紅酒酒瓶！不及多想，飛奔過去抄起酒瓶，用盡全力朝韋雋的後腦掄去。

乓！酒瓶應聲而碎。韋雋的動作驟然停滯，身體搖晃了兩下，手中的刀掉落到地板上，人也咚地一聲倒下去。這一擊，可比起先高跟鞋那一下要重上好幾倍。

黎昕喘著粗氣從地上站起來，滿頭大汗，心有餘悸。

「黎昕，你怎麼樣？」余凱琳奔到他身邊，看見他的鼻子有一圈牙印，滲出了血。

黎昕摸了下鼻子，疼得齜牙咧嘴，強忍著說：「沒事。」

余凱琳望著韋雋，困惑地說：「她為什麼看起來非要置你於死地不可？」

「因為她是個瘋子，行為沒有道理可言。」黎昕說著，蹲下身去，撿起那把刀，用力刺進韋雋的心臟！韋雋身體一抖，腦袋向上一直，雙眼外凸，嘴角淌出鮮血。幾秒鐘後，頭耷拉到一側，死了。

「啊！」余凱琳驚恐地捂住嘴，「你爲什麼要殺死她？她已經昏迷了！我們通知警察來抓她就行了呀！」

黎昕丟掉刀，按著余凱琳的肩膀說：「凱琳，這是沒有辦法的事。妳也看到了，這個女人既瘋狂又彪悍，我們不把她徹底解決，恐怕警察還沒趕到這裡，她又會醒過來和我們拚命！」

余凱琳無言以對，看著倒在地上，仍然瞪著眼睛的韋雋，內心充滿恐懼。

黎昕靠過去仔細察看一番，鬆了口氣，「放心吧，她活不過來了。」

余凱琳的手機在剛才與韋雋的搏鬥中，不知被甩到了哪裡去，她對黎昕說：「你趕快打電話報警！」

「好，可是……」黎昕低頭思索，「凱琳，警察來了之後，我們該怎麼向他們解釋這個被殺死的女人？」

「只能說是在正當防衛下殺死了她。」余凱琳停頓一下，「你不用擔心，我能向警察證明，她就是殺人碎屍案的兇手。」

黎昕有些驚訝，「怎麼證明？」

余凱琳走到筆記型電腦前，指著螢幕上的畫面說：「我幾天前趁她不在家的時候，在她的屋裡安了針孔攝影機。現在播放的，是昨天晚上的畫面。」

黎昕盯著電腦螢幕，「畫面上怎麼沒有人？」

「先前我看到，她從冰箱裡拿了……一顆人頭出來。」她打了個寒顫，「現在不知道是在廚房裡，還是已經出去了。」

「這段錄影妳沒有看完嗎？昨天晚上沒看？」

「沒有。我昨晚看了一會兒，開始很平常，就沒有繼續看下去。後來十一點左右，聽到跑步的聲音，又起來看了一次，但那時她可能已經出去了，恰好都沒有看到取出屍體這一段。」

黎昕凝神注視著電腦螢幕，忽然將畫面關閉，然後以無比迅疾的速度刪除這段檔案。

「你幹什麼？」余凱琳震驚得目瞪口呆，「這段影像是證明韋雋是殺人碎屍案兇手的最好證據，幹嘛要刪除？」

黎昕扭頭望著余凱琳，「凱琳，私人取證是不能作爲呈堂證供的。而且，在屋主不知情的情況下安裝針孔攝影機的行爲，本來就是違法的。所以，這段影像不能交給警方。」

「可是，這是特殊情況呀！」余凱琳感到難以接受，抗議一句，突然像是想到了什麼，對黎昕說：「好吧，那就聽你的，你幫我到她那邊去，把針孔攝影機取下來吧，就安在窗框上方。」

「好的，我去取。」黎昕朝那邊走去，「等我回來，咱們就報警！」

余凱琳點了下頭，看著黎昕走過去，她迅速地坐到電腦前，打開了電腦硬碟的F槽。

昨天晚上，她在睡覺之前，將所有的監視畫面都複製下來，保存在了F槽裡。

黎昕的舉動太令人生疑了，余凱琳想著，他似乎很害怕給別人看到這段監視畫面。這是怎麼回事？必須馬上弄清楚。

她找到昨天晚上的檔案，點開、播放，按著快轉鍵。

影像快速播放，很快到了韋雋從冰箱裡取出屍體那一段。余凱琳屏住呼吸，心臟狂跳，繼續往下看。

韋雋進廚房後，畫面上好一陣沒有人出現。過了一會兒，她從廚房裡出來，走到門口，將房門打開。

余凱琳的目光掃向出現在門外的人影，霎時間，全身的血液凝固。眼珠子瞪大到無以復加的程度，雙手緊緊地捂住嘴巴。

天哪，站在門口的人是黎昕！

腦子裡像有一千隻蜜蜂在嗡嗡亂飛，擾得她混亂不堪，幾乎失去了理解一切事情的能力。這是怎麼回事？黎昕昨天晚上來找過韋雋？他們是什麼關係？

畫面繼續播放著：韋雋從廚房裡拎出一個黑色塑膠袋，又將一個大購物袋交給黎昕。黎昕把大購物袋敞開，讓韋雋把黑色塑膠袋放進去。然後，兩人把茶几上的一些水果放在購物袋上面。黎昕拎著那購物袋，看起來就像是剛從超市滿載而歸。

他們在一起處理屍體。

余凱琳看懂了這個畫面，整個世界開始搖晃打轉。

過度的驚駭和恐懼使她忘記了危險的存在，好一陣子後，她才想起什麼。倉皇地將畫面關閉，扭過頭去，赫然看到，黎昕已經站在背後了。

余凱琳尖叫一聲，從椅子上站起來，不由自主地朝牆邊退去，後背一陣陣發冷，像看一條毒蛇那樣盯著黎昕。

「實在沒想到，妳已經把檔案都保存下來了。」黎昕說，神情有些悲哀，「妳全都看到了，是嗎？」

余凱琳的喉嚨像被什麼東西堵住了，發不出任何聲音。注意到黎昕的一隻手背在身後，似乎拎著一個小塑膠袋，內心的恐懼更甚。

黎昕留意到余凱琳的眼神，將塑膠袋提到面前來，歎了口氣，「本來我是打算悄悄把這包東西丟掉的。我想，警察來了之後，在韋雋那邊搜出這些東西，也許會引起妳的懷疑。但現在，既然妳都知道了，我也就沒必要繼續隱瞞了。」

說著，他將袋子裡的東西抖出來。落在地上的，是一頂金色假髮，一雙黑色的網狀絲襪、一件俗艷曝露的連身短裙，還有一些口紅、眼影之類的化妝品。

這些東西喚起了余凱琳的某種回憶，搖了搖頭，試圖理解眼前的一切，無奈腦袋像是生了銹，轉動不起來了。

黎昕迅速轉身將房門關好，沉聲說：「凱琳，事到如今，我把一切都告訴妳吧。只希望妳能理解我、相信我，不要把我和韋雋那樣的瘋子混為一談。」

余凱琳用懷疑的眼神注視他。

「其實，我是這裡的第一任房客。」黎昕說：「當時我還沒有得到公司分配的單身宿舍，就在這裡租房子住。我交了一個女朋友，是一個外地女孩。交往一年多後，我漸漸發覺她的性格有著嚴重的缺陷，過於幼稚和理想化。終於有一天，我們倆因爲一件小事吵得不可開交，就在這個房間裡，我向她提出了分手。」

「我沒想到，她像發了瘋一樣，要跟我拚命。我躲進浴室，她卻揮著刀衝進來。我不曉得她是眞的想殺我，還是只想嚇嚇我，我只知道自己確實嚇壞了。結果……我爲了自保，失手殺了她。」

余凱琳懼怕地望著黎昕，無法判斷他說的是眞還是假。

「我發現她沒氣了，嚇得手足無措。那時，我根本沒料到自己有一個偷窺狂的房東。發生在浴室裡的命案，全被隔著一塊特殊玻璃的她盡收眼底。在我惶恐不知所措時，她從隔壁過來了，眼睛裡閃爍著瘋狂。」

「韋雋告訴我，她可以幫我處理這女人的屍體，條件是要我當她的『地下情人』。我慌亂不堪，想都沒想就同意了，只希望她能讓屍體趕快消失，並幫我保守秘密。接下來，她做的事比我的預想更加瘋狂：她把屍體肢解，分成好幾個部分，冷凍在冰箱裡，不定期地棄屍。手段令人髮指，但的確高明，警察一直沒有抓到她——不，嚴格地說，是『我們』。」

余凱琳強忍住不讓自己嘔吐出來，「你一直配合著她棄屍？」

「對，是她強迫我的。我不可能拒絕，只有聽任安排。我猜想韋雋以前就有殺人的經歷，否則不會如此老到狡猾。她化妝成另一副樣子，和我裝成逛街的情侶，提著裝有屍體的購物袋，若無其事地在街上漫步。走到某個沒有人的小街小巷，她就取出裝屍體的袋子，扔進垃圾桶，像丟香蕉皮那樣輕鬆隨意，不會引起任何人的注意。」

「你每次都和她一起去棄屍？」余凱琳顫慄地問。

「不，爲了不讓警方懷疑，她變換著棄屍的方式，有時是我們兩人一起，有時是她自己一人。她不信任我，從沒叫我一個人丟過。韋雋的可怕之處在於，她可以拎著裝有屍體的購物袋或手提包在街上走好幾十分鐘，而且不慌不忙、閒庭信步。就算警察從她身邊經過，也根本不可能想到她的袋子裡裝著什麼。我覺得，她在享受這種刺激的感覺。對於她來說，做這種事能帶來無與倫比的快樂。」

余凱琳的胃一陣陣抽搐，強忍著生理和心理上的雙重不適。

「本來我以爲，那具屍體處理完後，一切就結束了。萬萬沒料到，韋雋竟然無可救藥地迷戀上了這種病態的快感。我從這裡搬出去之後，她就在網上搜尋求租房子的外地單身女人。結果，又一個女人成爲了犧牲品——就是在妳之前租這個房子的人。」

余凱琳顫抖著問：「她把房子租給那女人的目的，就是爲了殺她？」

黎昕搖頭，迷茫地說：「好像不完全是。我不了解這可怕女人的心理。她一開始，好像是想和那女人交朋友……我不知道後來發生了些什麼，導致她動了殺機。」

余凱琳的後背不斷泛起涼意，回憶著自己和韋雋相處的一些片段，心中大概猜到了七八分。

黎昕靠近余凱琳一些，露出無奈而悲哀的神色，「凱琳，現在妳能理解了吧？我和這種可怕的女人混在一起，被她操控，完全是因爲我有把柄捏在她手裡，我是被逼無奈的呀！我心中眞正愛的人，只有妳一個，從沒做過任何背叛妳的事！那天晚上，其實我不是在跟妓女幽會，而是……」

「你們正在那條小巷裡棄屍，沒想到恰巧被我撞見。」

「是的，當時我看到妳走過來，心中惶恐，生怕讓妳認出來，只有立刻親吻韋雋，藉此擋住我的臉……」黎昕說著，露出懊惱的表情，「怎麼也沒料到，妳還是認出了我，氣得在第二天不辭而別。隨後，事情朝著更加戲劇化的方向發展了。妳在網上留的求租房信息被韋雋盯上，而且眞的搬到了這裡來住——這是我最擔心的情況。所以我來找妳，希望妳能儘快地離開這裡！凱琳，我是眞的爲妳好啊！」

余凱琳難以置信地望著黎昕，「你現在說這些話，不會是還想叫我做你的女朋友吧？」

黎昕呆呆地愣了半晌，垂下頭說：「不，我已經不敢再做這種奢望了。凱琳，我說的全都是實話，如今只希望妳能放我一馬，不要讓警察知道，這件事情和我有關。」

「這不可能。」余凱琳斷然道：「你自己做過的事，必須承擔責任。」

黎昕哀求道：「凱琳，妳就這麼狠心嗎？妳要親手把我交給警察，然後眼睜睜地看著我被判處死刑？」

余凱琳緊緊咬著下嘴唇，好一陣子後，說道：「假如你說的都是真的，那就只是過失殺人和協同犯罪，應該不至於被判死刑。」

「但牢獄之災總是不可避免。」

「那是你應得的懲罰。」余凱琳正色道：「黎昕，你從一開始就錯了，我希望你不要繼續錯下去。」

兩人對視了足足一分鐘，終於，黎昕垂下頭說：「妳說得對，是到了面對我所犯下的罪孽的時候了。」

余凱琳突然覺得他有些可憐，畢竟，這是她深愛過的男人，淚水從眼眶中滾落下來，「如果你肯真心懺悔、好好服刑……也許，我會等你的……」

黎昕驚喜地抬起頭，「真的嗎？凱琳，妳說的是真的？」

「嗯，真的。」余凱琳深深地點頭。

黎昕露出如釋重負的表情，「這樣的話，我就沒有什麼遺憾和不捨了。」說罷掏出手機，遞給余凱琳，「報警吧。」

余凱琳接過手機，心中滿是感動，望著黎昕，投去讚許的目光。

然而，就在她將手機鍵盤解鎖，剛剛按下一一〇，還沒來得及撥打出去，一條皮帶套到了她的脖子上，迅速勒緊。

「凱琳，原諒我。」黎昕的手向兩邊拉扯著皮帶，「我愛妳，真的很愛妳，但我不能讓妳毀了我！」

余凱琳雙手扣住皮帶，卻無法減弱那股足以奪去生命的力量。喉嚨發出乾澀的聲音，白皙的臉憋成了醬紫色，眼看著就要窒息了。

砰！一聲巨響，房門被撞開，一個年輕的警察衝進來，舉著手槍大喝道：「住手，否則開槍了！」

黎昕大驚失色，趕緊鬆手。余凱琳猛地回過氣來，捂著脖子不住地乾咳，跨進鬼門關的一條腿又收了回來。

葉磊逼近黎昕，命令道：「雙手抱在頭上，蹲下去！」

其實不用他下這道命令，黎昕已經嚇得腳軟了，自然而然就癱了下去。

余凱琳虛弱地挪動腳步，走到葉磊身邊，回頭瞥了黎昕一眼，眼神中的憤怒與絕望，令這卑鄙的男人不寒而慄。

葉磊用手銬將黎昕銬在床邊，摸出手機打通了隊長的電話，「頭兒，案子有結果了。那個叫黎昕的男人，果真與殺人碎屍案有關。」

「太好了！」電話那頭的霍文喊道：「在哪裡？我馬上過來！」

葉磊告知地點，掛了電話，望著余凱琳，笑了一下，「妳是不是覺得很湊巧，我怎麼會剛好在妳要被殺害的時候趕到？」

余凱琳困惑地望著年輕英俊的警察，吃力地點了一下頭。

葉磊指著黎昕說：「這個男人是警方的懷疑對象之一，這段時間，我們一直在暗中進行監視。可惜的是，昨天晚上因爲一個任務，不得不暫時停止對他的監視，否則昨晚就該抓到他了。」

「今天早上，在一個垃圾場裡，又發現了一部分碎屍。我們立刻對懷疑對象展開更密切的監視，我負責跟蹤這傢伙。見他上樓來，許久沒有再出現，猜想可能發生了什麼事，我就跟著進來，湊巧在門口聽到了妳和他的對話。眞該感謝這棟隔音效果奇差的老房子，讓我把所有的情況都了解清楚了。」

余凱琳恍然大悟，明白了這警察爲何能及時救下自己。而今天早上發現的碎屍，毫無疑問，那是韋雋昨晚「跑步」時做的好事。

十多分鐘後，霍文帶著兩個警察趕來，在韋雋的冰箱裡，剩下的兩部分屍體被找到。余凱琳將作爲證據的監視影像提供給警方，鑑於她協助破案有功，霍文沒有追究她私自安裝針孔攝影機的事。本案主犯已死、從犯被捕，宣告偵破。

尾聲

幾天後，駭人聽聞的連續殺人碎屍案終於不再躲躲藏藏、遮遮掩掩，整起案件堂而皇之地登上了各大報紙的頭版頭條。只是，人們不會想到，在他們驚駭地談論這起可怕事件的同時，他們口中那經過化名的女主角，已經靜悄悄地離開了這座帶給了她無盡傷痛記憶的城市。

懷著無法消退的心寒與顫慄，疲憊的單身女人辭去了工作，和唯一的好友告別，坐上了清晨最早的一班特快列車。

她躺在臥鋪車廂裡，感覺眞的好累好累。厭倦了繼續當一個異地飄流、無處依歸的房客，現在她要回去了。她的目的地不再是一個「住所」，而是可以眞心信任的「家」。

第五個故事之後

暗火的故事講完了。實際上，他在講的過程中就有所察覺，聽眾的表情看起來不大對勁，他們的眼睛越瞪越大，有的甚至就是瞠目結舌。現在，他終於可以問了，「你們怎麼了？爲什麼都瞪著我？」

其實，聽故事的人也和講述者一樣，幾乎想在中途就打斷故事，告訴他一件重要的事，但出於禮節或驚訝，他們都沒有開口（況且開口也遲了）。此時終於不用再忍耐了，好幾個人幾乎同時喊道：「暗火，你的故事犯規了！」

暗火的臉驟然變色，本來他還以爲他們出現這種表情，是因爲過於投入故事情節，如今這一句話，猶如悍雷轟頂，把他震驚得說不出話來。過了好一陣子，他才駭然問道：「你們說的是什麼意思？我怎麼犯規了？」

千秋顯得有些焦急，「你難道沒聽到早上我們在談論什麼嗎？說的就是你故事中出現的內容呀！」

龍馬提醒千秋，「妳忘了嗎？整個白天，暗火都沒有下樓來！」

千秋啊地叫了一聲。

「看來他沒有聽到那個聲音。」歌特說。

暗火望了他們幾眼，大吼道：「別在那裡打啞謎了，到底是怎麼回事？你們告訴我，爲什麼我的故事犯規了？」

「冷靜一點，暗火。」南天對他說，「是這樣的，半夜裡，我們起碼有七個人都聽到大廳裡傳來跑步的聲音，腳步聲時快時慢，然後突然停止——和你剛才所講那個故事的橋段相似。」

暗火面色蠟白、張口結舌，眼睛幾乎都要瞪裂，難以置信地問道：「有這樣的事？爲什麼你們沒有人告訴我？」

「你整個白天都沒有下來，臨近七點鐘的時候才走出房門，根本沒時間告訴你什麼。」紗嘉無奈地說：「再說了，我們怎麼會想到你的故事剛好和夜裡發生的事類似？」

「終於說到重點了。」年輕而冷靜的聲音來自克里斯，「爲什麼暗火的故事會和現實狀況出現驚人的重合？你們不會認爲這是巧合吧？」

「沒錯，這不可能是巧合。」萊克擦了一把冷汗，「半夜的事，簡直就像是爲了陷害暗火才發生的，眞是見鬼了！」

「但如果是這樣，有些說不通。」克里斯搖頭，「我們十三個人中，有七個人聽到了那聲音，另外六個人表示沒有聽到。假如有人要故意陷害暗火，這會引發兩個問題：第一，那個人怎麼知道暗火的故事會出現類似的情節？第二，如果暗火在昨晚聽到那個聲音，肯定就不會在故事中設定這種情節。那個人怎麼能肯定暗火一定聽不到？」

「照你這麼說，不是有人在故意陷害暗火，但你又說絕不會是巧合。那我就想聽聽你的分析了，你認為這是怎麼回事，小天才？」荒木舟挑釁地望著克里斯。

克里斯轉動著眼珠，問道：「暗火，你睡覺睡得沉嗎？」

「一般吧。」暗火顯得焦慮不安，「如果聲音比較大，我應該能聽到。」

「故事中的角色會在晚上慢跑，或者說製造出慢跑的聲音——你是怎麼想到這種情節的？」

聽克里斯這樣問，暗火張大了嘴，像是想起了非常重要的事，「對了！我會想出這樣的情節，是因為受到昨晚做的那個夢的啓發！」

克里斯緊盯著暗火的眼睛，抓住這重要線索，「你做了一個什麼樣的夢？」

暗火仔細回想著，「沒有具體內容，就是由一些荒誕不經的片段組成。只是，夢境中有在深夜跑步這樣的情節。我醒來後覺得這個點子很好，就根據這個創作了一個故事。」

「在你的夢中，是誰在深夜裡跑步？」

「……好像就是我自己。」

「你做的夢，醒來後都能夠記得起絕大多數的內容？」

「基本上都能。」

「你以前有過類似的情況嗎？我是說，你以前會不會將夢境中的內容寫成小說？」

暗火點頭，「實際上，這算是我的一個特殊習慣。我總是能清楚記得夢境的內容，又時常會做一些能夠提供靈感的夢，我的好幾部小說，都是這樣創作出來的。」

克里斯頓了幾秒，提出一個震驚四座的問題，「你以前有過夢遊的經歷嗎？」

所有人都大吃一驚，暗火尤其驚駭得無以復加，「你這麼問的意思是……你認為夜裡是我……」

克里斯依舊凝視著他的雙眼，「你認為呢？有這種可能性嗎？」

「不可能！」暗火叫道：「我從來沒有夢遊過！」

大廳裡沉寂了幾秒，夏侯申乾咳了一聲，「我以前在一本書上看到過，有些人在正常情況下不會夢遊，但若身處某種特殊環境，或者是遭遇到某些特殊狀況，也許就會夢遊，而他本人毫不知情。」

暗火有些惱怒地回應道：「我有沒有夢遊，我自己清楚！」

「問題是，你怎麼能如此確定你沒有夢遊？」龍馬說：「據我所知，夢遊的人除非被驚醒，否則都不知道自己夢遊過。」

暗火微微張了張嘴，顯得欲言又止，眉頭皺攏，緊緊咬著下嘴唇，似乎內心在激烈掙扎著什麼。好一會兒過後，他才緩慢地吐出一句話，「實際上，我如此清楚自己絕對沒有夢遊，是因為……有人能幫我證明這一點。」

這話令大家都一怔，北斗好奇地問道：「誰能證明？」

暗火沉默了，眼光迅速地在衆人中掃視一遍，顯然是在暗中搜索和觀察那個能爲他做「證明」的人。但那人沒有站出來，他也沒有進一步指出那是誰——毫無疑問，這裡面有隱情。

大概過了一分鐘，千秋打破沉默，「既然暗火不願說，我們就別追究這件事了。他說自己沒有夢遊，那就是沒有吧。」

白鯨笑道：「奇怪了，所有人都不承認夜裡下樓來走動過，總不會是鬧鬼吧？」

「有人在搞鬼還差不多。」龍馬說：「我們當中很明顯有人沒說實話。」

「其實在這種詭異的地方，就算眞的鬧鬼也不奇怪。」夏侯申不以爲然。

紗嘉抱著肩膀哆嗦了一下，「夏侯先生，別說這種話，本來就夠嚇人的了。」除了她，另外幾個人也露出恐懼不安的神情。

暗火站起身來，「我要回房間去休息了。」

「等等！還沒評分呢。」南天提醒道。

「算了吧，不用評了。」暗火丟下一句話，逕自上樓。看得出來，他沒心思關心這個問題了。

衆人目送他離開，之後也都散了，這件事只能不了了之。所有一切都顯得那麼可疑和離奇，唯一可以肯定的是，又增加了一個莫名其妙的「犯規者」。

02

深夜，暗火不安地在屋內踱步，違反遊戲規則令他神經緊繃，難以入眠。一些想不通的問題也困擾著他。

昨天晚上，他和某個人在一起。

這件事，只有他和那個人才知道。

現在回想起來，他認爲這裡面有詐。那個人接近他，會不會是爲了達到某種目的？也許就是爲了陷害他！

但是——他緊皺眉頭，不由自主地搖起頭來——這不可能，自己和那個人大半夜都在一起。假如眞的有人在深夜出來走動，顯然不會是他們兩個人之中的任何一個。

難不成，眞的是我在夢遊？他懷疑起自己來了。隨即想到，若是如此，和他在一起的那個人不可能不知道。

該死的！這究竟是怎麼回事？他焦急地抓耳撓腮，爲這些琢磨不透的事感到煩躁不安。

就在這時，樓下傳來一陣輕微的腳步聲。他的身體一下繃緊了，全身的汗毛連根豎起，迅速地意識到了一件事。

半夜在樓下走動的人，的確不是自己！

那麼，這個人是誰呢？

答案就在門外。

腳步聲還在，只要打開門出去，就能立刻知道這是怎麼回事。同時，也能向其他人證明，自己確實沒有夢遊。

暗火緊張得心臟狂跳，他告訴自己，必須冷靜下來，這有可能是個圈套！暗夜中恐怖的腳步聲，聽起來就像是幽魂，意圖引人步入地獄，充滿危險的氣息和死亡的信號。現在跑出去，有可能揭開謎底，也有可能命喪黃泉。

沒有多少猶豫的時間，暗火心裡清楚，腳步聲不會持續太久。最後，他做出決定——豁出去了！就算冒著生命危險，他也必須弄清楚這是怎麼一回事！

房門被打開，那聲音愈加明顯，就像是一記一記的重錘，敲擊著暗火的心臟。他能明顯地判斷出，腳步聲就在樓下，準確地說，就在自己所站位置的正下方。

打開的房門透出微弱的光，多少將漆黑的大廳照亮了一些。暗火的眼睛也逐漸適應了黑暗，警覺地環顧四周，沒有看到除了他之外的其他人從房間裡出來。

這些膽小鬼！他在心中罵道，眼睛緊盯著樓下。然而，發出腳步聲的人就像在跟他玩捉迷藏一樣，躲在正下方不現身。他既焦急又恐懼，偏偏無可奈何。

突然，腳步聲的行進方向發生了一些改變，似乎……在朝樓梯走來。

他的心攥緊了，自己的房間剛好就在右側樓梯口邊，那恐怖的腳步聲正在向他靠近。一步一步，聲音越來越近了。暗火驚恐地判斷著，再過最多十秒鐘，那個人就會進入他的視線。

暗火從沒有像此刻這樣緊張過，他拚命克制著，不讓自己叫喊或嘔吐出來，甚至想立刻狂奔回房間，像縮頭烏龜一樣躲起來。但恐怕已經遲了，他因爲劇烈的恐懼而全身癱軟，幾乎無法調動身體。

那個人馬上就要現身了，腳步聲卻驟然停止。

暗火的心臟也暫時停止了跳動。

幾秒鐘後，腳步聲再次響起，聽起來，好像是在朝反方向走。

暗火不明白這是怎麼回事。如果他還保持著思考能力的話，唯一能想到的就是——那個「聲音」感覺到了樓梯口有人，不願暴露身分，於是選擇掉頭往回走。

暗火沒有勇氣追過去看，反而鬆了口氣，接著想到了什麼，快步走到二樓走廊中間，向下方望去。

他沒有判斷錯，這個角度剛好能看見那個人！而他所看到的，恐怕是一生中最詭譎的畫面——一個背對著他的人，垂著腦袋，在黑暗中緩慢地向前行走。走到一處完全無光的陰暗角落，腳步聲停止了，「人」隨即像鬼魂一樣消失。

暗火再也控制不住了，一刻也不能再待在這個恐怖的走廊中！全身的雞皮疙瘩都在命令他立刻返回房間，那個暫時的庇護所。

將房門鎖好，仍感到心有餘悸，這時才發現衣服已經被冷汗浸透了。好幾分鐘過去後，總算停止打顫，取回自控力和思考能力。

方才看到的那個人影，即便不是鬼魂，也是一個比鬼魂好不到哪兒去的恐怖怪人。就像鐘樓怪人或歌劇院怪人那樣的角色，除非到了最後滅亡的一刻，否則不會正面現身。所以，沒有看到，或者說看清對方的面貌，並不是自己的錯。

不過，也不是完全沒有收穫。黑暗中，雖然連那個人的性別也無法判斷，但看見了那傢伙穿的衣服的款式——那人穿著一件襯衫，衣領是立起來的。能確定這一點，是因為他從背後見不到那人的脖子，只看得到立起來的衣領。

這是一個重要的發現。

我知道明天該怎麼辦了，他暗忖。

第六天

第二天一早，暗火下來得比誰都早。儘管沒有睡好，眼睛佈滿血絲，卻精神十足。信念是一種強大的力量，尤其是活下去和重獲自由的信念，更是無與倫比的精神力，能支撐一個人在逆境中做任何事。

作家們陸續起床了，從樓上下來，到一樓大廳來拿早餐。令暗火感到奇怪的是，竟然沒有人提到那恐怖的腳步聲。該死的，難道這次只有我一個人聽到？他忐忑起來。

還好，歌特的出現讓暗火鬆了口氣，「你們聽到了嗎？」他慌慌張張地從樓梯上走下來，「神秘的腳步聲又出現了！」

現在大廳裡已經有十個人了，除了暗火，其他人都在搖頭。

夏侯申說：「爲什麼我一次都聽不到你們說的這鬼聲音？」

「這次聲音變得比較小，如果睡得沉，也許就聽不到。但我敢保證，它眞的出現了！」歌特強調道。

「我就是那個睡得死的人。」北斗遺憾地說：「眞是可惜，我也一次都沒聽到，不然一定會打開門來看個究竟。」

歌特大概認爲北斗這話是在譏諷他膽小，有些不悅地道：「你是沒有聽到，所以不曉得那怪聲音在三更半夜裡聽起來有多麼令人毛骨悚然。要是你膽子夠大，今天晚上就守在這一樓大廳裡，看看究竟是誰在搞鬼吧。我猜它還會出現。」

北斗不說話了。

南天夜裡也沒有聽到那奇怪的腳步聲。本以爲這種事只會出現一次，沒料到還會持續發生。現在，他和好幾個人的目光都不由自主地瞄向暗火，沒有忘記那個關於夢遊的假想。

暗火心中十分清楚，他完全可以理直氣壯地告訴衆人，深夜走動的人不是他。因爲他打開門看到了那個人，還記住了那人的某個特徵。

可正因如此，他選擇保持緘默。相對於洗清衆人的懷疑和猜測，他有著更重要的目的。此刻，他假裝沒有看到他們寫滿詢問和質疑的視線，故作隨意地繞開，像是要到櫃子那裡去拿東西吃。實際上，他是繞到每個人的身後，觀察他們的背影和衣服。

從剛才起，他就開始這樣做了。令他感到詫異的是，沒發現任何人的衣服和「神秘夜行人」相似。

更讓他感覺奇怪的是，看到那個人的衣服後，一直有種熟悉的感覺——穿這件衣服的人他一定見過！所以他敢肯定，這個人就在他們中間！

然而，事實令暗火無比沮喪，他的細心觀察一直持續到了下午六點半，所有人的背影和衣服都被暗中察看了好幾十遍，仍然沒能找出「那個人」。心中的那種熟悉感偏偏更加明顯了，他愈發感到這個人就在身邊，可就是無法肯定那是誰。

這種矛盾感簡直令他抓狂。

七點鐘到了，暗火還是無法判定，只有暫時放棄，和大家圍坐在一起。今天晚上的遊戲開始了。

龍馬是今晚的主角，他顯出一副胸有成竹的模樣。像一個經驗十足的演講者一樣端視眾人，露出自信的微笑。這種態度，讓在場的衆位作家很明顯地感覺到，他接下來要講的，是一個異常精采的故事。

「希望我的故事能帶給諸位某種『啓示』。」龍馬以這句話作爲開場白，「我寫的每一本書，創作的每一個故事，都希望讀者在享受情節的同時，能更多地關注故事所要表達的深意。」

「你指的是哪方面的啓示？」白鯨好奇地問。

「聽了就知道了。」龍馬神秘地一笑，令人琢磨不透，「我開始講了，故事的名字叫做『活死人法案』。」

第六天晚上的故事：

活死人法案

楔子

二〇六X年四月八日，復活節當天，美國亞特蘭大市有數萬人聚集在議會大廈前方，將馬路堵得水洩不通。人們高舉各種標牌和橫幅，高聲吶喊，要求州政府「恢復個人自主變成活死人的權利」。

同一天，比利時的布魯塞爾大廣場和捷克的布拉格廣場，也史無前例地聚集了成千上萬的人。這些人顯然不是遊客，他們舉著各式各樣的牌子，牌子上寫著「我的身體自己做主」、「讓活死人到我們中間來」、「我是活死人，把我帶走」等等。

二〇六X年五月一日，要求政府擬定順應民意的「活死人法案」的萬人大遊行再次於各地爆發，這次的規模是全球性的——莫斯科紅場、布宜諾斯艾利斯五月廣場、東京新宿大街、紐約時代廣場、香港中環、哥本哈根國王新廣場、聖地牙哥憲法廣場……範圍廣及全世界。

除了民眾的遊行，一些世界著名的組織，包括宗教領導人，也紛紛搶佔各自的位置。梵蒂岡在歷史上的科學爭論中總是站錯方向，這次則表現得十分謹慎，尚未公開表示意見，只說教宗很快會就此問題發表談話。

與此形成對比，聖地耶路撒冷的猶太教徒和伊斯蘭教徒，居然在這一問題上達成了共識，兩種宗教的代表於不同場合宣稱：「如果活死人是上帝（阿拉）指引我們的方向，那我們就應該順從上帝（阿拉）的安排。」

此後，一個印度教的領導人在加爾各答宣稱，擁護西方宗教所表示出來的態度。他的發言被國外媒體指出，有可能來源於印度國內的一些壓力。因爲在新德里、孟買和班加羅爾，都出現了不同規模的遊行示威。民衆的呼聲除了要求設立活死人法案，還要求政府將隔離關押的活死人釋放。遊行者披著袍子、舉著蠟燭，還有些跪在地上高喊口號：「活死人是我們的親人，他們要回家。」

鑑於各地民衆施加的壓力和各派宗教所表示出的明顯傾向，美國白宮發言人表示，民衆要給政府一些時間，畢竟要通過這樣一個關係到全人類（考慮到美國可能對世界其他國家造成的影響）的重大法案，不是輕易就能做出決定的，需要經過多方協商。

很顯然，這個世界瘋了——這是我爸爸經常掛在嘴邊的一句話。

作爲著名社會心理學家和法律學家的兒子，我多少繼承了一些理性分析事物的能力，這是我能坐在這裡平靜敘述這些瘋狂事情的原因。我的語氣聽起來可能讓人覺得有些老成，但是我得聲明，我才十七歲，是一個高二學生，生活在——用我朋友馮倫的話說——「喪屍時代」。

活死人（也有些人稱為喪屍，比如馮倫這種喪屍迷）這種新事物是在大概五年前出現的。那時我剛剛從小學畢業，享受著愉快的暑假。一天傍晚，我在家裡的電視上看到一則新聞報導，說墨西哥的一個城市馬德拉，出現了一種奇怪的病毒，將人致死後，居然能在幾個小時內使那人神奇地「活」過來。儘管從生理學上來說，那不能算是一個活人了。因為「他」心跳停止，腦活動也終止，不具備任何生命體徵。恐怖的是，「他」能下地走動，並做出一些簡單的動作。醫院的工作人員從沒遇過這樣的怪事，全都嚇得驚恐萬分、一籌莫展。最後這個神奇「復活」的病人被隔離關閉起來，等待醫學專家的進一步研究。由於染上這種病毒的狀況跟文學和影視作品中出現的活死人類似，墨西哥的那家醫院將這種病毒命名為「活死人病毒」，英文稱為「solanum」，並且一直沿用至今。

這則新聞的內容大致如此。你可以想像，它帶給我，以及全世界數億觀眾怎樣的震撼。但震驚遠不止如此，真正令世界為之瘋狂的，是接下來一連串的事件發展。幾乎在幾天之內，美國、中國、南非、韓國、埃及、澳大利亞、德國……各個國家的不同地區，紛紛發現這種奇特的病例。似乎一瞬間，病毒就蔓延到了世界各地。

但這是不可能的，沒有什麼病毒能於幾天內跨越五大洲，甚至跑遍全球。這種現象只能證明一點：喪屍病毒並非是從墨西哥傳播擴散開來，而是同時滋生於全世界。至於它為什麼會突然出現，直至現今都是謎。

顯然，在這件事的發展初期，世界一片驚駭和恐慌。就如歷史上爆發過的數次瘟疫，人們誠惶誠恐，避之唯恐不及。宗教信仰者宣稱審判日終於來臨，活死人的出現是上帝給予人類的終極懲罰。

令全世界都意想不到的是，大概半年之後，事態發生了戲劇化的轉變。接連發生的幾起事件，使人們漸漸覺得，活死人病毒也許不是上帝的懲罰，而是上帝賜予人類的禮物。

第一件影響巨大的事件是，瑞典皇家科學院公佈了他們研究六個月的結果。研究報告表示，solanum病毒的感染方式爲血液和體液傳播，也就是說，只與活死人進行正常的交流和接觸，並不會被感染。尤其重要的一點是，活死人不會像恐怖電影描述的那樣襲擊人類，把更多的人變成他們的同類——這類電影中的經典設定純粹源自過度發達的想像力。科學家們在長達半年的時間裡與活死人密切接觸，發現他們是完全不具備危險性的，甚至，報告中以一種明顯戲謔的口吻聲稱，和他們在一起，可能比與一般的人類相處更加安全，畢竟正常人類中還有騙子、強盜、殺人犯等危險角色。而活死人就如小動物一樣溫順。

另外，這項對活死人的研究，透露出一些令人感興趣的細節，這些細節成爲人們重新看待活死人的關鍵。

第一、活死人身體內的消化系統和循環系統是無用的。這意味著，一個活死人不用進食也能「存活」。

第二、活死人不會表現出任何人類生活中的物質需求，好比饑餓、渴、疲憊等等，可以被視作完完全全自給自足的生物。

第三、活死人沒有痛覺，不會受到疾病和痛苦的侵擾。

第四、活死人並非像剛開始出現時人們認爲的那樣，完全沒有腦活動和思維。事實上，他們的大腦保留了一些和低等動物相似的思考，能做出一些本能的反應。比如被呼喚的時候，會做出轉身等簡單動作。

本來，我猜想，瑞典皇家科學院公佈這些研究成果的初衷，是想消除人們對於活死人以及solanum病毒的恐慌。不想一些人在此基礎上，做出了一種極端的理解。他們認為，活死人的出現，從某種角度實現了人類一直以來不斷追求的三大夢想：

一、長生不老。

二、不吃飯也能活。

三、擺脫病痛。

於是，大概在solanum病毒出現的一年之後，世界迎來了第一個主動變成活死人的人。突尼斯的一個愛滋病患者，因為無法忍受絕症對身體和心靈帶來的雙重折磨，加上無力承擔巨額醫療費用，主動接觸一個感染了solanum病毒的女人（當時這女人體內的病毒還處在潛伏期，尚未變成活死人），與其發生性行為後，他成功地感染上喪屍病毒。一段時間後，這個愛滋病患者變成了活死人，徹底地擺脫了病痛的折磨，轉換成另一種新的生命形式。據媒體的追蹤報導，現在已經過去五年了，他還「活」得好好的。

這件事在全世界範圍內引起了軒然大波，一些和這個突尼斯人有著類似遭遇的人獲得了某種啓示：與其忍受生命中的種種痛苦，不如以此種方式解脫，從另一個角度取得「永生」。

新的一批主動變成活死人的人類，就這樣接二連三地產生。

日本的一個高中生，因為接連三年考試落榜，再加上和女友感情破裂，喪失了活下去的信念。本來想要自殺的他，採取了「折衷」的方法，找到一個活死人病毒感染者，抽取他的血液，注射進自己體內。

保加利亞的一個商人，因公司破產而欠下高額債務，選擇以變成活死人的方式來逃避負債。

最糟的是埃塞俄比亞的一家人。一家四口居然集體變成了活死人，原因只有一個——太過貧窮了。在長期缺乏食物的情況下，乾脆選擇永遠不吃飯。據說，這家人千辛萬苦找到當地的一個活死人後，表現得異常激動，爲即將迎來的新生歡呼雀躍。

一開始，選擇主動變成活死人的，都是有著某種悲慘和痛苦經歷的人。後來，一些生活優裕、甚至是令人稱羨的人，竟然也以旁人難以理解的、莫名其妙的理由，加入了活死人的陣營。

英國一個七十多歲的億萬富翁，意識到在人世的日子也許不久了。他以前就幻想著和自己的莊園與財富永遠廝守在一起，很明顯，活死人的出現，讓他找到了實現夢想的唯一方法。

這個富翁的想法我尚能理解，至於巴西那個著名女模特兒的想法，我實在是難以接受。她才三十七歲，沒有任何疾病，選擇變成活死人的唯一理由，是要永遠留住自己的美貌。在此之前，她曾經在電視節目上說過，這輩子最無法忍受的一件事，就是看著自己日益衰老。只要能保住美麗的樣貌，變成活死人，又有什麼關係呢？

類似的例子太多了，無法一一列舉。從第一個主動變成活死人的那個突尼斯人開始，全世界有成千上萬的人相繼加入這個行列。毫無疑問，各個國家的政府首腦都慌了。他們發現自發變成活死人的勢頭有一發不可收拾的趨勢，意識到必須採取強制措施來控制事態的發展，誰都不想看到自己的國家因爲活死人的逐漸增多而陷入癱瘓。

於是，各國都採取了相應的限制活死人增加的強制手段。各種武裝力量將國內的所有活死人——包括感染上喪屍病毒，還沒有變成活死人的人（solanum病毒有一定的潛伏期），全部集中隔離、關閉起來，使人們無法接觸到他們。但此舉顯得太過專制強橫，激起民憤，所以出現後來國際上一連串的大型遊行示威活動。

現在，全世界的國家都面臨著這個問題：政府必須制定出一套針對活死人的政策或法律。擺在當局面前的難題，是如何在掌控和妥協之間做出權衡。

說了這麼大一通關於這個時代和世界的整體狀況，我該把話題縮小，回到自己身上。

我生活在中國，北京。

我生在學者之家，父親是著名的社會心理學家和人類學家，母親是著名的法律學家，兩個人都是學術界舉足輕重的人物。我還有個哥哥，是國內某一流大學的研究生，專攻生物學，論文已經完成，這個學期就要畢業了。

我這麼說，也許你還沒能意識到這個家庭的特殊之處，那就讓我說明白一點吧！中國是否要建立《活死人法案》，或者說，這套律法的內容和規定究竟如何，我父母的意見可謂舉足輕重。

我父親常說，這個世界已經瘋了——透過這句話，不難看出他的傾向。沒錯，他是一個堅決反對人類變成活死人的人。在他的影響下，我和母親、哥哥也對這件事持否定態度。

我父親認爲，人不管處於何種逆境，都應該保持作爲「人」最基本的人性和尊嚴。變成活死人，固然擺脫了一些痛苦和困擾，但同時也失去了作爲人的樂趣和意義。從那一刻起，就不能再算是一個人，而是一種退化了的低等動物——那是一種應該受到鄙夷的生存狀態。

而且，他還有一種理論，或者說是預感。這話他只在家裡跟我們說起過，從未於任何公開場合發表，害怕這番言論會引起社會恐慌。

我父親認爲，活死人的出現在目前來看，似乎沒有造成什麼危害或混亂，甚至還被某些處於困境中的人視爲福音。但，他隱隱覺得這只是序曲，是某種毀滅性的大災難來臨之前的短暫安寧，就如暴風雨之前的平靜。

說實話，我不明白父親的這種擔憂有何來源或根據。甚至，我不關心未來會不會發生什麼大災難或可怕的事，我關心的只有一樣：我自己。

有一個秘密，我瞞著我的家人已經好幾天了。

前天吃晚飯的時候，我在飯桌上假裝隨意地問起一個問題：活死人生存在這個世界上，究竟是什麼樣的感覺？

我父親回答說，這個問題毫無意義，就像你試圖去體會一隻金魚或是一隻螞蟻（他首先說的是一隻狗，後來改成螞蟻，可能他覺得狗比活死人還要高級些）的生活一樣，是根本不可能的。我母親則簡短地回答說不知道。而我哥哥當時正忙著用手機上網，根本沒有聽到我的問題。

他們都沒有意識到，我問這個問題不是無聊，也不是好奇，更不是沒有意義。事實上，我在問的當下，心中恐懼極了。這問題與我未來的命運切切相關。

也許，幾天或十幾天之後，我就會變成一個活死人了……

1

冰淇淋店裡的意外發現

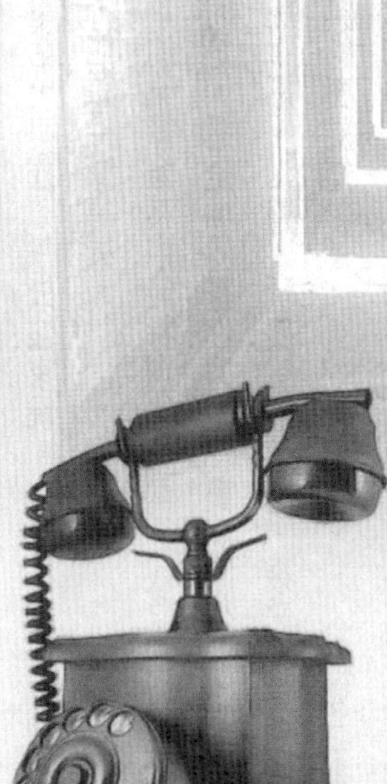

事情得從上個星期天說起。

那天中午，我接到馮倫打來的電話，叫我下午去他家玩。當時我正在家裡待得無聊，告訴他不用下午，現在就可以過去。他顯得很高興。

作爲我僅有的幾個好朋友之一，馮倫算是其中最特別的一個。我之前也提到了，他是一個不折不扣的喪屍迷。我要強調的是，這是世界還沒迎來「喪屍時代」之前就已經確定的事。在我的印象中，他除了看喪屍電影、漫畫、玩喪屍類遊戲，幾乎沒有別的娛樂。在他的強烈推薦下，我也看了不少經典的喪屍電影：《活死人黎明》、《驚變二十八天》、《行屍走肉》、《我是傳奇》等等。當然也看了不少爛片，片名就不列舉了。和馮倫不同的是，不管看得再多，我只會把這當成消遣，不會像他那樣熱愛。我一直不明白，喪屍這種噁心的東西，怎麼可能令人如此著迷？也許是家庭背景影響，我從小受到的正統教育，大概只允許我喜歡《海上鋼琴師》和《朗讀者》這一類格調高雅的影片。

可以想像，像馮倫這樣的人，發現自己眞的迎來了喪屍時代，會激動成什麼樣子。那種感覺簡直就像是一個瘋狂迷戀電影的人，一覺醒來後竟發現自己置身好萊塢。我至今仍能回憶起五年前馮倫那欣喜若狂（我實在難以理解他在高興什麼）的模樣。

但有一件事，似乎是上天在故意跟他作對。五年多了，馮倫始終不曾看到眞正的活死人（電視裡的不算）。當然，我也沒看過。不同的是，我覺得這是一種幸運，他卻覺得是種莫大的遺憾，經常在我耳邊抱怨。

這並不奇怪，我之前也說了，政府對活死人的控制和防範簡直超過了一切。只要某地出現一個哪怕是具有一點喪屍病毒特徵的疑似病例，那個人都會立刻消失在公衆視線範圍內。至於能不能回來，得看那傢伙是不是眞的染上病毒。所以說，儘管我們生活在喪屍時代，但要在大街上碰到一個眞正的喪屍，機率簡直比出門打醬油遇到布萊德．彼特還要低。

思忖這些的時候，我已經來到馮倫家所在的社區門口了。他家離我家很近，拐過幾個街口就到，我倆經常互相串門，彼此都是對方家中的常客。

馮倫的家就在一樓，我按響門鈴，很快聽到房間裡傳出回應，「門沒鎖，你推門進來就行了。」

我進入他家的門廳，自己從鞋櫃裡拿出一雙拖鞋換上，我們之間的拜訪一向如此隨便。

走進客廳，我看到馮倫光著膀子，盤腿坐在地板上，正玩著Xbox上的一款遊戲《喪屍圍城三》，我翻了個白眼，這小子的娛樂方式眞的沒有半點新意可言。可話說回來，要是哪天我到他家來玩，發現他正捧著一本《雙城記》在閱讀，反而會被嚇一跳，認爲他本人被綁架了，眼前是一個幻覺。

馮倫轉身跟我打招呼，「洛晨，你來啦！」

我環顧這座裝潢華麗的豪宅，「你爸媽呢？又不在家？」

「他們一天到晚都不在家，眞不曉得到底在忙些什麼。」馮倫聳了下肩膀，「不過，這樣也好，自在些。」

馮倫的父親是一家貿易公司的老總，生意做得很大，經常在外應酬。他媽媽擔任分公司的總經理，也沒多少時間待在家裡。馮倫早就習慣這種生活了，比一般的十七歲少年要獨立自主得多。

他父母不知道是想從物質上彌補一下兒子，還是確實太不把錢當錢了，給他辦了幾張提款卡和信用卡，金額超出一般高中生的想像。說實話，我多少還是有點羨慕的，但我爸爸曾多次私下表示對這種教育方式不敢苟同。

「你要玩嗎？」馮倫把無線手柄遞給我。

「我不會玩，還是看你玩吧。有水嗎？渴死了。」

「冰箱裡有可樂和啤酒，要喝什麼自己拿吧。」

我拿了幾罐冰鎮的鳳梨啤酒出來，呷了一口，冰爽的滋味沁人心脾。其實，我平時是完全不喝酒的，可不知道爲什麼，在馮倫家中，總是覺得應該讓自己放縱一些。

我坐到馮倫身邊，一邊喝啤酒，一邊看電視螢幕。一批批向主角襲擊而來的喪屍被槍爆頭，解決得可謂乾淨俐落。嫻熟的技術顯示操縱者對遊戲早已駕輕就熟。

看了一陣子，我忍不住問道：「有意思嗎？」

馮倫按了手柄上的暫停鍵，扭頭望著我，「沒意思，眞沒意思。這遊戲我都不知道通關多少遍了。」

「那你還玩？」

馮倫歎了口氣，「沒辦法，現在又沒出新的喪屍遊戲。電影也是，好像這類題材已經很難有突破了。」

「我猜是因爲現實中出現喪屍後，大家就不想再在虛構的世界中看到這類東西了。」

「也許吧。」他頓了一會兒，「要是我能生活在遊戲中的世界就好了。」

我盯著他的眼睛，提醒道：「你本來就生活在這樣的世界裡。」

馮倫晃了晃腦袋，表示我沒懂他的意思，「我一開始也這麼認爲，可如今我算是明白了，現實中的喪屍跟遊戲和電影裡的根本就不是一回事。他們既不會襲擊人類，也不會出現在大街小巷嚇人，眞是沒勁。」

我皺起眉頭，「難道你希望變成那樣？」

馮倫做了一個掄起球棒打喪屍頭的動作，「你不覺得那樣很刺激？」

「我只覺得很噁心。」

馮倫撇了下嘴，「你呀，眞是個書呆子。」說著捏起拳頭，鼓起手臂上的肌肉，「你應該像我一樣，渴望一場戰鬥。」

「是嗎？」我譏諷地道：「萬一有一天你變成了喪屍，衷心希望你還能夠保持這種想法。」

他托著下巴，似乎在思考我說的話。過了一會兒，回道：「說實話，眞的變成喪屍，感覺還挺酷的。」

我的表情一下嚴肅起來，「你不會是說眞的吧？」

馮倫盯著我看了幾秒，哈哈大笑，「當然不是了，我是開玩笑的！瞧你，怎麼這麼容易就當眞了？」

我有種被耍弄的感覺，又拿他無可奈何。

「好了，我們出去玩兒吧。我請客，怎麼樣？」馮倫拍著我的肩膀，從地上站起來，關閉電視和遊戲機。

「這麼熱的天，到哪兒去玩？」現在是六月，北京城就像一個大烤箱。

「找涼快的地方玩兒唄。」馮倫套上T恤，「走吧。」

出了門，我實在是想不出來可以到什麼地方去玩，總不可能我們兩個大男生去遊頤和園或紫禁城吧？本來以爲馮倫有什麼好提議，但我早該想到他是沒創意的人。結果是，我們從一個遊戲場所轉移到另一個更大的遊戲場所，在一家大型電玩城裡，白白浪費了一個多小時。

看著我垂頭喪氣地從電玩城出來，馮倫意識到他似乎安排了一個乏味的下午。爲了補償，又提議道：「我們去哈根達斯吧，我請你吃冰。」

哈根達斯？去那種地方會使我們看起來像一對好基友。不過，管他呢，這種奢侈的東西如果不是有富少請客，我才捨不得自己花錢去吃。既然他要當凱子，我憑什麼不去？

我們招了一輛計程車，來到充滿小資情趣的冰品店，在一張桌子前坐下來，馮倫對女服務生說：「來一份冰淇淋火鍋套餐。」

「兩個人吃得完嗎？」我問。

「吃得了多少算多少。」富少說。

過了一會兒，美味誘人的冰淇淋火鍋端到了面前。蘸著巧克力醬的可愛小雪球滑進嘴裡，我不得不承認，這確實是種絕妙的享受。

馮倫一眨眼就吞了好幾球冰淇淋，吃得十分過癮。我調侃道：「如果你變成喪屍，就沒法品嚐這些美味了。」

「沒錯。」對於這點，他深表同意，隨後補充道：「但我最在乎的不是這個。」

「那你在乎的是什麼？」我叉起一塊像小蛋糕一樣的雙色奶油冰淇淋，將它送進口中。

馮倫用手中的小叉子指了指我的斜後方，「在那兒。」

我扭頭望過去，看到靠窗的一張小桌子上，一個穿著短裙，露出一雙纖細修長玉腿的少女獨自坐在那邊，翹起蘭花指，優雅地吃著冰。

「噢！」我啞然失笑，「你這禽獸。」

「可別說你對美女沒興趣。」

在馮倫這樣的傢伙面前，我總是想盡力維持一種正人君子的形象，否則我們兩個都會被旁人當作紈褲子弟的代表，「我和你的本質區別就在於，我是用大腦思考問題，而你是用其他部分。」

「行了，別這麼一本正經的。」他完全被美女吸引了，居然沒聽出我話中的諷刺意味，低聲道：「我也不是色鬼，但這妞兒確實稱得上是極品。我敢說，她那雙腿，我們學校的女生無人能及。」

他的目光一直停留在美女的玉腿上，我不得不提醒道：「你能含蓄點嗎？這樣一直盯著人家看，要是被她注意到了，是很失禮的。」

「那有什麼關係？說不定她注意到我後，也會被我吸引。美女獨坐在哈根達斯這種地方，肯定是在等待一場浪漫的邂逅。」

我的天哪，我猜他心裡已經在幻想和這女生約會的畫面了。

爲了表示我和他不是同一類人，我趕緊把視線集中到與他完全相反的方向。然後，注意到那邊坐著一個我認識的人。

不一會兒，那美女果然察覺到馮倫對她「持之以恆」的關注。和設想的結果不同，她立即站起身，冷著臉走出店門。馮倫失望地歎了口氣，隨即發覺我目不轉睛地盯著斜前方，停止了對冰淇淋火鍋的蠶食鯨吞。

「喂，你不會也發現某個美女了吧？」他一邊說，一邊轉過頭，順著我的視線望過去，看向我一直注視的人。

那是一個四十多歲的中年男人，外貌和打扮毫不起眼。

「他是誰？」馮倫問道。

「我常去的一家書店的老闆。」

「你老盯著他幹什麼？」

「我覺得……他有些不對勁。」我遲疑著說。

「怎麼了？」馮倫又望了那男人一眼，他半垂著頭，面色蒼白、神情呆滯。

「剛才服務生過去問他要點什麼，他一句話都沒說，甚至望都沒望那服務生一眼，就這樣呆呆地坐著，已經好久了。」

「他是不是受什麼打擊了？你要過去打個招呼嗎？」

本來我是想這麼做的，但是此刻，我不得不把自己駭人的發現說出來，「他的樣子和平常差別很大，而且……如果我沒眼花的話……」

我停了下來，欲言又止。

馮倫似乎感覺到了什麼，臉色一下認真起來，「你觀察到什麼了？」

我嚥了口唾沫，「他好像……已經有好幾分鐘沒眨過眼睛了。」

2

跟蹤

我能感覺到馮倫的身體一下繃緊了，眼珠子倏然瞪大。我們倆對視了足足半分鐘，沒有說話。

「喂，洛晨……」馮倫終於開口，「你該不會是覺得……」

「我不曉得。」我惶恐地說：「應該不會有這麼湊巧的事吧？」

「沒錯，我們不會這樣容易就遇到一個眞正的……」他又扭頭望過去，身體微微顫抖。

我卻不得不朝那方面想，「知道嗎？我以前幾乎每天都會光顧他的書店。大概一個多月前，他的店就沒再開過門了，店面卻沒轉讓出去。我本來就感到有些奇怪，現在看到他這副樣子……」

「我的天哪！」馮倫低呼，「聽你這麼一說，我覺得完全可能就是那回事！」

我的後背慢慢沁出了冷汗，從來沒遇到過這種情況，不曉得該怎麼辦。這個書店老闆和我不僅僅是賣家與顧客之間的關係，他人很好，由於我經常光顧，總是主動打折不說，還時常請我在書店的休閒區看書品茶。我們都是愛書之人，很喜愛一起談論某本書中的精采章節，交換意見，就如忘年之交。現如今，我卻因爲懷疑他遭遇到了可怕的狀況，連招呼都不敢過去打一個——不僅是由於害怕，還擔心那恐怖的猜想得到證實。唯有心存僥倖，希望一切只是一場誤會。

就在思索這些的時候，哈根達斯的玻璃門被推開，兩個男人走了進來，一看就不像是來品嚐冰淇淋的。他們神色嚴肅，目光在店內迅速搜索，最後鎖定在書店老闆身上，一起走過去，試圖將他請出門。

我用「請」這個詞純屬諷刺。那兩個人各自抓住書店老闆的一隻胳膊，臉上假裝露出微笑，就像是日行一善的熱心青年扶老人家過馬路。這招騙得過店內的其他人，卻騙不了我，我知道他們在幹什麼。

馮倫也看出來了，驚慌地壓低聲音對我說：「喂，洛晨，看啊！他們要把他抓走了！」

我咬著嘴唇，目睹那幾個男人把我的朋友架走，感到無所適從。

馮倫忽然站起身，對我說：「我們跟上去看看！」

「有什麼意義嗎？」我茫然地問。

「當然有！」他的語速很快，像是害怕多說一會兒話就會把那幾個人給放跑，「我早就聽說了，北京城的邊緣，有一個集中關閉和研究活死人的秘密機構。那是政府機密，沒有人清楚具體的位置。我想，他們接下來就要把他帶到那個地方去。」

「你想幹什麼？」其實我已經猜到了。

「你不想知道那個神秘機構在哪裡嗎？你不想親眼看看活死人的聚集之地？」他激動得渾身發抖。

那兩個人帶著書店老闆走到門口了，我的心臟怦怦亂跳，但還保持著一分理性，「就算我們跟去了，也不可能看得到什麼，那裡又不是對外售票的動物園。」

「別管這麼多了，總之這種千載難逢的機會，我是不會放過的！」馮倫焦急地望著那幾人，「你要去嗎？」

聽上去他是無論如何都要去了，哪怕只有一個人。我短暫地猶豫了幾秒，站起來對他說：「走吧。」

不是爲了滿足好奇心，我關心的是，那些人要怎樣對待我的朋友。

我倆快步朝外面走，馮倫掏出幾張鈔票遞給女服務生，說了句不用找了。

來到門外，兩個男人把書店老闆帶上一輛黑色轎車，這情景讓我想起了電影裡美國中情局的行事風格。我們的運氣很好，那輛車還沒關上車門，馮倫已經招來了一輛計程車。

「跟著前面那輛車。」他對司機說。

我們的車一直緊跟著那輛黑色轎車。車子開了很久，出了六環路，直奔郊區。

行駛在郊區公路上，路面上的車輛和行人漸漸變少，馮倫這時彷彿意識到了什麼，對司機說：「保持一段距離，別讓那輛車發現我們在跟蹤它。」

司機透過後視鏡瞥了我們一眼，大概認爲自己陷入了某種諜戰情節。

大約五十分鐘後，那輛車在郊區的一條岔路口拐了個彎，駛進一條小路，正前方是一排廢棄的工廠。馮倫在計程車開到岔路口時喊道：「好了！就在這裡停車。」

計程車在路邊停下來，他把車錢付了，還多給了司機一百元。「我們暫時不下車，在車裡觀望一會兒。」

我不知道他是在對我說還是對司機說，但我確實佩服他冷靜而謹慎的處理能力。

坐在車裡，透過玻璃窗看到，黑色轎車朝一所由高牆大院圍起來的秘密機構開去。那機構的大門口沒有任何標示牌。一個老頭兒從裡面的警衛室走出來，將鐵門打開。當著一大片廢棄廠房的包圍，這個地方顯得極具隱蔽性。

馮倫在我耳邊輕聲道：「看來這裡就是『喪屍集中營』了。」

我望了他一眼，沒對他即興所取的名字做出評價。

黑色轎車完全開進去之後，我倆才從計程車裡走出來。這個地區以前顯然是一片工業區，後來荒廢了，變得人跡罕至，毫無疑問是建立「喪屍集中營」（我一時也想不到還有什麼更恰當的稱呼）的最佳場所。

我們站在離大門有十幾米遠的地方，馮倫用手肘碰了碰我，「看見了嗎？那道鐵門的旁邊有一扇打開的小門，戒備並不森嚴。」

「這兒又不是監獄。」我說。

「沒錯，所以我們要混進去並不難。」馮倫說：「我對於這種事情很有經驗，每次遲到，為了躲過學校門口那個負責記名字的傢伙，都會……」

「等一下。」我望著他，「幹嘛要像做賊一樣偷偷摸摸地混進去？」

馮倫用一種愕然的眼神看我，「不然你打算怎麼樣？不會是想正大光明地走進去吧？」

「當然了。」遺傳自家庭的高傲血液使我正色道：「我要見見這地方的負責人，問清楚他們把我的朋友帶過來的原因。」

「這可能嗎？他們會同意讓我們進去？」

老實說心裡並沒把握，但我認爲，這是唯一途徑，「不管能不能進去，我都要他們給我一個解釋。混進去是肯定不行的。假如這裡眞是你說的『喪屍集中營』，裡面不可能沒有監控系統，被人發現我們偷偷摸摸地溜進去，反而會處於被動。」

「有道理。」馮倫點頭，迫不及待地說：「過去試試。」

眼看著就要走到大門前了，警衛室裡的那個老頭看見我們，立刻從小屋子裡出來，堵在門口，大聲喊道：「嘿，你們兩個，這裡不准進去。」

我不慌不忙地走到他面前，問道：「是嗎？這裡是什麼地方？」

「反正不是你們的學校。」他像攆流浪狗一樣揮著手，「快走！」

面對如此無禮的態度，我倒蠻沉得住氣的——我對這種人的素質向來不抱什麼期望，「我來這裡是有原因的。我剛才看到幾個人把我的一個朋友塞進轎車，帶進了這裡面。我想問問，這是怎麼回事？」

那老頭的反應之快，表明他接受過專門培訓，或者這類情況對他來說已是屢見不鮮，「我不負責回答這種問題，我只是守門的。」

「那誰能回答我？」

「去問你那個朋友的家人吧，他們會告訴你這是怎麼回事。」

話說到這裡，其實雙方都已經是心照不宣了。我和馮倫對視了一眼，對於老頭滴水不漏的回應，一時有些不知該如何是好。

馮倫用眼神說：看，我就說吧，這樣是行不通的。

想了想，大老遠跟蹤到這裡來，就被這老頭兒兩句話打發走了，確實讓人心有不甘，「我能見見這裡的負責人嗎？」說著這句話，我感覺自己完全是在死纏爛打。

「不行，他們沒時間見任何人。」老頭兒非常不耐煩，「別在這裡浪費時間了，走吧，走吧！」

我考慮著要不要使用之前想好的最後手段——報出我父親的名字。一般情況下，我很少這樣做，不希望別人認為我是那種藉著名人父親光環作威作福的無用兒子。可是，必要的時候……不過，我懷疑，這個守門的老頭兒恐怕壓根就不曉得我父親是誰。

就在猶豫不決時，警衛室的電話響了。老頭又揮了下手，「快走！」然後進屋去接電話。

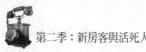

馮倫懊惱地看著我，「現在怎麼辦？」

我正要把最後手段告訴他，和他探討一下這辦法的可行性，卻意外地發現，老頭兒接的這通電話，似乎與我們有關。

「啊，是的……您在上面看到了嗎？」警衛老頭兒說話的口吻大變，謙卑而且恭敬，「不好意思，我這就叫他們走。」停頓了一會兒，他又道：「他們說看到自己認識的人被帶進來……」

電話裡的人不知道說了些什麼，令他汗顏地道：「唔……好的，我知道了……我這就告訴他們。」

放下電話，他走出來對我和馮倫說：「你倆不是想進去嗎？我們的副院長叫你們等著，他馬上派人來接你們，到他的辦公室去。」

我感到很奇怪，「副院長爲什麼要見我們？」

「去了就知道了。」老頭兒板著臉。

我和馮倫面面相覷，爲這突如其來的轉折大惑不解。

大概兩分鐘後，正前方一棟大樓走出來一個三十歲左右的男人，逕直來到門口，對我和馮倫說：「兩位，請跟我來。」

3

壞消息

人就是這樣奇怪，似乎對一切事物都具有逆反性。方才我們還糾纏不休地非要進來見這機構的負責人，現在被正式邀請進去，卻遲疑起來，本能地害怕遇到陷阱。不過，諒他們也不敢在光天化日之下把我們兩個怎麼樣，短暫的猶豫之後，我和馮倫都跟著那男人朝裡面去。

途中，我注意到中間大樓兩側的樓房，分別標注著「A區」、「B區」、「C區」等字樣，面向我們的每一扇窗戶都無一例外地關攏，並拉上了窗簾。其中的神秘性令人浮想聯翩。

馮倫在我耳邊輕聲說：「我打賭，活死人就住在這些房子裡。」

我揚了下眉毛，表示贊同。

進入中間那棟大樓，乘坐電梯上了六樓。男人一言不發地把我們領到一間辦公室門口，做了一個表示請進的動作，「副院長在裡面。」

我把虛掩的房門推開，和馮倫一起走進去。

室內一張辦公桌的面前，坐著一個四十多歲的中年男人，顯然就是這裡的副院長。見我們進來，他放下手中正在看的那疊紙，指了一下辦公桌旁邊的皮沙發，「請坐。」

入座後，副院長直視我們，「你們知不知道這裡是什麼地方？」

我與馮倫對望一眼，坦白地說：「我猜，這裡是集中關押活死人的地方，對嗎？」

副院長搖了搖頭，「方向是對的，但表述不準確。我們只是提供最適合他們生活的居住區。」

馮倫顯得有些激動，「這裡眞的是全市活死人集中居住的地點？」

「幾乎每個國家的每個城市都設有這樣的機構，沒有什麼好奇怪的。」副院長語氣平淡，「不過，我希望你們不要把這個地點向外界宣揚，因爲這不是觀光景點，能夠進入這裡的，除了我們的工作人員，就是被送來的活死人——其他人一概不准入內。」

我感到好奇，「那你怎麼會允許我們進來？」

副院長離開辦公桌，繞到我們跟前，雙手於胸前交叉，眼神與姿態令我感到有些不自在。過了一會兒，他問道：「剛才被送來的那個男人，是你們的熟人？」

「是的。」我回答道：「他是我的朋友。」

「他看起來比你大二十多歲。」

「沒錯，他是一家書店的老闆，我是他的老主顧。我們關係很好，所以我認爲……我和他應該是朋友。」

副院長略略點了點頭，表示明白，「你們曾經有過些什麼樣的接觸？」

「什麼意思？」我沒聽懂。

「你們有沒有一起吃過飯，或者共用過水杯之類？」

我慢慢張開了嘴，一瞬間，什麼都明白了。

「這麼說，羅叔（書店老闆）眞的變成活死人了？」好半晌，我才問出這個問題。

「還沒有，但也快了。醫生已經做過初步檢查，估計就是這兩天。」副院長提醒道：「你還沒有回答我的問題。」

我心裡有些發慌，馮倫此刻也瞪大眼睛注視著我。我仔細回想，自己和書店老闆的接觸，僅限於交談和喝茶，除此之外，應該沒啥特別的……

等等！我想到不久前的一件事，心頭一驚。

「唔，我不知道這算不算是和他一起吃過飯……」我吞吞吐吐地說。

「說來聽聽，具體點兒。」副院長說。

「一個多月前，我到他的書店去看書，那天發現了一本很好看的書，一直看到晚飯時間還不想走。當時羅叔在樓上涮羊肉，他家就在書店二樓，很熱情地邀我一起吃。我本來有些不好意思，但禁不住他的再三邀請，加上那羊肉真的很香，就吃了一些……」

「你們是在同一個鍋裡涮的嗎？」

副院長的表情變得十分嚴肅，讓我產生了非常不妙的預感，「……是的。」

「蘸碟也是用的同一個？」

「好像……是的。」

「我要肯定的回答。」

我仔細回想，得出的結果我自己都不願聽到，「是同一個。」

副院長深吸一口氣，皺起眉頭，「這樣的話，就有些糟糕了。」

我不安地望著他。

副院長把身體退到辦公桌邊倚靠著，「如果你們是在一起吃西餐，各吃各的，情況會好很多。但若在同一個鍋裡燙東西吃……」

「那會染上喪屍病毒？」我著急地問。

「只能說有這種可能性，solanum病毒是能夠透過唾液傳染的。」

「可我那天沒吃幾筷子……」我的聲音變得很虛弱。

「跟你吃了多少沒有關係，這是一個機率問題。如果你夠幸運，吃完一整鍋都沒問題；如果運氣不好，只吃一筷子也能被感染。結果如何，全看你有沒有接觸到那鍋裡或蘸碟裡可能出現的病毒。」

我的腦袋嗡嗡作響，胃在恐懼和憂慮中緊縮。老天！我還年輕，還有很多沒嘗試過、沒經歷過的事，不想成爲這個地方的新成員。

坐在一旁的馮倫也被嚇到了，替我問道：「那現在該怎麼辦呢？」

「對了，你和你的朋友一起吃過飯嗎？」副院長指著我問馮倫。

我驚訝不已，幾分鐘前，他擔心我是喪屍病毒的感染者，現在就已經懷疑我是傳播者了——我的身分在他的猜疑中變得越來越糟。

馮倫嚥了口唾沫，「我們剛剛一起吃了冰淇淋。」

「用的是同一支勺子？」

馮倫的臉紅了，「當然不是。」

「那問題不大。還一起吃過別的東西嗎？」

我和馮倫一起思考著，兩人一同吃過的東西簡直不計其數，但仔細想起來，多數都是分開各吃各的小吃或西餐。我和他一起吃中餐的機會實在很少。

過了幾分鐘，馮倫搖搖頭說：「我不曉得我們一起吃的那些東西會不會導致互相傳染，太多了，難以判斷。」

「算了，沒關係，我們會幫你們得出結論。」副院長說：「現在，我可以告訴你們，這個機構的全名是『活死人預防和研究中心』，對所有可能感染上solanum病毒的人提供免費檢測。一個星期之內，你倆就能知道自己的命運。」

我一直以爲聽到這句話，會是在大學聯考放榜的前夕，沒想到竟然是在這種詭異的狀況之下。

馮倫顯得比我更驚訝，「你是說，我們都要接受檢測？」

「對，任何可能接觸到solanum病毒的人，都要進行嚴格檢測，以排除變成活死人的可能性。這是對你們，也是對你們身邊的人負責。」

「如果……我是說如果，檢測出來我們感染上了喪屍病毒，那會怎麼樣？」馮倫戰戰兢兢地問。

副院長盯著我們看了好一陣子，「我想你們都是大人了，應該可以接受實話相告。沒有被感染，當然可以回家。萬一不幸染上喪屍病毒，那麼很遺憾，你們這輩子剩下的時光將只能在這個地方渡過。」

他的話令我和馮倫呆若木雞，後背浸出一身冷汗。

副院長看我倆都嚇呆了，安慰道：「不用太擔心，相信你們也了解現在的狀況，很多人對於變成活死人還求之不得呢。」

「可是我不想。」我沮喪地搖頭，「我只想當個普通人，體會各種事情帶給我的歡樂或痛苦，那才是眞實的人生。」

說完這話，我望了一眼馮倫。他低著頭，若有所思，沒有附和我。

不曉得副院長是不是還在變著方法安慰我，他說：「希望你能暫時保留意見，或許在眞正了解活死人的生活狀況後，你會改觀。」

他的話意味深長，我一時難以理解。

副院長見我沒有反駁，以爲我已經平靜下來，準備接受一切可能出現的事實了。他吐了口長氣，「一會兒你們就打電話告知家裡吧，學校方面也要請至少五天假。其他問題就不用擔心了，我會叫人安排好你們在這裡的食宿，和住旅館沒有太大區別……」

「等一下！」我驚愕得張大了嘴，「你說什麼？要我們從現在起就留在這裡，不回家了？」

副院長歪著頭看我，「我說了這麼久，原來你們還沒搞清楚狀況。你倆已經被懷疑感染上solanum病毒了，在完成徹底排查之前，貿然讓你們回去，豈不可能導致更多人被感染？你們應該充分理解我們的苦心，就像那個書店老闆的家人，不用我們去請，他們就主動要求來這裡接受檢測。」

他說得有理有據，可我沒法接受，「不行！我的父母肯定不能接受這樣的事實，我不想讓他們跟著我擔驚受怕。」

「恐怕這不是你能選擇的。」副院長遺憾地說。

我又看了一眼馮倫，他表現得一副無所謂的樣子。我可不行，我在乎我的家人。

想到家人，我意識到一個問題。

「副院長，據我所知，現在的中國，乃至全世界，都還未頒佈出任何一套關於活死人的法案。你把我們強行留在這裡，有法可依嗎？」

副院長一愣，顯然沒料到一個高中生能說出這種將他一軍的話，有些尷尬地道：「你對這些事情，還了解得蠻清楚的。」

「是的，我很了解。」我終於拋出王牌，「關於《活死人法案》一事，我經常在家裡聽父親說起。」

「哦？你的父親是？」

「就是鼎鼎大名的社會學家洛傳銘。」馮倫搶在我之前回答，似乎認爲由他來介紹更加合適。

看得出來，副院長除了感到震驚，也對我父親有幾分敬畏，微微張了張嘴，過了好一會兒，才道：「既然如此，我可以打電話徵求令尊的意見。」

「不用了，爸爸肯定希望我能回去。他跟我一樣，不會輕易讓我的家人，尤其是我的母親著急。」

副院長說：「就算如此，我們也必須對你進行徹底檢測，這是對你負責。」他再次強調。

「這點我完全同意，我願意配合接受檢測，弄清楚自己到底有沒有被感染。所以，你看這樣行嗎？我保證每天到這裡來接受檢測，完了之後就回家，隔天再來，直到所有檢測項目結束。」

副院長仔細考慮著我的提議，「好吧，但你們要答應我，在檢驗結果出來之前，嚴格避免一切可能導致傳染的行爲。」

「不用你說我也會這樣做的。」我說。馮倫跟著表示同意。

「明天什麼時候來？」

我想了想，「只能是晚上，我們請假不上晚自習。」

「好的，那就這麼說定了。明天晚上七點鐘，直接到這個辦公室來找我，警衛那裡我會打招呼的。」副院長凝視著我們，「我相信你們會準時來的，爲了你們自己和家人著想。」

「當然。」我不失禮節地道：「謝謝您。」

他做了一個手勢，示意我們離開。

我和馮倫忘了坐電梯，幾乎是跑著下了樓。

出了活死人中心，我倆走在路上，有好幾分鐘沒有說話。我不確定馮倫的想法是不是跟我一樣——這眞是個莫名其妙的下午，本著對朋友的關心來到這鬼地方，沒想到居然把自己給套了進去，不曉得這是禍還是福。

「洛晨……」馮倫終於開口了，語氣顯得格外沉重。

「你想說什麼？」我凝重地望著他。

「我其實不知道該說些什麼……」他看著我，「我只能向你保證，如果你變成喪屍，我不會用球棒打爛你的頭。」

我翻了個白眼，有些詫異自己竟然還能配合著將黑色幽默進行到底，「謝謝，我也可以向你保證，萬一我倆都變成了喪屍，我儘量不把你的頭當作球。」

4

第一次近距離接觸

星期一的下午，我和馮倫分別向自己的班導師請了晚自習的假。放學之後，在一家西式快餐店隨便吃了點東西，搭車前往活死人中心。

門口的老頭顯然接到了副院長的通知，看到我們兩人，將左側那扇小門打開，說了句：「直接到副院長辦公室去，別亂逛。」他好像猜到了我們的心思，因爲馮倫之前提議進入這裡之後，先到那些活死人生活區去瞧瞧，滿足一下好奇心。無奈那老頭兒一見我們進門就開始撥打電話，估計是向副院長通報消息，只有作罷。

到達副院長辦公室，差十五分鐘七點。

「嗯，你們很準時。」副院長坐在辦公桌後的皮椅上，滿意地說，手指了一下沙發，「先坐一會兒吧，給你們做檢測的醫生七點鐘就到。」

我和馮倫坐到昨天的沙發上，靠背柔軟而舒適，但我無法放輕鬆。

副院長似乎看出了我的不安情緒，笑道：「不用緊張，檢測solanum病毒和做一般的體檢沒有太大的區別，我可以簡單跟你們介紹一下。」

我忽然覺得這個副院長人挺好，和藹、善解人意、沒有架子，心中對他增加了幾分好感和信任。

「哦，對了，我姓吳，之前忘了做自我介紹。」他說：「solanum病毒的檢測，主要是針對人體血液、體液、細胞組織和器官進行病毒抗體及相關免疫指標檢測。檢測時間爲四天，第五天就能得出結果。」他頓了一下，「另外，根據研究院的新規定，這四天的時間裡，會讓所有疑似感染者進行『實踐性體驗』。」

我和馮倫都沒聽懂，一起問道：「什麼意思？」

副院長皺了下眉毛，「你們知道，人們對於變成活死人的看法迥然不同。一部分人想方設法想要變成活死人，另一類人卻對於感染solanum病毒抱有過度的恐懼心理，發現自己染上solanum病毒，還沒等到病發就自殺了。這種態度未免太過極端，於是，我們提供觀察活死人生存狀態的機會，以這種方式來告知人們，其實變成活死人沒有那麼可怕，只是生命形式的一種轉換。」

馮倫激動地問道：「也就是說，你會帶我們去看真正的活死人？」

副院長笑了起來，「說得好像是要帶你們去參觀動物園的獅子或鱷魚似的。不，不是單純去『看』這麼簡單。我們希望透過這種形式，讓你們真正了解活死人的生活現狀和各種特性，消除心中的恐懼。」

我想告訴副院長，他應該從馮倫身上消除的，不是恐懼感，而是興奮感和不正常的喜悅感，這些東西分明就擺在那傢伙臉上。

昨天帶我們來這兒的那個三十歲左右的男人，這時從門外進來，「副院長，負責檢測的醫生來了。」

「我這就帶他們過去。」副院長望向我們，「走吧。」

我們跟著副院長坐電梯下到二樓，電梯門一打開，就看到這一層樓大廳的牆壁上有一張大告示牌，寫著「solanum病毒檢測點」。

副院長在一個打開的窗口處領了兩張表，叫我們把一些相關的個人資料填好，然後進入一間血液化驗室，告訴我們今天要做的是抽血檢查。確實如他之前所言，抽血的過程和普通體檢沒有什麼區別，我和馮倫很快就配合著醫生完成了。

接下來是此行的重點：進入活死人生活區。

別說馮倫，連我都有些激動，畢竟這麼久了，我終於要第一次看見真正的活死人。

離開這棟大樓，朝旁邊的「B區」走去。我問道：「副院長，這些『A區』、『B區』……有什麼區別嗎？居住在裡面的活死人，可有任何不同？」

「沒有本質上的不同，基本上是按照入住的時間早晚來劃分。A區是最早來到的一批，時間大概是五年前。B區則是四年前來的……以此類推，目前一共有五個生活區，平均每個生活區裡有六百個活死人。」

「也就是說，這地方一共住著三千多個活死人？」我感到震驚，「這麼多！」

「北京是個大城市嘛。」副院長說，「小一點的城市就少一些。」

說話的時候，已經來到B區樓下了。副院長向門口的工作人員說明來意，其中一個從房間裡出來，看樣子要與我們同行。副院長把腦袋朝裡面揚了揚，示意往內走。

「我們……就這樣進去？」我遲疑著。

副院長笑道：「要不怎樣？你要穿上防護裝嗎？放心吧，他們不會襲擊人。」

「可我還是覺得……」我不想把害怕兩個字說出來，但它們已經清楚地寫在了臉上。

「活死人全都在各自的房間裡，別擔心。」副院長鼓勵著我。

「好了，洛晨，別丟臉了。」馮倫看上去迫不及待，「沒啥好怕的。」

我不想被他們笑話，壯著膽子走進去。

進入B區內部，它看起來就像某家醫院的住院區，半圓狀的樓房將一樓中間的活動場所圈起來。樓高六層，每一層都劃分成若干個小房間。現在才七點半，這地方給人的感覺卻像提前進入了半夜，每個房間都黑漆漆的，沒有一絲燈光。整個區域聽不到半點聲音，就似一棟空樓。

馮倫詫異地問道：「這裡面真的住著活死人？」

「當然了，每個房間裡都有。」副院長說：「不信你到門口去看看。」

馮倫走到離他最近的一個房間門口，試探著朝裡面望。那扇門跟病房的門一樣，上方安著一塊玻璃，可以看見裡面的情景，但馮倫的表情顯示了，他什麼都沒看到。

我與副院長和那個工作人員站在一起，謹慎地注視著馮倫的反應，暫時不敢靠過去。這時，我注意到副院長悄悄跟那個工作人員說了句什麼，後者從衣服口袋裡摸出一個像遙控器一樣的小東西，遞給了他。

馮倫瞪大眼睛望著室內，可裡面太黑了，啥都看不清。他不死心，努力想要看出個究竟，忽然，室內的燈亮起來，一張活死人的臉赫然顯現在門後。若不是隔著那塊玻璃，幾乎和馮倫的臉直接貼在一起。

「啊！」馮倫嚇得驚叫一聲，踉蹌著朝後退，「該死！」

別說他嚇得不輕，隔著兩三米遠的我都被嚇了一大跳。

副院長禁不住大笑幾聲，走過去拍拍馮倫的肩膀說，「對不起，每回和第一次來這裡參觀的年輕人同行，我總是忍不住想開個小玩笑，希望你不會介意。」

馮倫非但沒有介意，反倒覺得副院長的脾性很對他的胃口，撫著胸口笑道：「老實說，我確實被嚇壞了，這可眞刺激！」

「活死人都不需要燈光嗎？」我站得遠遠地問。

「對，不需要。燈光對於他們沒有意義。」

「你是說，他們已經沒有視覺感應能力了？」

「不，恰好相反。」副院長說：「活死人擁有優異的夜視能力，就像貓科動物。」

我驚訝得張大了嘴，「眞的？」

「是的。爲什麼會出現這一奇異的現象，直到現今仍未得出確切的研究結果。」副院長指著室內的那個活死人，對馮倫說：「現在知道他爲什麼會在玻璃窗後頭看著你了吧？剛才你靠近門口拚命朝裡望，你看不到他，他卻早就已經注意到了你。」

馮倫做了個難以置信的表情。

「這個房間是B區一號室，裡面住著兩個活死人，都是男的。」副院長介紹道：「站在門口瞪著我們的這個，可能由於『接待』外來人員的次數最多，特別喜歡站在門口向外望。我們給他取了個外號……」

「叫什麼？」我問。

「復仇的屠殺者。」副院長說。

我使勁嚥了口唾沫。

副院長噗嗤一聲笑出來，「對不起，我無法控制自己，其實是『麥田的守望者』。」

我極力掩飾心中的不安，「眞有意思。」

「你們就打算這樣遠遠觀望？不靠近些看？對於很多人來說，這可是難得的機會。我相信你們以前只在電視裡看過活死人。」

他說得沒錯，的確是難得的機會。我和馮倫一起靠近那扇門，第一次在如此近的距離看到眞正的活死人，感受難以形容。

他們穿著統一的服裝，皮膚蒼白、雙眼空洞。眼裡毫無光彩，瞳孔不見了，只剩一片詭異的灰白色。室內的兩個活死人此刻都站在門後，我們觀望他們，他們也注視著我們，最大的區別在於，我們需要不時眨眼睛，他們完全不用。

我無法與活死人對視太久，總覺得有些毛骨悚然，便轉過頭去問副院長，「爲什麼他們不用眨眼睛？」

「活死人的神經感應系統已經死亡，控制眼皮的反應神經當然也不復存在。」

「眞可悲。」我歎息道。

「看你怎麼理解。對正常人來說，這是種缺失。但對於飽受病痛折磨的人來說，無異於一劑對抗痛苦的良藥。神經系統的喪失，意味著不會再感受到任何疼痛，這是很多人主動變成活死人的原因。」

我思索著，「除了不會感受到疼痛，恐怕別的觸覺也沒有了吧？」

「沒錯。」副院長承認。

我在心裡設想著，手裡捧著一本書，卻完全感覺不到任何重量或觸感，會是一種什麼樣的滋味？轉念又想到，假如自己眞的變成了活死人，也就不可能再看書了。事實上，是不可能再做任何事情。我注意到，活死人的房間內幾乎空無一物，連床都沒有，只有兩張椅子和一台電視。

「活死人會看電視嗎？」我問。

「這個問題，恐怕只有活死人自己才回答得了，如果他們會說話的話。我只能說，他們對正在播放的電視有反應，會盯著螢幕看上很久很久，至於有沒有眞正把節目看進去，那就不得而知了。」

我想到一個與此相關的問題，「活死人究竟有沒有智力？」

「有。」副院長肯定地回答，「只是很低。實驗研究表明，他們的智力水平和部分齧齒類動物相接近。」

「就像老鼠、兔子那樣？」我皺起眉頭。

「差不多。你要曉得，這已經是很大的進步了。活死人剛剛出現的時候，研究者們普遍認為他們的智力比昆蟲還低。」

我遇到了迄今為止最感興趣的話題，「你說『進步』？難道活死人從產生到現在，一直在發生變化？」

「對，有一些極其微妙的變化。我們和國外的研究者們早就注意到了這個問題。」他饒有興趣地望著我們，「聽說過美國人在活死人剛剛出現的時候做的那次實驗嗎？」

我和馮倫一起搖頭。

「是這樣的……」他像講故事一樣開始敘述，「研究者帶領著幾十個活死人走向一座斷橋。來到邊緣，那人利用空中的繩索滑到斷橋的另一邊，活死人們則是一個接一個地從邊緣摔下。整段過程，他們之中沒有一個意識到發生了什麼，或者試圖改變前進的方向。」

「這說明活死人在出現的初期，幾乎沒有思考能力。」我說。

「沒錯。可是四年後，也就是去年，同樣的實驗再一次進行，得到的結果與上回大相徑庭。活死人沒有再傻傻地摔下斷橋，而是全部停留在斷橋的邊緣。短短幾年之間，他們的智力就有了如此的發展！」

我深吸了一口氣，「我能不能把這理解為一種『進化』？假如活死人在不知不覺中慢慢發生著進化，那將是一件多麼可怕的事！」

副院長捏著下巴，大拇指輕輕摩挲著鬍渣，似乎在仔細考慮我說的話。好一陣子後，他說：「你的觀點很有意思，但我認爲這是不可能的。眞要是進化，這種速度只能用恐怖來形容。人類從古猿進化成智人，用了幾百萬年的時間，活死人卻只用了區區幾年——這是違反進化理論的。」

「那你怎麼解釋他們智力的進步？」我問道。

「我只能說，這種現象目前來說還是個謎。活死人的出現本身就是個謎，圍繞他們的一切都是未解之謎。」副院長說：「不過，不管怎麼樣，有這種進步總是好的。」

「是嗎？你認爲這是一件好事？」

「難道不是？起碼對於活死人來說，未來能有進步，總比一成不變要好得多。」

我沒有說話，暫時找不到可以反駁的內容。耳邊響起了爸爸說過的話：活死人的出現是某種大災難來臨前的序曲。他教導並影響我的哲學觀點，也令我對此事感到不安。任何事物都是有兩面性的，一件事情會往好的方向發展，也就意味著它可能帶來某種壞的結果。同時，我還想起了母親的人生哲學——「好」和「壞」是沒有絕對定義的。比如丟錢，對於丟失了錢的人來說，是件壞事；對於撿到那筆錢的人來說，就是一件好事。

活死人的出現，以及他們的「進化」，對於人類來說，究竟是「好」還是「壞」呢？這個問題的答案，我在很久之後才明白。

5

進化

離開一號室，副院長帶我們來到B區二樓的七十二號室門前，同行的工作人員用遙控器打開室內的電燈。

我和馮倫通過門口的玻璃看到，這間屋子住的兩個活死人是一男一女。和「麥田的守望者」不同，他們並沒有因爲我們的到來而上前「迎接」，只是動也不動地坐在兩張靠在一起的椅子上，看著像是在發呆——也許活死人在任何時候的表情都是這樣。

「這是一對夫妻。很不幸，他們之中的一個感染上solanum病毒，傳染給了另一個，於是兩人都變成了活死人。」副院長說：「根據他們變成活死人之前的意願，我們將他倆安排在了同一個房間。」

「這樣做有實質上的意義嗎？」我問。

「一開始大家都以爲沒有，覺得這只是一種形式上的安排。可是現在，經過四年的觀察，我們發現這是有意義的。」

「他們也出現變化了？」

「是的。四年前剛剛入住的時候，兩個『人』沒有絲毫的接觸和交流，因爲變成活死人之後，以往的記憶和感情就完全喪失了。他們看上去和其他房間裡的活死人沒有半點區別。沒想到半年前，我們觀察到，他倆會時不時地輕撫對方的臉頰或頭髮，似乎在傳達某種感情，這令我們感到吃驚。」

我也很吃驚，「他們認出彼此是誰了？」

「從理論上來說是不可能的。沒有任何研究表明活死人已經丟失的記憶還有復甦的可能，但也許是研究不夠透徹。借用你剛才提出的概念，或許這眞的是一種『進化』。」

我想到一個有趣的問題，「會不會，他們在相處幾年之後出現的這種變化，與以往曾經是夫妻無關？我的意思是，讓兩個之前完全陌生的異性活死人居住在一起，說不定也會在幾年後慢慢產生感情。」

副院長有幾分讚賞地望著我，「你完全具備成爲科研人員的潛質。」接著想起了什麼，「啊，對了，你的父母都是著名學者，肯定對你有一些潛移默化的影響。」

「這麼說，你們也這樣認爲？」

「不止是認爲，我們已經在這樣做了。在E區，我們就將一些年齡相仿的異性活死人安排於同一房間，試圖檢驗你剛才提出的那種可能性。這項研究是從半年前才開始的，要看到結果，恐怕要到幾年後才行。」

這時，馮倫指著室內的那對活死人夫妻說：「看，他們挨在一起了。」

我們湊到玻璃窗前觀察，看到他倆互相把頭朝中間靠攏，依偎在一起，像一對幸福的情侶。

「眞是太奇妙了！」副院長感歎道：「我不是第一次看到他們表現出這種親密舉動，但每次看見，還是會感慨不已。他倆看起來就和一般的夫妻一樣恩愛，除了……」

他停下不說，引起了我們的好奇。

馮倫問道：「除了什麼？」

「除了不能發生性行為。活死人不具備性能力。」

我和馮倫微微有些臉紅。

「忽略這一點，我想，這種狀態大概就是真正的『長相廝守』了。」副院長望著那對活死人夫婦，若有所思。

「活死人眞的能夠『永存』嗎？從醫學角度來說，他們其實已經是死人了，為什麼身體不會腐爛？」我好奇地問道。

「這個問題涉及很強的專業性，我只能簡單說明。」副院長解釋道：「你大概知道，導致屍體腐爛的主要因素是微生物的襲擊。人活著的時候，免疫系統在微生物和牠們的目標之間建立起了一道屏障。人死後，這一屏障消失，微生物們於進食的同時大量繁殖，從細胞層面上使屍體解體。」

我沒有提出任何疑問，副院長知道我聽得懂這段表述，繼續道：「但是，當一個人變成活死人，幾乎所有和普通人類屍體分解有關的微生物，都會本能地避開被病毒感染的細胞，從而有效地使喪屍防腐。因此，他們的身體不會腐爛。」

我點頭表示明白，又提出新的問題，「這種狀況會一直持續下去嗎？」

「除非一些微生物能夠忽視由solanum病毒導致的排斥效應，否則的話，活死人就能實現永存。」他頓了一下，「起碼目前來說，我們這裡從開始到現在接納的每一個活死人，都還『活』得好好的。」

我陷入深深的思考。活死人能夠活到天荒地老，他們又在以驚人的速度進化，那麼活死人的終極形態，會是什麼樣的呢？未來的世界，又會變成怎樣？

馮倫的聲音打斷了我的思緒，「已經八點五十分了，快到晚自習下課時間了。」

「你們要回去了嗎？」副院長問。

「嗯，我們是瞞著父母和學校到這裡來的。」我說。

「好的，那麼今天晚上的實踐性體驗到此爲止。明天晚上同樣的時間，我會在辦公室等你們。」

我們向副院長告別，在夜色中離開活死人中心。

6

馴鹿組織

回到家，時間剛好和以往結束晚自習接近。我像平常一樣走到客廳，將書包甩到沙發上，跟正在看電視的父母打了個招呼。

「回來了，洛晨。」媽媽對我說：「吃點水果吧。」把茶几上裝著荔枝和葡萄的水果籃移過來。

「哥哥呢？」我剝著荔枝殼問。

「他在樓上寫一份專案報告，明天要交上去。那家生物科學院很器重他。」

「他是高材生嘛。」我把荔枝塞進嘴裡。

哥哥洛森是我認識的最趨近完美的一個人，這麼說完全無關乎他是我的哥哥，即便是討厭的人，我仍然會做出此種評價。我也相信，這個世界上很難有人不喜歡像他那樣的年輕人：長相英俊、身材勻稱、頭腦聰明、待人眞誠……天啊，用於概括他優點的形容詞，估計還能說出二十個來。再講下去，恐怕連我這個當弟弟的都會忍不住嫉妒了。

有時候我眞的懷疑上帝是偏心的，怎麼會把如此多的優點集中在一個人身上？還好，我的父母不是上帝，他們對兩個兒子並不偏心，給予同樣多的愛。

我哥哥這個學期就要從研究所畢業了，現在，他在一家赫赫有名的生物科學院實習，晚上就住在家裡。

我媽媽正看一個探討法治話題的節目，這是她每晚的慣例。節目最後總會邀請法律專家進行現場點評，而這環節有大半時候請的都是她——她等於是在關注自己在電視上的表現。

十點鐘，法治節目結束，爸爸說：「看晚間新聞吧。」拿起遙控器切換了頻道。

前面的新聞都很普通，我一邊吃著葡萄一邊隨意地看，直到一則國際新聞引起我們的關注。

「推動成立活死人法案的大規模遊行，昨日再次爆發，這次的地點是荷蘭政府所在地海牙，數萬遊行者聚集於國會大廈中央的騎士廳門前，要求儘快頒佈『承認自願變成活死人者的合法性』的政策或法案。荷蘭政府發言人表示，參加遊行的民衆極有可能受到『馴鹿組織』的煽動……」

「什麼是『馴鹿組織』？」我問。

「看來你沒有關注最近的新聞。」爸爸說：「這是一個成立於國外的組織。開始只是一個小組織，經過短短幾年時間，迅速發展壯大成國際性團體。現在世界上很多國家都有馴鹿組織的幹部或成員。」

「這個組織是幹什麼的？」

「強烈主張和支持個人自主變成活死人的激進派。據說近期全球一半以上的遊行活動，都是他們暗中策劃的。」

「爲什麼我以前從來沒聽說過？」我感到納悶。

「因爲以前這個組織是秘密地進行各種活動，如今隨著聲勢的壯大，漸漸浮出水面，成為大眾關注的焦點。」

「這種組織一定很讓政府頭大。」

「毫無疑問，是的，可他們沒有什麼明顯的違法舉動，各國政府都拿他們無可奈何。」

「中國有馴鹿組織的成員嗎？」我問。

「不清楚。目前未有確切的官方報導表示有還是沒有，不過，很多人猜測，馴鹿組織早就滲透到中國來了，只是還沒有明顯的舉動。」

「為什麼這個組織要取名為『馴鹿』？聽起來好像和聖誕老人有關係。」媽媽也參與了我們的談話。

「就是這個意思，他們聲稱組織的宗旨是為人類送來禮物。」爸爸嗤之以鼻地哼了一聲，「眞是可笑！在我看來，那幫人是唯恐天下不亂。」

不知道為什麼，我覺得話題開始朝對我不利的方向發展了——眞令人驚訝，我還沒被確定是不是會變成活死人，立場居然就不知不覺地站到了活死人那一邊去了。

不想聽父親高談闊論活死人是低等生物或災難象徵的話題，這只會使本來就不安的心緒更添紊亂，我提起書包，對父母說：「我上樓去了。」

從旋轉樓梯走上二樓，這裡的兩間臥室分別屬於我和哥哥。我沒有直接回房間，打算先到哥哥那邊去打個招呼。

推開哥哥的房門，他雙手平舉著啞鈴，正在鍛鍊肌肉。他穿著一條平口褲，光著上身，細密的汗珠分佈在健美勻稱的身體上，看著令我羨慕。和哥哥相比，我顯得太瘦弱了，主因在於我缺乏每日鍛鍊的恆心，哥哥卻能做到風雨無阻、堅持不懈。

哥哥看到我，放下啞鈴，呼了口氣，「回來了，洛晨。」

「早就回來了。媽媽不是說你還在跟什麼研究專案奮鬥嗎？」

「已經結束了。」他頗有興趣地說：「洛晨，你不知道生物研究是一件多麼有意思的事。」

「我能想像得到。」

「不，你想像不到。這種事情只有切身體會，才能感受到無限的樂趣。就拿上星期做的研究來說吧，我觀察到埃姆登鵝（原產於德國埃姆登城的一種鵝）……咳……咳……」

他停了下來，捂著嘴一陣咳嗽。

「怎麼了？你感冒了？這麼熱的天！」

「不知道，這段時間經常咳嗽，也許是支氣管炎吧？管他呢！接著剛才的說，我觀察到埃姆登鵝在交配的時候出現了非常滑稽的一幕……」

他繪聲繪影地向我描述著動物們的趣聞軼事。我承認，即便是在心情如此低落的情況下，他風趣幽默的講述方式仍使我感到興致盎然——我哥哥就是這樣有魅力的一個人。

有趣的談話一直持續到接近十一點，哥哥說：「好了，該洗澡了。你要一起沖個涼嗎？」

「唔，我等會兒再洗。」

「那好，我先去洗了。」他拿起一條短褲，走出房門。

我沒有立刻離開他的房間，捂著臉，深深地歎了口氣，胃裡一陣劇烈灼痛。

我默念著、乞求著，上帝啊，請讓我繼續當一個普通人吧。實在不想離開我親近的家人，住進活死人中心，與一個和我年紀相仿的陌生女喪屍朝夕相處。

7

繼續體驗

第二天晚上進行的是尿液檢查。

我和馮倫自然問起了昨天所做的血液檢查結果，副院長拒絕透露，他說要綜合幾項檢查的結果之後，才能得出準確判斷。

「今天晚上的實踐性體驗，我要帶你們去A區見一個特別的活死人。」

「特別在什麼地方？」我問。

「去了再說。」

我們來到A區，根據副院長之前的介紹，居住於此地的是最早的一批元老級活死人。

「我帶他們來看看『盤古』。」副院長對A區門口值夜班的工作人員說：「他現在還好吧？」

四十多歲的工作人員顯然是個沒多少幽默感的老實人，從警衛室裡走出來，一本正經地回答道：「副院長，活死人不會有改變。」

「那眞是太好了。」副院長揚了下眉毛，轉身對我和馮倫說，「我們進去吧。」

四個人進入A區內部，這裡的整體結構和B區一模一樣。副院長說：「『盤古』住在三樓，不介意的話，我希望走樓梯上去。」

「沒問題。」我說：「你們是不是給這裡的每個活死人都取了綽號？」

他笑了起來，「沒有，我們只幫那些有代表性的活死人取，這樣能讓人印象更深刻些。」

我點了下頭，心裡覺得他們在這個地方工作可能太無聊了，所以不放過任何取樂的機會。

來到三樓一四九號室門前，同行的工作人員用遙控器將房間的燈打開。我和馮倫站在正對著門的地方，透過玻璃看去，沒瞧見活死人的身影。

「這個房間裡沒有『人』？」馮倫詫異地問。

「也許在玩捉迷藏。」副院長眨了下眼睛，「讓我們把他們找出來。」

他走到門的右側，側著身子朝裡望，「嗯，我找到了。」

我和馮倫也朝那個方向走去，原來這間屋的兩個男性活死人都在房間的左邊角落裡，面向牆壁，微微仰頭，好像在注視著上方的什麼東西。

看了一會兒，馮倫說：「我看不出來這兩個活死人有任何特別之處。」

「沒錯，我說的特殊，不是指他們本身，而是另一種意義上的特別。」

我扭頭望著副院長，等待他做出解釋。

「其實，特殊的只是他們之中的一個。」副院長指著其中一個身材矮小一點的活死人，「牆角那個，看到了嗎？他就是我說的『盤古』，這裡的第一個，恐怕也是全中國第一個主動變成活死人的人。」

「啊！」我低呼一聲，「我想起來了，幾年前曾經在新聞裡看到過關於他的報導。」

「對那則新聞的內容還有印象嗎？」

「記不起來了。」

「你呢？」副院長問馮倫，他也搖頭。

「他變成活死人的過程頗有些戲劇性。」副院長開始介紹，「五年前，這個男人大概二十五、六歲，從外地來北京找工作，沒想到很快就陷入了人生的最低谷。幾乎所有不幸的事一齊向他湧來：連續失業、被人欺騙、窮困潦倒、感情受挫……最後到了三餐不繼、流落街頭的悲慘境地。」

「於是他就想到了主動變成活死人，以尋求解脫，對嗎？」馮倫說。

「不，沒這麼簡單。」副院長搖頭，「當時全國還沒有主動變成活死人的先例，恐怕他也沒想到這一點。後來發生的事情是這樣的，這男人得到了一個認識不久的熱心朋友的幫助，那朋友讓他住到自己那裡去，提供食宿，還幫他聯繫工作，命運顯然出現了轉機。」

「他遇到了一個好心人。」我說。

「實話說，我不敢保證那人的動機是否單純。」

「爲什麼？」

副院長頓了片刻，「那人是一個同性戀。」

我微微張開嘴巴。

「不過，重點並不在這裡。不管他那位朋友的動機爲何，事實上都對這個男人產生了極大的幫助。」

我有些困惑了，「既然如此，他已經擺脫了困境，為什麼還會主動變成活死人呢？」

「因為他那個同性戀朋友，恰好是一個感染上了solanum病毒的人。」

「噢，我的天哪！」我露出一副恍然大悟的表情，暗示我猜到其中發生了些什麼。

「不！不！」副院長輕輕擺著手，「我就知道你們會朝那方面想，每個人聽到這裡都是同樣的反應。」他顯得有些無奈，「別把同性戀想像得那麼可怕，實際上，那個朋友沒對他做出任何越軌的事，只是像普通室友那樣生活在一起。另外，注意我之前強調的，如果他是由於和那個朋友發生關係而感染上病毒，就不算『主動』變成活死人了。」

「究竟是怎麼回事？」馮倫好奇地問。

「他們在一起住了幾個月，開始很正常，但漸漸的，這個男人發現他朋友的身體狀況開始惡化，起先是突然高燒、虛脫、腹部疼痛和頭痛。隨後，這些症狀進一步發展為嘔吐、腹瀉、器官損壞以及內外出血。這個男人並沒朝喪屍病毒的方面去想，以為他的朋友只是得了某種普通疾病，建議到醫院去檢查和治療。他那個朋友卻意識到了問題所在，為了不被隔離，拒絕去醫院『自投羅網』。」

「喪屍病毒一旦發作，速度遠比想像要快得多。不到三天，這男人中午從外面買了飯回來，就發現他的朋友死在床上了。他悲痛不已，打算通知醫院，卻又見他朋友的屍體坐了起來——直到這當口，他才明白這是怎麼回事。」

說著，副院長停了下來。馮倫顯然被這男人的遭遇吸引了，急切地追問道：「接下來呢?他又是怎麼變成活死人的?」

「後來發生的事,十分値得玩味。」他意味深長地說:「這男人不知道是出於何種考慮,發現朋友變成活死人,他既沒有報警,也沒有通知醫院或我們這樣的相關機構,而是做了一個大膽的、令人匪夷所思的決定——他選擇和這個活死人繼續生活在一起。」

馮倫驚訝得張大了嘴。

「難以想像,他居然和活死人一起生活了將近三個月。這三個月裡,通過和『活死人朋友』的近距離接觸,他發覺變成活死人後,日子過得安寧平靜、單純閒適,比終日忙忙碌碌、爲生計奔波要舒服得多。他開始羨慕,終於有一天,他忍不住了,主動變成了活死人。而這一切事情,都是後來找到他的日記本才得知的——這就是我所了解的整個過程。」

馮倫長長地吐了口氣,爲故事的結局感到唏噓,不由自主地朝房間內的主角望去,過了一會兒,問道:「他是怎麼『主動』變成活死人的?」

副院長搖頭,「我不知道。想想看,他每天和一個活死人生活在一起,有無數種方式可以做到這一點。你可以盡自己的一切想像去猜測,他到底是怎麼變成活死人的。」

馮倫低下頭,眞的思索起這個問題來。

這時,副院長注意到我從剛才開始就沒有說話,於是問道:「你怎麼了?」

我望著他,過了半晌才道:「你說,人在變成活死人之前,身體會有一些惡化的表現?」

「沒錯。」副院長盯著我，「你爲什麼會在意這個？難道……」

「我昨天晚上，隱約感到有些腹痛。」我的聲音在發抖。

副院長神情嚴肅地問：「還有別的症狀嗎？比如頭痛、發熱什麼的。」

「好像沒有。」

「你會莫名其妙地產生想嘔吐的感覺嗎？」

「不能確定。」實際上我現在就想吐，但我願意相信這是恐懼所致。

副院長盯著我看了好一陣子，擺擺手說：「別擔心，我認爲這些狀況可能是心理因素導致。」

「眞的嗎？你怎麼知道這不是變成活死人之前的先兆？」我十分擔心。

「如果你眞的被solanum病毒感染，並且已經發病，症狀不會只是腹痛這麼輕。我說了，症狀出現後，它能在三天之內奪去人的性命，並完成向活死人的轉化。」

我心裡略微放鬆了一些，隨即問道：「喪屍病毒有多少天的潛伏期？」

「一般來說，三天到兩個月不等。」

「潛伏期內會不會有什麼表現？」

「也許會有一些輕微的症狀，免疫能力下降的體現。不過，很多人都沒有，只有等到病發了才知道。」

我的臉色大概又發白了，馮倫見我這副緊張的模樣，勸解道：「洛晨，別自己嚇唬自己了。你要是眞的發病，恐怕就不能好好地站在這裡跟我們說話了。」

「他說得沒錯。」副院長笑道：「solanum病毒發作的症狀，絕對比你以爲的要嚴重得多。」

我勉強笑了一下，心仍然懸著。

也許是爲了岔開話題，副院長指著房裡的另一個活死人說：「不知道你們猜到沒有？這個和『盤古』同住一室的活死人，就是他的那個朋友。我猜他倆誰都料不到，他們竟然會成爲永遠的室友。」

我和馮倫沒想到這一點，一同瞪大雙眼。

「眞難想像，這個男人當初和一個活死人一塊兒生活了三個月，會是什麼樣的滋味？」

馮倫望著房間內的「盤古」，若有所思。

副院長盯著那兩個活死人看了一會兒，轉向我們問道：「你們想試一下這種感覺嗎？」

我和馮倫都是一愣，我不確定我所理解的是不是他說的意思，「試什麼？」

副院長的大拇指朝門內一指，「到裡面去和活死人近距離接觸。」

我震驚得張口結舌，馮倫卻顯得很興奮，「眞的可以嗎？我想試試！」

副院長望著我：「你呢？」

我搖著頭說：「算了吧。」

「怎麼？擔心他們會對你造成威脅？」副院長笑道：「相信我，不會的。眞要有危險，

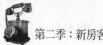

我就不會讓你們進去了。」

我不願承認自己膽小，「我只是覺得，他們一直待在室內，如果現在把門打開，不知道會出什麼事。」

副院長哈哈大笑，「你們每次來都是晚上，看到的活死人都待在房間裡，就以爲他們一直是這樣。」

他指了指身邊那位一言不發的工作人員，「你們可以問問他，我們這裡的活死人是怎麼生活的？每天的上午和下午，工作人員都會讓各個樓層的活死人在不同的時間段出來活動。」

老實的工作人員配合地點了點頭，副院長又指向樓下那片花園，「下面這塊空地就是活死人們活動的地方，我們的工作人員每天都要和幾百個活死人接觸。他們比綿羊還要溫順，否則誰敢來做這個工作？怎麼樣，你現在還擔心會被活死人襲擊嗎？」

他說得我都有些不好意思了，爲了不被馮倫笑話，只好點頭道：「好吧，那就沒問題了。」

馮倫在我的後背拍了一下，「洛晨，好樣的！」

副院長對工作人員說：「把這個房間的門打開。」

那人點了下頭，從身上抽出一張磁卡，往一四九室門邊的一道凹槽劃了一下，門開了。

儘管之前被告知了安全性，我的心還是瞬間揪緊。

「別怕，我和你們一起進去。」副院長帶著我們走進房間。

我注意到，這麼久過去了，那兩個活死人還保持著之前的姿勢──貼著牆壁朝上方仰視，多少讓人有些費解，不過倒是緩解了我的緊張感。我可不希望一走進來，就成爲他們關注的目標。

副院長的想法和我相反，他像跟老朋友打招呼一樣說道：「嘿，你們倆在幹嘛呢？有客人來了。」

其中一個活死人緩緩轉過身，我看到他的臉，除了具備所有活死人的共性之外，不難看出，這傢伙以前是個樣貌斯文的帥哥。他的髮型還保持著正常人時的樣子（活死人的頭髮不會生長），幾縷瀏海耷在狹窄的額頭上，看上去和一般追求時尚的年輕人沒啥不同，只有那雙灰白色的眼睛和與吸血鬼沒兩樣的蒼白膚色提醒著我們，他已經不是活人了。

「這就是『盤古』的朋友。」副院長小聲對我們說。與之同時，那個活死人緩慢地挪動著腳步，朝這裡走來。

三個人佇立在屋子的中間，我站在副院長和馮倫的身後，希望那活死人走到副院長面前就行了，最好不要靠近我。無奈事與願違，他偏偏繞過他們兩人，朝我靠攏。

我下意識地朝旁邊挪去，但那活死人居然也跟過來。我不明白他爲什麼只對我感興趣，好想告訴他，眞正喜歡他這類生物的，是我的朋友，而不是我，但我懷疑自己能否與他交流。

終於，他把我逼到了牆角，我感覺自己無路可逃了。這時，那個工作人員走了過來，也許是要阻止這傢伙對我的過度關注。我祈求他趕緊來救我，副院長卻示意他別動，然後對我說：「沒關係的，洛晨，站著別動。他不會傷害你的，相信我。」

我希望他真的這麼有把握，但是，天哪，那活死人張開嘴巴，朝我的臉靠了過來！

我把臉側向一邊，嘴裡發出驚恐的低吟：「天啊……」

「洛晨，別動。」副院長說。我斜著瞟過去，他的神色竟變得有些緊張。上帝啊，不會是狀況失控了吧？我的心臟都快要衝破胸腔了。眼看那活死人的鼻子就要貼上自己的臉，恐懼得閉上了眼睛。

幾秒鐘、十幾秒鐘過去了，活死人沒有咬我，或做出其他具侵犯性的行爲。睜開雙眼，看到他的腦袋在我的身體周圍遊走，似乎在嗅聞我的氣味。我忍耐著，一動不動，屏住呼吸。一分多鐘後，他終於離開了，走到馮倫和副院長身邊，對他們進行同樣的「問候」。然後，他回到先前待著的牆角，繼續仰望上方。

馮倫和我一樣舒了口氣，問副院長：「這傢伙爲什麼要在我們每個人身上聞來聞去？」

「一種動物性本能。」副院長說：「當有活人或其他活死人出現在他的『領地』，他會用嗅覺來識別個體。」

「活死人有嗅覺嗎？」馮倫問。

「當然有，而且比起聽覺和視覺，嗅覺是最爲敏銳的。所以，當若干個活死人在活動區碰面，比起觀察彼此的臉，不如聞來得直接。你要是白天來，會看到一大群活死人在樓下的花園裡互相聞來聞去。」

「這麼說，你早就知道我們走進來後，會出現這樣的狀況？」我走過來問。

「是的。」副院長微笑著說。

「但我觀察到，你剛才流露出了緊張。」我尖銳地指出。

他像成功戲弄了我們一樣大笑，「哈哈哈！請別介意，我實在是好想看看你們被嚇呆的樣子。」

「這一點都不好玩！」我有些生氣，剛剛眞是被嚇壞了。

「好了好了，我再次表示歉意。我沒有惡意，只是希望爲這次實踐性體驗增加點兒刺激性。」他拍著我的肩膀說。

看得出來，馮倫和我的態度截然相反，確實覺得很刺激好玩，頗有興趣地指著「盤古」說：「那他爲什麼不過來嗅我們？」

「是啊，我也覺得有點兒奇怪。」副院長盯住「盤古」，「他們一直盯著那上面，到底在看什麼？」

他走過去，順著兩個活死人的目光望去，好一陣子之後，有了發現，「原來如此。」

我和馮倫也靠攏過去，仔細一看，發覺牆角有一隻壁虎，兩個活死人都在盯著牠看。

「一隻壁虎有啥好看？」馮倫不解。

「對於活死人來說，這就是他們的樂趣。」副院長聳了下肩膀。

這時，那隻壁虎順著牆角爬了下來。緊接著，驚人的一幕出現了，「盤古」迅疾地伸出手去，一把抓住了牠！

在場幾個人都沒料到活死人會有此舉動，全都一怔。更令我們驚愕的，是接下來發生的事——「盤古」把那隻壁虎捏在手裡看了幾眼，竟將牠塞進嘴裡，一口吞了下去！

我們四個人，包括副院長和那個工作人員，全都驚呆了，顯然他們以前也沒見過這種情景。

眼見「盤古」津津有味地嚼著那隻活壁虎，我感到一陣反胃，嘔吐感又升起來了。

「噢，他……」馮倫皺起眉毛，「太噁心了！」

副院長問工作人員，「你以前見過這樣的事嗎？」

「沒有，這是第一次。」那老實人說。

我問道：「副院長，活死人不需要吃東西的，是嗎？」

「對，他們從不進食。」

我指著「盤古」，「那這是怎麼回事？」

「也許可以理解爲，他在進行一種新的嘗試。」他回答道，口氣不是那麼肯定。

我蹙起眉頭，不安地說：「該不會……這也是活死人的一種進化或變異吧？」

「老實說，我眞的不知道。」副院長有些尷尬，「我應該把這件事記錄下來，作爲研究中心的下一個課題。」

隨後，他看了一下錶，說道：「好了，小夥子們，今天的實踐性體驗就到這裡結束。」

如今回想起來，我後悔極了。

當時這起小小的「壁虎事件」，如果能引起足夠的重視或思考的話，大家應該能夠意識到——這是一個極壞的徵兆。

8 未知的未來

「明天下午的發言稿，妳準備好了嗎？」星期三中午吃飯的時候，爸爸在餐桌上問媽媽。

「當然，這麼重要的會議，我總不能臨場發揮吧？」媽媽用勺子舀著湯，「我反覆修改過好幾遍了。」

「妳的立場是什麼？」

「不支持，但也沒有你那麼反對。」

爸爸搖著頭說：「立法委員不需要中立態度，他們要的是我們這樣的專家提出明確的意見。」

「我的觀點很明確，不支持法律贊成任何主動變成活死人的行爲。怎麼？你覺得措辭不夠強烈？」

「確實不夠，妳應該將『不支持』換成『反對』。」

媽媽望著爸爸，「在關係如此重大的事情上，你應該讓我保持獨立的見解，而不是強求我和你達成一致。」

爸爸輕輕笑了一下，表示讓步，「妳說得對。」

這天中午，恰好我們一家四口都在家裡吃午飯，他們的對話引起了我和哥哥的好奇。

我問道：「你們在談論《活死人法案》？」

「沒錯。明天我和你爸爸要去參加這個議案的第一次討論會。」媽媽說。

「與制定法案的具體內容和條款有關嗎？」我問。

「還沒到制定具體條款的時候，目前首先要通過的決議，是究竟有無必要擬定《活死人法案》？立法是一個繁瑣而複雜的過程，需要多次討論和審議才能確定，不是簡簡單單就能完成的。」媽媽向我解釋。

「我一直搞不懂，咳……為什麼這麼多人會願意主動變成活死人？」哥哥聳著肩膀說。

「其實並非如此，參加遊行和表示支持變成活死人的人，不一定就代表他們希望自己變成活死人。」爸爸停下吃飯的動作，認真地道：「就好像早年對於是否廢除死刑，也有過激烈的爭論。實際上，大多數人一輩子都不會和死刑扯上關係，但他們還是熱衷於表述自己的意見，作為人權的體現。」

哥哥點著頭，表示他聽懂了，繼而又望著爸媽問道：「總體來說，你們倆的態度都是反對成立《活死人法案》？」

「不是反對成立這個法案，而是反對主動變成活死人的行為。我支持成立《活死人法案》，如果它是用於限制這一行為的話。」爸爸說。

「也就是說，你認為法律應該規定，主動變成活死人的行為是違法的？」

「正是如此。」

「如果不是主動變成活死人，而是被意外感染呢？」我試探著問。

「那當然不涉及任何法律問題，被感染的人是可悲的病患。」

「法案中會不會提到這些被意外感染的人將怎麼辦？」我用筷子夾著菜，儘量假裝成和我一點關係都沒有，只是隨便問問。

爸爸想了想，「雖說還沒到制定具體法規的時候，但據我所知，對於你提到的這個問題，專家們在私下談論時，呈現出兩種截然不同的態度。」

「哦，分別是什麼？」

「一種希望維持現在的狀況，每個城市將活死人們集中到一個地方隔離關閉起來。但是，有專家指出，活死人如果真是永遠不死的，那就勢必會引發一個問題：隨著時間的推移，活死人的數量不斷增多，佔據越來越多的居住空間，最後使得地球不堪重負。所以，他們提出第二種方案：對所有活死人進行人道毀滅。」

我發現我無法做到繼續佯裝隨意了，全身變得僵硬，舌頭有些打結，「什麼叫……人道毀滅？」

全家人都被爸爸說的話吸引了，沒注意到我惶恐的神情。

「就是指將活死人處理掉。」爸爸說。

「現在有……咳咳……令活死人『死去』的方法嗎？他們不是永遠不死的嗎？咳……」

哥哥的咳嗽還沒好。

「放任不管，他們也許永遠不死。可若採取某些方法，當然能夠消滅。比如說，投進高溫的熔爐或焚化爐。活死人是沒有痛覺的，所以無所謂殘忍……」

「唔……」我終於忍不住了，從剛才就湧起的噁心感徹底爆發，捂著嘴衝向浴室。

等我嘔吐完並用清水漱了口，回到飯廳，媽媽正在責怪爸爸，「吃飯的時候，幹嘛說這些令人反胃的話？」接著詢問我，「沒事吧？」

「沒什麼。」我說。

爸爸顯得有些抱歉，「沒想到會讓你這麼不舒服，都怪我一說起頭，就忘記場合了。」

「唔，沒關係。」我低頭吃飯，掩飾著自己的不自然，但還是被哥哥看出了異樣，他問道：「洛晨，咳……咳！你爲什麼對這個問題這麼敏感？」

我有些心驚膽顫，「沒有啊，只是聯想到的那畫面讓我有點反胃。」該死，這樣一說，我又反胃了。

「我覺得你關注的重點……咳咳……咳……好像跟我們都不同，咳……」

我不知道該怎樣回答，這當口，媽媽岔開了話題，「洛森，你咳得越來越厲害了，到底怎麼回事？去醫院檢查過了嗎？」

「沒有，只是咳嗽而已，沒……沒什麼大不了的。」哥哥不以爲然。

「可是我注意到，你已經咳了將近一個月了。」媽媽皺起眉頭，「吃了什麼藥沒有？」

「吃了，止咳糖漿和……咳，抗生素。」

「抗生素不能隨便亂吃。」爸爸說。

「沒錯。」媽媽歎氣，「都怪我平時工作太忙了，才會讓你拖這麼久。看來今天下午我得親自陪你去一趟醫院。」

「行了，媽，我又不是小孩子，我自己知道。」哥哥抗議。

我匆匆地結束午飯，離開飯廳。

接下來的兩天晚上，我和馮倫還是按時到活死人中心去進行檢測。後面兩天的實踐性體驗和前面沒有太大的區別，我們先後拜訪了C區的「巴哈」先生和「阿諾」先生，以及E區今年才住進來的「小刺蝟」。

「巴哈」先生是一個狂熱的古典音樂愛好者，據說他收藏的老唱片和CD多到可以開一家唱片行。變成活死人之後，在他的妻子的要求下，活死人中心的工作人員同意於他所住的房間播放古典音樂，以致於我們剛走近他所住的房間時，還以爲裡面在開舞會。值得一提的是，「巴哈」先生對音樂保持了生前的熱愛，時常靜靜地坐在椅子上，一聽就是幾個小時，頗爲享受。

「阿諾」先生之前是健美愛好者，那身健壯結實的肌肉雖然不能和眞正的前加州州長相比，也足夠嚇人了。令我們稱奇的是，發達的肌肉在變成活死人後，竟然沒有萎縮——就這一點來講，他比眞正的阿諾幸運。我由衷感到慶幸，那天副院長提出和活死人近距離接觸的對象不是他。

最令我感到震撼的，是叫「小刺蝟」的男孩，他長著一頭茂盛而向上直立的短髮，綽號由此而來。據副院長的介紹，他變成活死人的時候剛滿八歲。奇怪的是，他身邊的家人和同學、朋友都沒有染上喪屍病毒，唯獨他感染上。這男孩變成活死人的原因，一直是未解之謎。研究中心的人猜測，病毒也許是在他體內自然滋生的。可這畢竟只是猜測，沒有任何具體證據。

「小刺蝟」算是我看到的活死人中，最令我感到刻骨銘心的。他還那麼小，稚嫩的臉蛋和瘦弱的身體正期待著成長和發育，卻被無情地定了型，永恆地停留在八歲的時光裡，無法看到自己長大後的模樣。

此外，他變成活死人後呈現出來的狀態令人心酸——仍然保持著一絲兒童的天性，比一般的成年活死人要好動和活躍。他的房間，擺放著父母帶來的玩具和圖書，他無意識地拿起這些東西的畫面令我心碎。無法想像，假如有一天，必須將這樣一個仍然能讓人感覺到可愛的小活死人丟進焚化爐，會是多麼殘忍的一件事。

也許，現在不是為別人擔心的時候，我所設想的所有悲慘而可怕的遭遇，有可能就是未來自己的命運。

9 審判日

星期五到了，這天是我的審判日。

整個一天，我都在向上天祈禱。我這輩子沒幹過什麼眞正意義上的壞事，至多是小時候打碎一個花瓶，謊稱是家裡的貓幹的，或是用假老鼠捉弄同桌的女生。我不認爲這構得上多麼的罪孽深重，需要接受變成喪屍這樣的懲罰。假如，我能夠繼續當一個普通人，我願意以後當一個服務於全人類的人——我向上帝保證。

走進副院長的辦公室，我緊張得想吐。天哪，最近怎麼老是想吐？這不會是病發前的徵兆吧？是不是已經沒必要聽他告知檢查結果了？

副院長正襟危坐地在辦公桌面前等待，手裡拿著兩張紙，不曉得是不是我和馮倫的檢測報告。

我不敢問，馮倫替我們開口：「副院長，結果出來了嗎？」

「是的，出來了。」他一臉嚴峻，許久沒有再往下說。

「怎麼樣？」馮倫問道，聲音變得乾巴巴的。

副院長停頓了許久，「很遺憾……」

我的心跳在那一瞬間停止。他站起身，朝我們走來，「實在很遺憾，你倆都沒資格在我們這裡申請一套VIP套房。」

聽懂他的意思，我一下子活了過來，激動得渾身顫抖，「你是說，我們……」

副院長盯著我的臉，爆出一陣大笑，「是的，你們沒有感染上喪屍病毒！」

噢，神哪，感謝你！眞的萬分感謝！我這輩子從沒這麼激動和感恩過，咧著嘴站在那裡傻笑，像個傻瓜。管他呢，這一刻，我願意做一個快樂的傻瓜。

「好了，今晚你們用不著再和活死人見面了，趕緊回家去，把這好消息告訴你們的父母吧！」我能看出來，副院長也由衷地感到高興。

「你忘了嗎？副院長，我們是瞞著父母到這裡來接受檢測的。」我樂呵呵地說。

「你們可眞瞞得住。那麼接下來，是打算永遠守住這個秘密，還是將這一切老實告訴家人？」

「還是保留這個秘密吧，說出來，只會讓他們平添不必要的擔心。」我太了解我的家人了。

「也好，就當作是我們幾個人的小秘密。」副院長向我們倆眨眨眼睛，顯然眞是個童心未泯之人。

忽然間，我湧起許多感觸，不由得對他道：「副院長，這幾天你每晚親自陪我們進行實踐性體驗，爲我們講解知識、緩解壓力，眞不知道該怎樣感謝你。」

「別客氣，這是我應該做的。」副院長拍拍我的肩膀，「好了，你們可以開開心心地回家了。」他始終不忘開玩笑，「我該說期待兩位再度光臨嗎？」

「如果這裡允許，我們還會來找你聊天的。」我笑著說，和馮倫一起向他揮手告別。

走在回家的路上，我一身輕鬆，感覺星夜和月色看起來無比美好。看了下手錶，才七點半，按理說這時應該返回學校參加晚自習，但今晚，我決定放縱一次，便對馮倫說：「嘿，時間還早，咱們找個地方喝兩杯慶祝一下，怎麼樣？」

馮倫淡淡地笑了一下，「眞難得你有雅興喝酒，可惜我喝不下去。」

他的反應出乎意料，本來還以爲他會舉雙手贊成呢。這時，我才注意到，聽到副院長說我們沒感染上病毒，馮倫的表現很平靜，完全不像我這樣開心。

「你怎麼了？沒染上喪屍病毒，難道你不高興？」

馮倫緩緩吐了口氣，「說實話，發現自己沒像預想的那樣高興，自己都覺得有點不可思議。好像我對於變成活死人這件事，並不是很在乎。」

我半開玩笑地問：「你不會覺得失落吧？難道你本來想變成活死人？」

他的回答倒是一本正經，「失落也談不上，只是我確實沒感到特別高興。大概是覺得變成活死人也不算什麼壞事。」

我收起語氣中開玩笑的成分，「你說眞的？」

馮倫認眞地點了點頭，「這幾天和活死人們接觸，我發現他們的生活狀況，有時比我們這些普通人還要好。不用奔波忙碌，沒有壓力和煩惱，每天生活得恬淡安閒，未嘗不是一種理想的生活狀態。」

我感到不解，「如果一個窮光蛋或者倒楣鬼或發出這樣的感慨，我也許會理解，但是

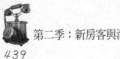

像你這麼一個衣食無憂、人生順暢的公子哥，怎麼也會有這種想法？」

馮倫仰望夜空，「不管是皇帝還是乞丐，每個人都會有屬於他自己的煩惱，我又怎麼會例外？」

他說出這樣的話，簡直讓我有些不認識他。這是我那個放蕩不羈的朋友嗎？什麼時候變得如此老成持重、多愁善感了？我一時真不知道該說什麼好。

馮倫看出了我的困惑，笑了笑，「好啦，我也是隨便說說，總的來說還是挺高興的。走吧，我同意去喝一杯！」

我倆打車來到後海的一家酒吧，各點了一杯雞尾酒，舉杯相慶。也許是覺得這種場合畢竟不太適合高中生，沒待太久就離開了。之後去附近的步行街逛了一圈，算著到了晚自習下課的時間，便坐車返家。

回到家中，走進客廳，我看到父母像往常一樣坐在沙發上。奇怪的是，電視機是關著的，他們也沒有聊天或看書，只是呆呆地坐著，神情嚴肅、憂慮。我很明顯地感覺到，他們的頭頂籠罩著一層陰雲。

直覺告訴我，一定出事了。

我走到父母身邊，坐下來問道：「爸、媽，怎麼了？」

媽媽扭頭望過來，這時我才注意到，她的眼圈發紅，顯然之前哭過。現在，她努力控制著情緒，「洛晨，我們在等你回來。」

我心裡咯噔一聲，怎麼？難道他們知道我去活死人中心的事了？他們認為我感染上了喪屍病毒？「等我回來幹什麼？」

爸爸站起身，「到書房來說吧。」

三個人走進書房，爸爸把門關攏，示意我和媽媽坐在沙發上，他自己坐到書桌前的皮質轉椅上。我們的樣子看起來就像要進行三方會談。壓抑的氣氛使我感到窒息，只有找些話來打破沉默，「哥哥呢？他在家嗎？」

「他在自己的房間裡。」媽媽說：「我們要談的就是你哥哥。」

「怎麼了？」我小心地問，心裡有非常不好的預感。

「昨天下午我陪你哥哥去醫院檢查，今天，我到醫院去拿了結果……」

我注視媽媽的眼睛，試圖從裡面讀出信息，「然後呢？」

她的眼圈又紅了，深吸了口氣，「檢查結果表示，你哥哥得的是肺癌。」

我的心跳陡然加速，張著嘴愣住了。好一陣子過後，才結結巴巴地問道：「怎……怎麼會這樣？」

「醫生說，暫時還不能確定致癌的原因。」

「那麼，接下來該怎麼辦？」

「接受更多的檢查。現在的診斷是根據你哥哥痰中的組織得出的，醫生說接下來要做切片和其他一些檢查，好確定……確定癌細胞擴散的程度。」

「哥哥知道嗎？」

「還瞞著他。」媽媽悲哀地說：「但是，他遲早會知道的。進一步的檢查和以後的治療，他不可能意識不到這是怎麼回事。」

「本來就沒有必要瞞洛森。」爸爸沉聲說：「他是個大人了，有權利知道自己的身體出了什麼問題。再說，並不是不能治好。」

「是嗎？醫生是這樣說的嗎？」我滿懷希望地問。

媽媽沒有吭聲。我明白了，這是爸爸單方面的理解。

「我已經跟醫院腫瘤科的韓主任約好時間了，星期天上午，我們陪洛森一起去進行複查。」爸爸對媽媽說：「明天，我們就告訴洛森實情。」

接著，他對我說：「洛晨，我們在你哥哥知道之前告訴你，是希望你到時候不要表現出過於驚訝或難過的樣子。放輕鬆一些，我們要讓你哥哥相信，他的病還有救。」

「我明白。」我的胸腔好像堵了什麼，「星期天，我跟你們一起去。」

10

晴天霹靂

星期天上午，我們全家一齊來到北京最好的醫院，與腫瘤科的癌症專家韓布強醫生見面。對我們而言，那是一段恐怖的經歷。

首先，我看到韓醫生給哥哥做了支氣管鏡檢查。他把一根末端帶著攝影機的管子從他的嘴裡塞進支氣管，試圖以此觀察腫瘤的採樣過程。支氣管鏡看不到哥哥肺裡的腫瘤，所以後來又做了針刺檢查：用一根鋒利的針，在X光的指引下，穿透我哥哥的胸膛，直接刺進腫瘤。根據痰中留下的細胞，已經確定他得了癌症，此次採樣是為了保證不出差錯。

如果腫瘤還未擴散，而且醫生能確切地知道它的位置，就可以通過手術摘除。但在確定是否值得打開我哥哥的胸腔前，還需要做另一項檢查：胸鏡檢查。

韓醫生在哥哥的胸骨上方開了個小口，口子一直開到氣管壁邊。隨後他把一根管子塞進去，順著氣管外壁移動它，檢查兩個肺的淋巴結。這次檢查取走了更多的樣本。

我不敢相信，這些嚇人的檢查有一大半是在我們全家人的面前——僅僅隔著一塊玻璃進行的。儘管我在心裡對自己說了一百遍，這是在做必要的檢查，還是不敢觀看其中的一些過程。媽媽也跟我一樣。

最後，韓醫生告知了他的診斷。

我們被殘酷的消息擊倒——癌細胞擴散到了我哥哥的淋巴結，手術治療已經沒有意義。

媽媽在聽到這句話的一剎那就捂著臉哭起來，我和爸爸也接受不了這個打擊，爸爸的身體微微有些搖晃。儘管他是坐著的，我仍然擔心他會突然栽倒。反倒是哥哥，顯得比我們三個人都要堅強平靜。

「我從不吸煙，爲什麼會得肺癌？」他問。

「這個很難說。吸煙不是引起肺癌的唯一途徑，很多因素都可能導致肺癌的產生。」

「既然不能進行手術，我現在該怎麼辦？」

「我們會試著給你做放射或是化療。」

哥哥把手放到頭上，摸著他的頭髮，「有用嗎？」

韓醫生像是在安慰他，「某些情況下，它的效果很好。」

哥哥又問道：「器官移植呢？」

「沒有那麼多的肺可以用，捐獻者太少了，技術也並不成熟。」韓醫生露出遺憾的表情，「並且，它可能根本沒什麼好處，畢竟癌細胞擴散了。」

我媽媽流著淚說：「韓主任，我兒子才剛剛檢查出來……怎麼就會是晚期了呢？」

這位腫瘤專家以平靜的語調回答，彷彿在談論最新款手機的某些功能，「肺癌是最致命的一種癌症，因爲它通常不能於早期發現。被發現時，一般已經擴散到了頸部和腹部的淋巴結，肺與胸部之間的胸腔隔膜、肝臟、腎上腺以及骨髓。而且，我不認爲您兒子的症狀是最近才出現的。」他望向我哥哥。「我猜，你的咳嗽持續有半年了吧？」

「……是的。」哥哥無奈地承認。

「有時還會咯血？」

「……也許吧。」哥哥望了一眼媽媽。

媽媽失控地喊道：「天啊，洛森，這些事你爲什麼沒有告訴我們？」

「我以爲沒有這麼嚴重……」哥哥慚愧地說：「媽媽，妳知道的，這個學期對我來說非常重要。」

「那也沒有你的命重要！」一向穩重的爸爸也在此刻咆哮起來，「你怎麼這麼不懂得愛惜自己的身體！」

「其實，上個學期我去校醫那裡看過一次，但當時我和醫生都沒有重視這些情況……」見我爸爸又要發火，韓醫生趕緊道：「請保持冷靜。不管怎麼樣，事情都無法改變了。希望你們能支持患者，積極配合化療。」

「化療究竟會起到多大的作用？」哥哥問。

「病人選擇化療，一般基於兩種理由。」韓醫生解釋著，「第一個是希望藉著化療治癒癌症。」他先看著我哥哥，又看了看我的父母，最後把目光移回哥哥身上，「但我必須對你說眞話：你的癌症能治癒的機率非常小。年輕人，肺癌很少能徹底治癒。」

媽媽發出絕望的嗚咽。

「那麼，我不做化療了。」哥哥說：「我不想在剩下的生命裡忍受這種痛苦。」

韓醫生抿了抿嘴，「這當然得尊重你個人的決定。」他說，隨後望向我們，「可我也得告訴你們，很多人都對化療有誤解。事實上，它可以減輕症狀，這是選擇它的第二個理由。」

哥哥輕聲確認，「減輕症狀？」

韓醫生點了點頭，「否則在接下來的幾個月中，你將體驗到極端的痛楚。化療可以縮小腫瘤，減輕你的痛苦。」

哥哥想了想，「那麼，化療有什麼副作用？」

「你會反胃，還有可能脫髮，甚至全部掉光。」

哥哥沉默了，我的父母像風中的樹葉般顫抖不已，我自己也是心如刀絞。

「化療會有效的，它或許無法延長你的生命，但可以使你在剩餘的時間裡過得好一些。」韓醫生說：「不要急於做決定，仔細考慮一下吧。」

我不知道我們是怎麼回家的，一家人的靈魂似乎都丟在了醫院裡。哥哥躲進房間，整整一個下午沒有出來。媽媽拒絕了所有電視節目的邀請，連手機都關閉了，不希望別人聽到她啜泣的聲音。爸爸一直一言不發地坐在客廳的沙發上，好像一瞬間就蒼老了十幾歲。我親眼看著全家人在殘酷的絕症面前崩潰，心痛得難以呼吸。

晚上，爸媽還是逼迫自己調整了情緒，除了堅強面對現實，他們別無選擇。

在客廳裡，他們和哥哥長談了一次，主要是告訴他別放棄希望。最後，哥哥在兩人的勸說下，做出接受化療的決定。

就這樣，哥哥中斷了他最愛的生物研究，住進了醫院的癌症病房。那屋子裡裝滿了鬼魂，也許一年，甚至幾個月之後，他就會成爲它們之中的一員。

當時，誰都沒有想到，有一種方法可以讓我哥哥留下來，直到四個月後……

11 韓醫生的建議

現在是十月初，我已經是高三的學生了。學業的繁重沒有增加多少心理負擔，最讓我揪心的，還是哥哥的病。父母考慮到我要參加考試，叫我不用每天朝醫院跑，但我還是盡可能多地將空餘時間安排在了癌症病房，希望在哥哥僅有的生命裡多陪陪他。

此刻，我就坐在哥哥的病床前。這天是週末，媽媽在一旁削蘋果，我跟哥哥閒聊著學校的一些趣事。和之前韓布強醫生預計的一樣，他的頭髮掉了大半，英俊的臉在化療的副作用下變得消瘦、黯淡，失去了往昔的光彩，身體也衰弱了許多。但與此相比，他表現出來的樂觀和堅強更令人心碎。

「不管你們相不相信，我真的好多了。」哥哥接過媽媽遞給他的蘋果，咬了一口，衝我們眨眨眼睛，「化療的確有用。」

「那是當然。」我附和著，內心卻陣陣抽痛。我們每週都向韓醫生了解哥哥的狀況，得到的卻是一次又一次令人絕望的回答：癌細胞在逐漸擴散，意味著他的身體狀況不斷惡化。其實，他自己也知道這一點，卻試圖安慰家人。他給我們的希望，比韓布強醫生給他的要多得多。

下午兩點，哥哥睡著了。這個空檔，韓布強醫生找到了我媽媽。

「李教授，我想和您談談。」他說。

「好的。」媽媽指著我說，「不介意我的小兒子在旁邊吧？」

「當然，他也應該了解他哥哥的病情。」

走進韓醫生的辦公室，他禮貌地請我們坐下，然後將椅子搬過來，一臉嚴峻地望著我們。媽媽從他的神情中大概猜到了些什麼，憂慮地問道：「韓主任，是不是洛森的病情又惡化了？」

「是的。」經過幾個月的相處，韓醫生和我們家的人多少有了些感情，語氣不像當初那樣硬梆梆的了，「作爲醫生，我必須告訴你們實情。根據昨天的檢查，洛森的狀況很不樂觀。癌細胞擴散的速度十分驚人，已經到他的胸腔、肝臟和骨骼了。如果不是化療起到了良好的效果，恐怕他每天都會過得痛不欲生。盡可能地減輕痛苦，是醫院方面唯一能爲他做的了，對此，我感到十分遺憾。」

我媽媽捂著嘴，沉默了很長一段時間，終於問了一個問題，一個害怕聽到答案，偏又極其重要的問題，「還有多少時間？」她直視醫生的眼睛。

韓布強醫生終究是個人，不是一台機器，不敢迎上我媽媽的視線，「根據以往的經驗，到了這種時候，八個肺癌患者中，只有一個能夠活過一年，大多數人很快就走了。」這是他用的詞，走了，好像我哥哥只是溜出去在街角的小店買個麵包。

儘管媽媽努力遏制，仍無法讓眼淚繼續留在眼眶裡。韓醫生的話就如一顆炸彈，粉碎了最後的希望。哥哥的生命好似寫在我的教室黑板上的聯考倒計時，日日削減，所剩無幾。

默默地悲泣了許久，媽媽拭乾淚水，「我不能失去我的兒子，我無法眼睜睜地看著他死去。」

「我完全理解。」韓醫生同情地說：「洛森是一個非常優秀的小夥子，這幾個月，我時常被他的善良、樂觀和替人著想的美德感動。這麼一個討人喜歡的年輕人卻英年早逝，就算是外人也感到無比痛心……」

「別說了，醫生，別說了。」媽媽痛苦地捂住臉，心如刀絞，「我只想知道，眞的沒有任何辦法能留住他？」

本來這個問題的答案是肯定的，韓醫生卻遲遲沒有回話，臉上流露出幾絲疑慮與猶豫。

我和媽媽一齊望著他。

好一陣子後，他壓低聲音道：「李教授，如果……您只是想要您的大兒子留在人世，而不管他變成何種狀態……」

我和媽媽都愣住了，好幾秒之後，不約而同地張大嘴巴，聽出了他的意思。

韓布強醫生顯得有些侷促，「當然，我只是隨口提那麼一句而已。也許你們認爲很荒謬……我完全理解。但請務必相信，我從來沒向任何病人或家屬提出過這種建議。之所以對你們說起，是因爲我眞的很喜歡洛森這孩子，不捨得看到他就此離開人世。」

「不，韓主任，我不覺得有什麼荒謬。」媽媽認眞地盯住他，「我想聽聽您的具體建議。」

韓醫生像是被這句話嚇了一跳，連連擺手，「沒有什麼具體的方案。我說了，我對於這種事沒有絲毫經驗，剛才只是脫口而出。」

「是的，韓主任，我明白。那麼，您可以把與剛剛那個提議相關的想法告訴我嗎？」

韓醫生顯得十分爲難，遲疑許久之後，才說道：「因爲工作的關係，我有機會接觸到一些……活死人。我想，假如你們能夠接受，並且也有此意願，我應該可以幫上忙。」

聽到他終於說出「活死人」三個字，我的心被一隻無形的手攥緊。

「您是說，讓我的大兒子變成活死人……」媽媽的聲音在顫抖，「醫院裡可以提供這種……」她一時找不到合適的詞來表達。

「不！不！不……」韓醫生趕緊否認，「這不關醫院的事，醫院怎麼可能提供這樣的服務？我的建議純屬個人想法。」

媽媽和我對視一眼，眉頭緊皺著猶豫了好一會兒，「假如我們贊同這提議，您認爲具體該怎樣實施？」

韓醫生不安地望了一眼辦公室的門——是關上的，但看他的樣子，就像害怕外面有人偷聽，或有誰會突然闖進來，「首先，我認爲這件事要得到洛森本人的同意。假如他同意，接著就該讓他出院，回到家中。我能找人弄到含有solanum病毒的血清，接下來……不用再說了吧？」

媽媽的臉色泛白，看著有些害怕，「可是，我們該怎麼對外解釋？」

「這當然是個秘密。」韓醫生望了她一眼，又望了望我，「沒有誰會把這種事情大肆宣揚的。」

媽媽沉默良久，「這件事，我要跟我兒子和丈夫好好地商量。」

「那是當然。」韓醫生說：「但我得提醒您一點：動作要快，思考和猶豫的時間沒有那麼充裕，第一是洛森的時日可能不多了，第二……」

他停頓片刻，凝視著我們，用眼神強調以下內容的重要性，「你們知道，《活死人法案》也許很快就要頒佈了。假如在做出決定之前，法律就規定嚴格禁止一切主動變成活死人的行爲，這個計劃便不可能得到實施。李教授，您是法律專家，相信您不會公開違法。」

「嗯，當然……」

「您明白就好。說得透徹點兒，這幾個月是鑽法律漏洞的最後機會。」

12 抉擇

爸爸把眼睛瞪得像一對銅鈴，「什麼？作為醫生，他竟然提出這種建議？」

「不是站在醫生的立場，純粹是從私人角度。」媽媽解釋道：「韓主任是真心為我們考慮。」

「真心考慮？哼，把我們的兒子變成活死人，就是他這個癌症專家的醫治辦法？真是太可笑了！」

「傅銘，我希望你能冷靜下來看待這件事。癌症是全世界都無法解決的問題，韓醫生已經盡力了，我們沒有理由責怪他。」

爸爸頓了好一陣子，「我不是責怪他，只是不願看到我們的兒子變成一個……活死人。我不能想像那樣的畫面。」

「那麼，你以為我願意嗎？」媽媽的眼淚又淌了下來，「但凡有一點辦法或是一絲希望，我都不會去考慮這樣的提議。可是，我養育了二十五年的大兒子就要死了，這是無法改變的事實！相比起來，我寧願他變成一個活死人，也不願他化作一堆骨灰。起碼以後我還能撫摸他的臉，握著他的手，跟他說話，這就已經足夠了……」她再也控制不住情緒，掩面痛哭起來。

爸爸沉默了，很長一段時間，客廳裡只有媽媽啜泣的聲音。

我坐在沙發一端，從始至終聽著他們的對話，沒有插一句嘴。我知道，對於他們，或者任何遇到這種事的人來說，這都是一個無比艱難的決定——尤其是我爸爸，他是那麼反對關於活死人的一切，卻要面對自己的兒子是否應該變成活死人的問題，眞是天大的諷刺。

我沒有發表意見，但在心中，是傾向於媽媽這邊的，理由相同：我希望以後能看著哥哥眞實的臉，而不是通過遺像來緬懷追思。

大概十分鐘後，爸爸緩慢地對媽媽說：「我能理解妳的考慮。可是，妳有沒有設想過？假如洛森眞的變成了活死人，見到他，或許會比看到他死去更加難受。」

「怎麼可能？」媽媽用面紙擦著流不盡的淚水。

「我的意思是，看到往日開朗、活躍、聰明的兒子，變成一個沒有思想、感情，甚至沒有呼吸的行屍走肉，也許會比看到他安寧地睡在棺材裡更傷心。」

「不，我不會。」媽媽連一秒鐘都沒有考慮，「沒有什麼能比洛森從這個世界上徹底消失更令我傷心。你說的情況我之前就考慮過了，我認爲自己能夠接受，只要他依然留在世上，其他都無所謂。」

「哪怕他變成一具沒有靈魂的軀殼，一個比低等動物還不如的……怪物？」爸爸的聲音顫抖起來。

不，不是這樣的。聽到這裡，我終於忍不住了，「爸，活死人不是你想像的那樣。他們有基本的思維能力和智力，也有簡單的情感，甚至還有愛好，比如聽音樂。活死人的生活狀況，有時可能比普通人還要好。」

爸爸望著我，「洛晨，你也希望你哥哥變成活死人？」

我的嘴張了好半晌，總算給出答案，「是的，比起眼睜睜看著他死去，我寧願他變成活死人。」

「我明白。可是在這件事上，我們全家必須十分愼重，不能因爲理想化的猜測做出錯誤的決定。你剛才說的那些，是從網路上了解到的，還是你自己一廂情願的想法？」

「都不是。」我意識到在這種關鍵時刻，必須講出實情，「我說的都是親身經歷。」

爸媽的眼光聚集到我身上，「你說什麼？」

秘密終於保不住了，我反倒覺得輕鬆了許多。

接下來的半個小時，我把幾個月前和馮倫一起經歷的事，詳詳細細地講述了出來，重點放在那幾晚的「實踐性體驗」上面，希望這能使我的父母了解到活死人眞實的生活現狀。

講完之後，爸媽驚訝萬分。

媽媽叫道：「天哪，這些事你居然瞞了我們這麼久！」

「對不起，我不想讓你們擔心。」

「你確定那個檢測結果是準確的嗎？」她仍然很擔心，「你沒染上solanum病毒吧？」

「當然沒有。」我肯定地說：「現在都過去四個多月了，如果我感染了病毒，早就變成活死人了。」

爸爸按著前額，不住地搖頭，「爲什麼我的兩個兒子，都要和活死人扯上關係？」

是啊，這個問題也讓我感到困惑。幾個月前我擔心自己會變成活死人，如今我哥哥也將面臨同樣的問題，難道這是我們家躲不過的宿命？

「洛晨，你告訴我們的，關於那些活死人的生存狀況，當眞如此？」媽媽問。

「這關係到哥哥的未來，我怎麼可能亂說？」

「他們眞的能認出自己的親人，還能保持一些感情和記憶？」

「說實在的，媽媽，我不是十分肯定，只能說有這種可能性。據活死人中心的副院長說，這是他們接下來準備研究的課題。從我觀察並接觸到的那幾個活死人來看，他們都過得安寧平和，這點則是千眞萬確。」

「這樣也好……」她喃喃道：「這就足夠了。」隨即望向爸爸，「傳銘，你還有什麼疑慮嗎？」

爸爸蹙著眉，「看來，我以前對活死人存在一些偏見和誤解。這也難怪，政府不希望更多的人變成活死人，當然不會宣揚活死人的生存狀況有多好。若不是洛晨湊巧經歷了這件事，恐怕我們都無法了解眞實情況。不過……」

他定定地凝視著我，「洛晨，我對於你描述的一個情況很在意。你說，那些活死人可能在進化？」

「這是我根據那幾個活死人的情況做出的猜測，得到了副院長的肯定。他說，有這種進步和發展總是好的——對於活死人來說。」

「是嗎……」爸爸陷入了深思。

過了好一陣子，媽媽問道：「你想好了嗎？這件事是不是可以決定了？」

「我們決定有什麼用？得洛森本人同意才行。」爸爸顯然是妥協了，「找個機會跟他好好談一次吧。」

現在，病房裡沒有多餘的人，只有我們一家四口。

我和爸爸、媽媽圍坐在哥哥的病床邊，神色肅穆地望著他。

「看起來，這是一場家庭會議，咳……」哥哥虛弱地說，嘴角還能擠出一絲笑意，「關於什麼？我出院之後的慶祝晚會嗎？」

他越是這樣強顏歡笑，假裝隨意地開著玩笑，越是讓人心痛。

爸爸決定直入正題，「洛森，你的病情……開始惡化了。」他艱難地說道：「韓醫生告訴我們，情況很不樂觀。」

「還有多久？」哥哥似乎早有準備，平靜地問。

爸爸的嘴唇一開一合地動了幾下，他的聲音好像棄他而去了。

「算了，別說了。」哥哥仰起頭，長長地吸了口氣，又緩緩地吐出來。

病房裡沉悶得幾乎透不過氣，媽媽打破沉默，「洛森，韓醫生有一個建議，我們想徵求你的意見，假如你能接受……」

哥哥望向媽媽，她卻說不下去了，也許她準備要說的話，對於一個母親來說，太過殘酷。

幾秒鐘過後，哥哥卻道：「媽，我知道妳要說什麼。」

媽媽一臉愕然，「你怎麼會知道？」

「那天韓醫生跟我閒聊，問我對活死人有什麼看法。咳咳……我當時就有些猜到了。」哥哥說。

「那麼，你是怎麼回答的？」爸爸問。

「我說無所謂，但我的家人，尤其是我爸爸，對活死人有相當負面的看法。」

爸爸垂下目光，「那是以前，現在我改觀了。」

哥哥聽明白了，「爸、媽，你們希望我變成活死人嗎？」

「森兒，我們只是不想失去你。」媽媽流著淚說。

「你能接受這件事嗎，洛森？」爸爸問。

哥哥苦笑一聲，「對於我來說，變成活死人或眞死人沒有太大的區別。爸、媽，我在乎的是你們的感受。如果你們希望如此，我沒有意見。」

停了停，他轉而望向我，「洛晨，你呢？你怎麼想？」

我哽咽著說：「不管你變成什麼，都是我的哥哥。」

哥哥衝我點點頭，眼眶紅了。

媽媽撲過去摟住他，放聲痛哭。

事情就這樣決定下來，爸媽在一個星期後辦理了出院手續，將哥哥接回家中。

韓布強醫生在我哥哥回家的幾天之後，找到了含有solanum病毒的血清。他說，這件事最好不要在家裡進行，眼睜睜地看著自己的家人死去並轉化爲活死人，眞的相當殘酷。他的建議是，將我哥哥送到活死人中心的特別病房，在一段時間之後——也就是我哥哥眞正變成活死人之後，我們再與他見面。

爸媽商量過後，同意了這個提議。

十一月十六日，距離我哥哥的生日僅僅隔了四天。這天，成爲我們全家和作爲人類而活著的洛森永別的日子。

哥哥挨著跟我和爸爸擁抱，每一次擁抱，都持續了很久很久。我們互相凝視，用眼神代替所有告別的話語。

最後，哥哥和媽媽擁抱，幾乎持續了五分鐘那麼長。雖然我們之前約好了不哭，但眞正到了這個時刻，媽媽還是泣不成聲。哥哥輕輕用手指拭去她的淚水，柔聲道：「媽媽，這只是短暫的離別，很快妳就會再見到我。」

媽媽緊緊地咬住嘴唇，拚命克制，「是的，我的好兒子。以後媽媽每天都會去看你。」

「不用，一個星期一次就行了。我還想保留一些個人空間。」哥哥還是那樣，用俏皮話驅趕悲傷的氣氛，接著朝著我眨眨眼，「洛晨，可以的話，幫我帶點兒好玩的新玩意兒過來。」

「沒問題，包在我身上。」我拍了拍胸脯，在心中不停地告訴自己：不能哭，不能哭。

「太好了。」哥哥做出高興的樣子，微笑著對我們說，「我愛你們，爸爸、媽媽，還有弟弟。」

「我們也愛你。」爸爸的喉嚨彷彿被什麼東西堵住了。

哥哥點了點頭，轉身對韓布強醫生說：「我們走吧。」

韓醫生拍著他的肩膀，和他一起朝停在路邊的轎車走去。

哥哥轉身的那一瞬間，我似乎看到一串淚水從他的眼眶中滾落。但我無法確認，因爲他逕自上了車，沒有再回過頭來看我們一眼。

「洛森……」媽媽把手伸向前方，心痛欲裂。

「別這樣。」爸爸緊緊抓住她的手臂，卻不能使自己的身體停止顫抖。

汽車開走的同時，我清清楚楚地感覺到，體內的某一部分被強硬地抽離出去，靈魂從此缺失了重要的一角。

13

《活死人法案》

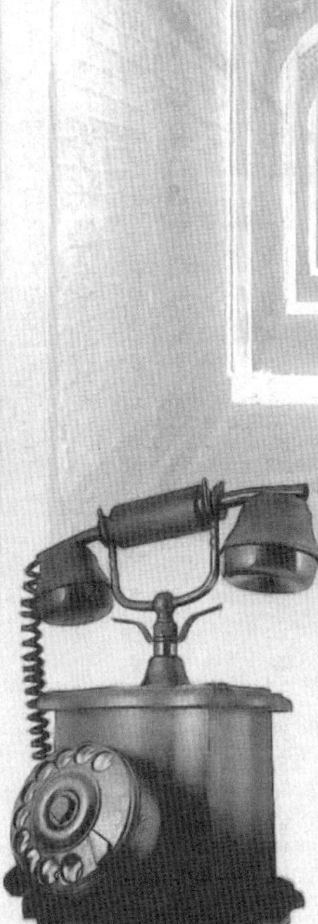

二〇六X年六月二十一日（我哥哥變成活死人的第二年），這是一個具有劃時代意義的重要日子，中國的《活死人法案》自那天起頒佈並施行。

中國是世界上第四個頒佈《活死人法案》的國家，前三個國家分別是美國、印度和紐西蘭。整套法律從總則到附則一共六章，內容和約束範圍包括：對現有活死人的管理、活死人中心的法律責任、活死人病毒的預防和控制、允許特殊人群成為活死人的條件等等各方面。

法案的所有條款我無法一一列舉，其中最令人關注的，無非是「允許特殊人群成為活死人的條件」這一條。

《活死人法案》第四章第二十八條明文規定，禁止所有身體健康的公民主動成為活死人。允許主動成為活死人的，必須是患有不可治癒絕症（如末期癌症、狂犬病、愛滋病、漸凍症、敗血病等）的公民。在本人完全自願的情況下提出申請，可以通過合法手段成為活死人（不能私自進行，必須統一由當地活死人中心實施）。

另外，第五章第四十九條規定，禁止任何販賣、運輸、持有或私自獲取活死人病毒的行為。構成犯罪的，依法追究刑事責任。尚不構成犯罪的，依法給予治安管理處罰（條款後面附有具體量刑標準）。

政府對待活死人病毒的程度，和毒品管制差不了多少。

這套法律足以令我們心安理得，哥哥當初變成活死人是因為患了末期癌症，不管在《活死人法案》頒佈之前還是之後，都是合法的。

當然，你可能想到了，這不是巧合。

這免不了使我感到難堪，但我還是必須提到《活死人法案》頒佈的兩個多月前，我爸爸在一個重要電視節目中的發言。

當時，氣質優雅、美麗端莊的女主持人問道：「洛教授，關於活死人的出現和人們主動變成活死人這一社會現象，您怎麼看？」

我爸爸是這樣回答的：「我認爲，首先需要正視兩個問題：第一，活死人合法死亡了嗎？我的意思是，人們對死亡的定義，是不是應該在活死人出現之後重新調整？舉個例子來說，幾十年前，大家習慣把呼吸、心臟功能的永久性停止作爲死亡標誌。但隨著醫療技術的進步，一些新問題產生了，衝擊著人們對死亡的認識。於是，醫學界將『腦死』改爲死亡標誌。這就意味著『死亡』概念的更新。現在，活死人的出現，或許意味著這個概念將再一次被改變。」

「您的觀點很有意思。」女主持人感興趣地問道：「我可不可以這樣理解，您認爲活死人仍然是人類『活著』的一種形式？」

「毫無疑問，是的，活死人仍然是『人類』的一部分，這點毋庸置疑。所以，我希望這個節目在後期製作字幕的時候，能將我說的所有關於活死人的人稱代詞，寫成表示人類的『他們』，而不是表示非生物的『它們』。」爸爸笑道。

女主持人也跟著笑了，「我想節目導播已經聽到了。那麼洛教授，您說的第二個問題是什麼？」

「第二個問題是，主動變成活死人，到底是不是一種『權利』？我們經常強調人權，那麼在這件事上，人權應該如何體現？我認爲，既然承認了活死人是人類存在的一種新形勢，每個人就確實擁有選擇是否變成活死人的權利。」

坐在椅子上的女主持人不自然地扭了一下，我爸爸說的話似乎令她感到不安，「您的意思是，法律應該允許所有希望變成活死人的人，自由達成他們的願望？」

「不，當然不是這個意思。」爸爸又笑了，「我剛才的話只說了一半。『權利』是一方面，『責任』又是另一方面。我覺得每個人，只要不是太自私，懂得爲自己的後代子孫考慮，都應該想到這個問題：活死人無節制地增加下去，人類社會生老病死的平衡將被打破，未來幾十年或幾百年之後，地球將變得不堪重負。我們不能爲子孫們留下這樣的爛攤子，就像現在強調的環境保護一樣，這是每個人的責任。」

女主持人點著頭，「那麼您認爲，應該怎樣在『權利』和『責任』之中找到平衡？」

「我希望，想變成活死人的健康者，能夠把機會讓給眞正需要的人——我指的是，患有不治之症的人。假如他們或他們的家人願意的話，既能夠用這種方式結束痛苦，又能以另一種生存形式繼續留在這個世界上，未嘗不是一件好事。當然，僅僅依靠個人的責任感或自覺性，恐怕是不夠的，這就需要法律來監管和約束。」

「我懂了，您認為這是成立《活死人法案》最主要的意義。」

「是的。」

女主持人將頭側向一邊，修長的手指撐住臉頰，唇邊透出一抹有些費解的微笑，「洛教授，據我所知，您以前十分反對活人以任何形式變成活死人，現在怎麼改變了觀點呢？」

電視中的爸爸微微一愣，大概沒料到會碰上這個問題，但隨即，他迅速地做出反應。「沒錯。」他無奈地攤了下手，「必須承認，作為一個學者，我犯了一些主觀上的錯誤。很顯然，我以前對活死人的了解不夠，導致對他們形成了一些不夠公正和客觀的評價。還好，我意識到了這個問題，到活死人中心去眞正接觸和認識不同的活死人，走進了他們的世界……」

毫無疑問，我爸爸在電視上的表現是出色的，而且是聰明的。既代表了多數人的態度和立場，也在努力阻止那些盲目渴望變成活死人的正常人。

儘管如此，我和媽媽坐在電視機前收看這個節目，由始至終都沒有說話。爸爸並未提到，他的大兒子現在就是一個活死人。雖然這算不上撒謊，可他的刻意隱瞞總不免使我和媽媽感到羞愧尷尬。我們無法得知，爸爸的這段講話，究竟有多大程度是出於個人因素？他口中的那些大道理，到底是為了所謂的「全人類」，還是我哥哥一個人？

不管怎麼說，這段講話所產生的立即效果，以及對後來成立的《活死人法案》的影響，了都是非常巨大的。節目播出後，媒體的輿論和網路上鋪天蓋地的評論都表示，爸爸贏得了絕大多數人的支持。他不是法律的制定者，這番話卻使得制定法律的人必須從「民意」的方向進行考慮。

兩個月後，《活死人法案》公佈了，內容和大致規定，與我爸爸表達的意思近乎相同。不是每個人都對這套法規感到滿意（依舊有一些沒有得絕症的人執意要變成活死人），可畢竟多數人都能夠接受。往後，在活死人這個問題上，總算有法可依了。

《活死人法案》的頒佈，對於我和我的家人來說，沒有帶來任何實質性的改變。在那之前，我們就已經適應了和活死人的相處。媽媽現在接的工作少了，因為她一周要往活死人中心跑三到四次。我和爸爸每星期也至少去一次。哥哥在活死人中心受到了特別的關照，一個人住一間房，那間屋裡堆滿了他喜歡的東西，甚至還有兩隻寵物松鼠與他作伴。媽媽每次過去，一待就是兩個小時以上。不管哥哥能否聽懂，她一如既往地跟他「聊天」。若不是法律規定活死人必須生活在活死人中心，她肯定會把哥哥接回家住。

故事講到這裡，一直很平淡，似乎一切就會按照這樣的方式繼續下去。

但，很遺憾，人類終歸不能預測和掌握命運。人類甚至不夠了解自己，又怎麼可能真正地了解活死人？

這是後來那些可怕悲劇發生的根本原因。

14

超速進化

大學聯考結束了，我高分考入北京的一所知名大學，作文卷子還入選了「二〇六X年最佳作文」一書。爸媽非常高興，宴請親朋好友自不必說，另外包了五萬塊的大紅包給我。

我拿著這筆錢，想的第一件事就是，我要買一樣東西給哥哥。他不能幫我慶祝，但我要與他分享這份快樂。

現在是暑假，我約上馮倫，頂著炎炎烈日上街，買了蘋果最新的平板電腦，往裡面裝滿電影、圖片和音樂。本來打算一個人去活死人中心，但馮倫說他反正沒什麼事，就陪我一起去看我哥哥。

坐在前往活死人中心的車上，馮倫說：「洛晨，恕我直言，你買這個東西給你哥哥，他玩得了嗎？」

我聳聳肩膀，「玩是應該玩不了，但我們陪著他的時候，讓他看看圖片，聽聽音樂，總是可以的吧？」

馮倫不說話了。順便提一句，他沒有考上大學，但對於他來說，這根本就不是什麼問題。他的父母花錢讓他到外地的一家貴族學校念書去了，據說以後要出國。

我們來到活死人中心。我已經是這裡的常客了，馮倫則說自從上次和我一起檢測完畢後，就再也沒來過這地方。

哥哥的房間在E區的五〇二室，我向工作人員說明來意，一個年輕的工作人員拿起電子控制器，帶我們到了門口，打開房門。

哥哥坐在他的床上。活死人不需要睡覺，但媽媽還是幫他買了一張小床，她說這樣看起來才像住的地方。我和馮倫走進去，我揮手喊道：「嗨，哥哥，我來了。」

變成活死人的哥哥對我們的到來沒做出任何反應，只管盯著籠子裡的兩隻小松鼠看。

我把平板電腦打開，將之前裝進去的圖片——幾乎全是哥哥喜歡的動物圖片——以幻燈片形式播放，然後走到他身邊，把平板電腦用支架立起來，放在他面前的桌子上。

「看，你喜歡嗎？」

哥哥的視線慢慢從松鼠身上轉移到電腦螢幕上：非洲大草原上的雄獅、冰天雪地裡的企鵝、亞馬遜流域的倭猴和侏儒鳥、阿拉斯加山脈的棕熊、大海裡的藍鯨……各式各樣的動物挨著從他眼前經過。

哥哥沒有顯著的表情變化，灰色無光的眼睛卻睜得很大，顯然很有興趣。

「如果你喜歡，我下次可以帶更多動物和風景圖片來。」我對他說：「這是我送你的禮物。」

馮倫走過來，挽著我的肩膀，「真有你的，洛晨。這錢沒白花，我看得出來，你哥哥很喜歡。」

「是啊！」我心滿意足地點頭。

這時，一個人走了進來，回頭一看，是副院長——由於這陣子我經常來這裡，此時和他已經十分熟絡，算得上是朋友了。

「你怎麼知道我在這兒？」

「我跟樓下的工作人員打過招呼，只要你來了，就通知我。咦，馮倫，你也來啦，好久不見啊！」

「你好。」馮倫點了點頭。

我感到有些驚訝，「副院長，你居然記得這小子的名字！」

「是啊，當初你倆留給我的印象可是很深刻的。」

「看起來，你好像有事情找我？」我問。

「沒錯，有些事情，我想找你談談。」

「關於什麼？我哥哥嗎？」

「不，是其他事。介意到我的辦公室來聊一會兒嗎？」

我看了一眼哥哥，他保持著之前的姿態，估計這幾百張圖片夠他看一陣子了。「好的。」我答應道。

「那我呢？」馮倫指著自己的鼻子。

「沒關係，一齊來吧。」副院長道：「我記得你是個喪屍迷，對吧？我要說的這個話題，你一定很感興趣。」

「太好了！」馮倫十分欣喜。

我沒有影響哥哥欣賞圖片，悄悄地將他房間的門關攏、鎖好。副院長帶著我和馮倫一起走入中間大樓，踏進那間我們都相當熟悉的辦公室。

副院長倒了兩杯純淨水，將皮椅拖過來，坐在我們面前，直勾勾地望著我，「洛晨，記得一年前我帶你們進行『實踐性體驗』的時候，你曾經提出過的一個有趣的理論嗎？」

「你說的是……」我不太肯定。

「你猜想，活死人也許在進化。我當時就對這個設想很感興趣，還稱讚你有成為科學家的潛質，沒忘記吧？」

「唔，是的。」想起來了，大考的壓力和繁重的學業幾乎使我忘了這件事，「怎麼？這個問題得到你們的證實了？」

「恐怕是的。」副院長說：「一年前，中心將這個定為重點研究課題，現在，有了一些驚人的發現。」

「哦，是什麼？」我關切地問道。這關係到我哥哥。

「我們從A區到E區各選了兩名活死人，一共十個，進行觀察和比較。結果發現，存活了五年以上的活死人和才產生的活死人之間，有著明顯的差別。但是——請讓我使用比較方便的表述方式——五年的活死人和三年的活死人之間，差別並不那麼明顯。」

我思索了一會兒，「那麼，你們的結論是什麼？活死人的進化在三年之後就停止了？」

「不，不是這個意思！」副院長的語氣顯得有些激動，「我們的結論是，一批又一批新產生的活死人，進化速度在不斷加快！」

我和馮倫驚愕地對視一眼。

「最開始那一批活死人需要五年才能達到的水平，後來的僅需三年就能達到了。而最新產生的這些活死人，進化的速度可能更快！」副院長以一種難以置信的口吻說。

「這種進化具體表現在哪些方面？」我問。

「這麼跟你說吧，活死人的進化從某種角度來說，有些類似脊椎動物的進化史。」

我和馮倫都沒有打岔，等待他繼續說明。

「從智力這方面來說，活死人的進化大致是這樣一個過程：剛剛產生的活死人智力非常低，可能只有魚類的水平。大概一兩年左右，就能與某些爬行動物或齧齒類動物相等。而再往後一兩年，就接近小型貓科動物了。」

副院長的聲音因激動而變調，「稍有生物學常識的人都知道，動物的進化歷程需要耗費數億年的時間，而活死人居然在短短幾年內就辦到了，簡直是匪夷所思！而且，這種進化的速度還在加快！」

我和馮倫都聽呆了，過了好半晌，我才問道：「那麼，假如活死人們還在進化，下一階段將達到哪種動物的程度？」

「靈長類動物。」副院長說，顯得有些不安，「也許。」

「天哪，他們這樣一直進化下去，最終會變成什麼樣子？」我感到了恐懼。

「也許最後會達到人類的水平，甚至超越人類，變成一種完美的生物。」馮倫猜測著，眼中閃出期待。

我問副院長，「你覺得這有可能嗎？」

「不知道，沒有人經歷過這樣的事。但是，從目前的趨勢來看，這並不是完全不可能。」

我思索許久，喃喃道：「如果真的有這一天，人類也許會被活死人取代……」

「起碼現在還在掌控之中。」副院長的話聽起來像是一種安慰。

我忽然想到一個問題，「對於活死人的研究，肯定不會只有中國在進行，全世界的科研機構應該都不會放過這個課題。為什麼我們從未在任何媒體上了解到相關消息？」

副院長搖著頭說：「世界各國都將活死人的研究當作機密，不會把研究成果發佈出來供其他國家參考。就像我們現在掌握了這些關於活死人進化的訊息，也不會對外公佈，只會將研究成果上報到政府的高級機構。」

「但是，你講給我們聽了……」

「那是因為我把你們當作朋友。」副院長凝視著我和馮倫，「我相信你們不會把這些傳播出去。不過，話又說回來，即使你們說出去了，誰又會相信兩個高中生呢？」

「大學生。」我糾正道：「不用擔心，我們不會洩漏國家機密。」我的口氣帶著點兒戲謔。

「那我就放心了。」副院長說：「知道嗎，洛晨，我之所以告訴你這些，另一個原因是，當初是你啓發我們做出這項研究的。」

我點點頭，意識到一個與我和我的家人息息相關的問題，「吳院長，我哥哥也出現這種變化了嗎？」

「你覺得呢？你們和他的接觸時間應該比我多。」

我想了想，「已經過去一年了，他好像和當初沒什麼區別。」

「是嗎？也許是時間太短了。」

「可是你說，新一批的活死人進化速度在加快……」

副院長聳了聳肩膀，「我也不明白。」

我思索了好一陣子，「活死人的這種進化是否具有普遍性呢？我是說，是不是每一個活死人都在發生進化？」

「啊，洛晨！」副院長猛地大叫一聲，把我和馮倫都嚇了一跳。他激動萬分地道：「我發現你眞是一個天才！一個標準的科學家苗子！每次與你交談，我都會獲得啓發！」

我茫然地問道：「怎麼了？」

「經你這麼一說，我才意識到這個問題是十分重要的。我們之前只選擇了十個活死人作爲研究對象，也許他們並不能代表所有的活死人。實際上，就是那十個活死人，測驗水平也是參差不齊。」副院長摩拳擦掌。「我決定了，擴大研究範圍。你提出的這個問題，將是本中心的下一個重點研究課題。」

「別把我哥哥作爲研究對象就行。」我說。

「那是當然。不過，即使是作爲研究對象，也沒有什麼不好，我們只會做一些簡單的觀察和測試。」

「我知道，但我媽媽可能在心理上不好接受。」

「好的，我明白了。」

接下來，我們又閒聊了一會兒。離開之前，我到E區哥哥的房間去跟他道了個別。他眞的被那些動物圖片迷住了，理都沒理我。不過，這反而使我高興。在副院長的關照下，工作人員答應每天幫那個平板電腦充電。

我和馮倫搭車回家。

這時是暑假，四個多月之後，出事了。

那起事件，恰好與我們這天的交談內容密切相關。

15 驚變

踏進大學校門不到三個月，一起震驚全世界的事件發生了。

十一月二十六日，在委內瑞拉，一個活死人咬死了他的妻子，並使這個女人在幾個小時之後變成活死人。

這則新聞第一次在電視上播出時，我剛好在上課，沒有看到。但是很顯然，這種新聞會像炸彈一樣爆開，各種媒體報導和人們的轉述能做到在幾個小時內讓全世界知曉。我在教室裡就聽到同學說起了這事（當時有同學偷偷用手機上網），回到宿舍，連忙打開電腦，了解事情的全部經過。

那個委內瑞拉的活死人名叫安德列斯．卡維略，是世界上最早的一批活死人之一。他不是自願變成活死人，而是被身邊的人傳染。在活死人集中居住地待了四年之後，他的妻子向醫院提出申請，想把他接回家住。這個申請獲得了批准（當地政府規定活死人必須待在自己家中，不能外出）。當時，全世界都相信活死人是沒有威脅性的。誰也沒能料到，安德列斯回到家不到兩年，悲劇就發生了。

出事那天，安德列斯的妻子像往常一樣做好早餐，端到陽台的玻璃茶几上，和她的活死人丈夫坐在一起。與往常不同的是，她注意到丈夫的視線一直集中在自己身上。剛開始，她以爲活死人丈夫有了食欲，想品嚐一下煎火腿和沙拉，便將盤子遞了過去。結果事實證明，她的猜測沒有錯，唯一不對的是，在她的活死人丈夫看來，食物不是盤子裡的東西，而是她本身。

活死人將她按倒在地，可憐的女人還沒意識到發生了什麼事，頸動脈就像被猛獸襲擊一樣遭到撕咬。鮮血汩汩往外流，她掙扎了幾分鐘，躺下不動了。

這一切因為發生在陽台上，被對面的鄰居全程目睹。那人嚇壞了，趕緊報警。幾個持槍的警察將房門撞開，來到陽台，看到了恐怖而噁心的一幕——活死人還在繼續他的早餐，津津有味地啃著妻子的一隻手臂。

警察們沒有遇到過這樣的事情，一時不知該如何是好，也不敢貿然靠過去逮捕他。直到那活死人站起來，朝他們走近。警察們不敢冒險，誰都不想成為活死人的餐後甜點。一個警察舉槍射擊，另外幾個警察跟著開了槍，前面幾槍射中活死人的身體，沒能阻止他的腳步，直到一顆子彈轟爆了活死人的頭，他才終於倒下去，變成真死人。

這件事到這裡居然還沒結束。警察通知醫院將活死人的妻子的屍體載走，三個多小時後，擺在停屍間內的屍體「活」了過來，成為人類歷史上第一個經喪屍襲擊而轉變的活死人。這也讓全世界的人知道了，慘遭活死人咬死（假如沒被當場吃完）的後果為何。

可以想像，這則新聞給人們帶來的衝擊和震撼有多麼強烈，絲毫不亞於幾年前活死人的第一次出現。這件事不僅顛覆了大眾對於活死人的認識，同時也帶來疑問：這個活死人為什麼會襲擊人類（而且還是與他朝夕相處的妻子）？前面幾年不是都好好的嗎？

問題剛剛提出，任何權威機構或個人還沒來得及做出回應，類似的慘劇又在波蘭發生。

接著，全世界每一個有活死人的地方，都出現了活死人襲擊人類的事件。受攻擊的對象是無差別的，不管是活死人的親屬或者普通的工作人員，只要是喪屍襲擊者們當時能接觸到的最近的人，幾乎都難逃厄運。人們這才驚恐地意識到，發生在委內瑞拉的事件，並非特殊情況，而是活死人集體異變的信號。

據不完全統計，全世界在一天之內總共發生了兩萬多起活死人襲擊人類的事件。這意味著，有兩萬多人被迫加入了活死人的陣營。還好，事態並未失控，畢竟大多數活死人都是被集中管理的。而後，爲了杜絕慘劇再次發生，所有活死人都被關閉在室內，徹底和人們斷絕了接觸。

自然，我在關注這些新聞的時候，比別人要緊張得多。我不是旁觀者，我的哥哥就是活死人！我跟爸媽通了電話，聽出他們的焦急不安。現在出的這些事，肯定會改變我哥哥的未來。

後來的一段時間，我幾乎無法集中精力學習，每天花大量時間上網，關注與這一系列事件相關的各種報導。各個國家的活死人研究者們，先後得出了不同的結論。

美國的科研人員最先發現，所有活死人襲擊事件的共同點是：襲擊人類的活死人，全是第一批活死人，也就是存活六年以上的活死人。

第二個重要的問題，是瑞典皇家科學院發現的：不是所有存活六年以上的活死人都會襲擊人，他們當中有一部分，直到現在還保持了以往那種溫順的狀態。

這一點引起了學者們的高度重視，他們試圖找到那批「襲擊者」異變的原因。

全世界的科研人員致力於研究同一個問題，進展是驚人的。瑞典科學院提出這個問題還不到二十四小時，德國的學者們就找到了答案——存活六年以上的「元老級活死人」中，沒有襲擊行爲的，全都具備一個共通點：他們在變成活死人之前，患有某種絕症。

也就是說，具有攻擊行爲的，是那些在身體健康的狀況下（不管被動或主動）染上喪屍病毒的活死人。

結論公佈，全球一片譁然。不同的人站在不同的立場來解讀這一現象，宗教信仰者和無神論者各持己見，在此我不想贅述。我願意相信的，是由美國學者提出的科學論斷：那一部分活死人沒有產生變異，是由於體內的絕症病毒與喪屍病毒達成了某種微妙的平衡，延緩或停止了變異。

我想，這一論斷解釋了我和副院長之前探討過的問題——爲什麼不是每個活死人都在發生進化？

對，我始終認爲，與其說活死人是突發性的變異，倒不如說是一種持續性的進化。也許，活死人襲擊人類這一現象，正是這種進化的表現。活死人的思維和智力在不斷進步，發動襲擊的目的，會不會是想把異類（人類）消滅，或者把更多的人變成他們的同類？

如果眞是這樣，我爸爸之前所預感的毀滅性大災難，只怕要成爲現實了。

不過，人類是不可能坐以待斃的，很多國家的民衆，包括當權者，都產生了危機感。所以，新的《活死人法案》，或者《活死人法案》修正案，很快便於各國頒佈。具體法規有所區別，有一條卻是相同的──對所有襲擊過人類，或者具備襲擊人類條件的活死人，進行人道毀滅。

可是，這會牽涉到一個問題：那些目前沒有襲擊人類的活死人，該怎麼處理呢？誰都不能保證他們體內病毒的平衡性會永遠維持下去，也許未來有一天，他們也會變異。

毫無疑問，如何處理這批活死人，是我們家最關心的問題。

在這件事上，我的父母可謂煞費苦心，盡了一切努力，只為留住我哥哥。他們不能看著他被送進焚屍爐。

一個月後，中國的《活死人法案》修正案頒佈，取消了第四章第二十八條「允許特殊人群成為活死人」這一規定，改為「禁止所有公民以任何形式成為活死人」。當然也補充了「將所有可能襲擊人類的活死人進行人道毀滅」這一條法規。

對於目前沒有襲擊人類的那部分活死人，修正案規定，暫時保留由於絕症而轉化的這一部分活死人。不過，有一條但書：若這些活死人也出現襲擊人類的傾向，立即執行人道毀滅。

這已經是我父母所能做的最大的努力了。

但，事情還遠遠沒有結束，更大的風波將接踵而至。

16

意料外的訪客

星期天，我和媽媽一起去活死人中心看哥哥。

出了這些事後，這裡的氣氛明顯和以往不一樣了，多了幾分肅殺之氣。剛走到門口，警衛（已經不是那個老頭兒了，換成了兩個中年男人）居然攔住我們，不肯放人。我只有向副院長求援，掏出手機跟他聯絡。

他說，現在是非常時期，基本上不准親屬來探望。對於我們，還是可以破例，但必須由他全程陪同。

過了一會兒，副院長親自到門口來接人。我和媽媽向他表示感謝。他帶領我們步行到E區，走在路上，左側A區的驚人場景映入眼簾：幾個戴著鋼盔和玻璃面罩，手持輕機槍，全副武裝的人，不知道是防暴警察還是軍隊，將一大串用厚厚透明塑膠布罩住了頭的活死人，像驅趕牲口一樣押到一輛軍用卡車邊上，趕進後車廂。

看到我們驚呆了，副院長顯得有些難堪，「知道為什麼這段時間都不能讓親屬進來探望了吧？這裡正在執行政府的任務。」

「是處理活死人嗎？」我顫慄地問：「這麼說，這些都是會襲擊人的活死人？」

「有些是，有些是可以預期以後會襲擊人的。根據法規，必須全部處理。」

「這地方到底出了多少個『襲擊者』？」我問。

「我們算是警覺得很快的。委內瑞拉那起事件之後，立即採取相應措施，嚴格控制所有人與任何一個活死人接觸，所以情況還算好，沒有發生被活死人襲擊的事件。不過，我們還是發現一些蠢蠢欲動的『襲擊者』，都出在A區，可能有好幾十個，甚至上百個。」

媽媽微微點頭，「你們的舉措很及時，而且有效。」

我望著那群被裝進後車廂的活死人，「這些活死人會被送到哪裡去？」

副院長停頓片刻，「火葬場。」

「他們要被怎樣人道毀滅？」

「我認為，你不會想知道。」副院長撇了撇嘴。

我倒吸了口涼氣，「天哪，該不會就這樣把他們直接丟進焚化爐吧？就算活死人沒有痛覺，這也太殘忍了！」

「不，不，沒有你想的這麼可怕。」副院長只有老實回答：「他們會先被一槍爆頭，然後才送進焚化爐。」

我鬆了口氣，「這樣稍微好一些。」

「政府也會考慮到活死人家屬的感受。」副院長說。

「他們的家屬會來見他們最後一面嗎？」媽媽問。

「之前已經見過了，真正執行那天就不用了，會很殘酷。」

媽媽歎了口氣，「是啊，很殘酷。」接著又問：「一定得像驅趕牲口那樣將他們裝進車裡帶走嗎？有沒有更尊重一點的方式？」

「對不起，沒有，真的想不出來。」副院長十分無奈，「我們之前和執行的人探討了多種方式，只有這種最保險。您知道，誰也不敢掉以輕心，要是被他們咬上一口，可不是鬧著玩的。」

媽媽點頭表示理解。

「走吧，我們去看您的兒子，這回的方式得有些改變。」

「什麼改變？」

「如今是特殊時期，您不能進入房間裡去和您兒子接觸，只能在門口看看他。」

「我兒子不會襲擊人，他當初是因爲患肺癌才變成活死人的。」媽媽漲紅了臉。

「我知道，李教授，您別生氣。這個規定是上邊下達的，我們只能執行，請您體諒。」

「你的意思是，我以後都只能以這種方式來探望我兒子？」

「當然不會，這是暫時的。等我們做好防護措施，你們就又可以進入房間內了。」

「防護措施？什麼意思？」

「這也是上邊的規定。所有保留下來的活死人，必須在他們居住的房間裡安裝鐵柵欄和監控器。」副院長停頓了一下，「換言之，以後即使你們進入房間，也只能隔著鐵柵欄和洛森見面。」

媽媽驚呼道：「這不等於是坐牢嗎？而且是終生監禁！」

「沒辦法，這是爲了保證來訪者的安全。」副院長顯得很遺憾，「我也覺得這樣的規定有些過分，但眞的無能爲力。李教授，您是法律專家，也許只有通過您的呼籲，才能使未來的狀況產生改變。」

媽媽緊咬著下嘴唇，眉頭緊蹙。

走進E區，正如副院長所言，我們是特例，整個E區的樓道再沒有別人。

來到哥哥住的五〇三室，隔著門口的玻璃，我和媽媽看到他呆滯地坐在椅子上。我給他買的平板電腦，因爲沒有工作人員敢進去裡面幫忙充電，早就看不了了。哥哥的神情顯得很失落。

媽媽看到哥哥的現狀，禁不住黯然神傷，眼淚又溢滿了眼眶。她將手貼在玻璃上，輕聲呼喊：「洛森……」

哥哥的眼睛沒有望向門這邊。媽媽輕輕拍了拍玻璃，又喊了一聲。哥哥聽到了響動，緩緩抬起頭來，看見門口的我們。過來一會兒，居然站了起來，朝這邊走來。

媽媽顯得有些激動，哥哥對她的呼喊有了反應，我卻感到十分詫異。看見哥哥走到門口，和媽媽隔著一塊玻璃相望，心中的驚駭更甚。

我悄悄將副院長拉到旁邊，問道：「副院長，你上次說要研究的那個課題，關於活死人的進化是否具有普遍性，得出什麼結論了嗎？」

「我正想找機會跟你談談呢。」他說：「結論出來了，跟美國學者提出的觀點類似，之前患有絕症的活死人，幾乎不會進化。也許眞的是他們體內的病毒與喪屍病毒達成了某種平衡，從而阻礙或延緩了進化，這實在是一種奇妙的現象。」

我思忖片刻，小聲說道：「這麼說，我哥哥也是不會進化或變異的，可我覺得有些奇怪。按理說，他的智力應該保持最初那樣的低水平，可剛剛我媽媽在門口喊他，他竟然走了過來，好像聽懂了一樣，這怎麼可能？」

副院長顯得有些困惑，「是啊，我也不明白……也許，他並不是認出了你們，只是看到有人出現而產生的自然反應。」

「是嗎？你看！」我指著五〇二室的門口。

副院長轉過身去，見到我媽媽將手按在玻璃上，我哥哥也將他的手按到同樣的位置，他們的手隔著玻璃貼在了一起，彷彿在默默交流。

副院長相當吃驚，搖著頭說：「我真的不知道該怎樣解釋。」

「會不會患有絕症的活死人也開始進化了？」我膽顫心驚地問。

「真要是這樣，對你們來說就很糟了。不過，目前還不能下這樣的結論，我得再觀察一下別的活死人。」他迷茫地撓著頭，「奇怪，我們選擇的那些研究對象，都沒出現這種情況呀。」

「難道只有我哥哥是特例？」我難以置信。

「不一定，有可能是這種狀況我們之前沒有發現。總之，我會特別注意這個問題。」

心裡有些矛盾，我不希望他們注意這個問題——假設真如我猜測的那樣，就意味著我哥哥也躲不過被人道毀滅的命運。可是，不把這個問題搞清楚，保留下來的活死人豈不是會成爲極大的隱患？

這時，媽媽扭過頭來，「副院長，您能不能再爲我們破個例？可以把門打開嗎？」

「不行，李教授，這是院方統一的規定，我不敢擅做主張。」

「我可以向你保證，我兒子不會傷害任何人。」

副院長顯得十分爲難，「對不起，李教授，請恕我直言，您什麼也保證不了。全世界沒人敢對活死人的舉動做出保證。」

我勸道：「媽媽，別爲難人家了。他能親自帶我們來看哥哥，已經破了很大的例，按道理這段時間我們根本進不來。」

「李教授，請您暫時忍耐一段時間。相信我，不會太久的。」副院長說。

媽媽只有作罷，隔著玻璃和哥哥說了會兒話，依依不捨地和我們一起離開。

走到E區門口，工作人員從警衛室裡面探出頭來說：「副院長，麻煩你請來訪者做登記。」

「哦，差點忘了。」副院長向我們解釋道：「非常時期的新規定，原則上是不准親屬探訪的，對於特殊的來訪者，需要進行登記。」

「眞麻煩。」我說。

「是啊。」他聳了下肩膀。「沒辦法。」

我們走進警衛室，工作人員拿出一本登記冊。媽媽接過筆，問道：「怎麼登記？」

「您看前面的人是怎麼寫的就行了。」那人說。

我們大致瀏覽了一下登記冊，特殊來訪者很少，本子裡一共也就登記了二三十個來訪者的資料。記錄得很細緻：來訪者的姓名、訪問的是哪個房間、什麼時候來的、什麼時候離開、來訪的原因等等。看得出來，活死人中心對此十分愼重。

媽媽簡略看了幾秒，提筆開始塡寫。突然，登記冊上的一段記錄文字跳入我的視線——

來訪日期：一月十三日。

來訪者姓名：韓布強。

訪問房間：五〇二室，洛森。

訪問時間：下午兩點半至三點十五分。

來訪原因：探訪朋友。

我忍不住叫道：「韓布強醫生在兩天前來看過哥哥？」

「什麼？」媽媽疑惑地抬起頭，我把那一段來訪記錄指給她看，她也大感驚訝，「眞的，韓主任在兩天前來過！」

副院長問道：「是誰？你們的熟人嗎？」

「是當初爲我哥哥治療的腫瘤科主任。」我說：「他怎麼會來看我哥哥呢？」

「不清楚。」副院長還是聳肩。

我望著媽媽說道：「這上面寫的原因是探訪朋友，韓布強醫生跟哥哥的感情有這麼好嗎？」

「我也不清楚。他想來看洛森，應該事先跟我們聯繫一下呀。」媽媽皺眉搖頭。

沉默幾秒，我想到一個問題，「既然規定親屬不能探訪，韓醫生又怎麼能進來呢？」

「哦，我想起來了！」工作人員說：「你們說的是一個戴著眼鏡、個子不太高、四十歲左右的男人吧？」

這段描述符合韓醫生的外貌特徵，我和媽媽連連點頭，「是的，那就是韓布強醫生。」

「你們爲什麼准許他進入探訪？這件事情連我都不知道。」副院長質問。

工作人員說：「當時他拿著醫院的介紹信，還有咱們的許院長批准的探訪單，我們當然同意他進入。」

「他就說是來探訪朋友，沒多說什麼？」媽媽問。

「沒有。」

媽媽和我對視一眼，我們都對韓布強醫生的行爲感到不解。

過了一會兒，我猜測道：「韓醫生既然拿著醫院開的介紹信，會不會是來了解癌症病人變成活死人後的生活狀況？」

「也許吧。」媽媽低聲說。

「你們何不打電話去問問這個醫生？」副院長說。

「算了，沒這個必要。」媽媽搖頭，「副院長，我們走了。今天眞是麻煩您了。」

「別客氣。」

副院長把我們送到大門口，我和媽媽再次道謝，轉身離開。

就這樣，我們忽視了這件事。現在想起來，眞是後悔極了。

媽媽說的那句「沒這個必要」，是一個致命的錯誤。

17

痛失所愛

兩個多月後，活死人中心的「防護措施」做好了。保留下來的那批活死人的房間，全都安裝了鐵柵欄和監控器。活死人中心這個名字或許應該改成活死人監獄。在這一段時間裡，這裡的活死人有接近一半被人道毀滅，非常時期隨之結束。

媽媽又恢復了去活死人中心的頻率，一週三至四次。可她無法再像以前那樣，和我哥哥坐在一起，撫摸他的手和臉龐。如今，她只能隔著鐵柵欄對我哥哥說話。本來就是兩個世界的人，這下子相距更遠了。

儘管如此，媽媽始終不放棄拉近彼此的距離。身爲母親的慈愛和期許令她放鬆了戒備，更無視了活死人中心的規定。

最終，悲劇釀成了。

大二下學期的一個下午，我接到爸爸打來的電話。他的聲音近乎虛脫，告訴我的事情則如晴天霹靂。

「洛晨，你媽媽……在活死人中心看望你哥哥的時候，被你哥哥……咬了。」

我腦子嗡一聲炸了，整個世界天旋地轉，恍惚中聽到爸爸說了句：「我在活死人中心，你也趕快過來吧。」

我像發了瘋一樣趕到活死人中心。特殊病房裡，爸爸、副院長守在媽媽的病床前，見到我來了，默默地站開一些，讓我走到媽媽身邊。

她昏迷不醒，右手纏著綳帶。我顫抖著問道：「是這隻手被哥哥咬到嗎？」

「是的。」副院長悲哀地說。

「怎麼會呢？房間裡不是有鐵柵欄嗎？她怎麼會被咬？」我大喊。

「監控攝影機記錄了整個經過，洛晨，我帶你去看。」副院長說。

我跟著他走到E區的監控室，他讓工作人員調出兩個小時前的監控畫面，我的眼睛死死地盯著螢幕。

媽媽和哥哥面對面地坐著，鐵柵欄阻隔在他們之間。開始，媽媽只是跟哥哥說著最近家裡發生的一些事，哥哥沒有任何反應。但過了一陣子，他有了一些舉動。

哥哥站起來，把手臂伸出鐵柵欄，向媽媽探去，彷彿期待與她接觸。媽媽愣了幾秒，隨之喜出望外，欣喜地喊道：「洛森！」

媽媽伸出右手，握住哥哥冰冷的手，兩隻手緊緊地抓在一起，十指緊扣。媽媽爲了哥哥第一次主動地與她接觸，感動得熱淚盈眶。但十幾秒以後，意想不到的狀況發生了。

哥哥抓著媽媽的手猛地一拖，將那隻手連同她一起扯到面前。媽媽意識到了什麼，眼睛裡露出恐懼，可惜來不及了，哥哥張開口，狠狠地咬了下去。

「啊！」媽媽發出驚恐的嘶喊，「不！洛森，不！」

幾秒鐘過後，房間的門被猛地推開，兩個工作人員衝進來，一齊抱住媽媽的身體，將她往回拖。她的手從哥哥嘴下脫離出來，手背的一大塊皮被撕開，鮮血淋漓。

我看不下去了，「夠了，關掉吧。」

「洛晨，我很抱歉。」副院長帶著歉意說：「如果我們安排一個工作人員守在你媽媽身邊，就不會發生這樣的事情。但她來了很多次，我以爲她早就清楚我們這裡的規定，知道自己絕對不能跟活死人有任何的身體接觸。沒想到她一激動，就……」

我的大腦一片混亂，不想追溯這些發生過的事，只關心眼前最現實的問題，「副院長，我媽媽她……還有救嗎？」

「你是說，她能不能避免變成活死人？」

「對……」我恐懼極了，害怕聽到這個答案，但還是聽到了，並掉進絕望的深淵。

「很抱歉，洛晨。」副院長再次表示歉意，儘管他根本沒有錯，「所有被活死人襲擊過的人，無一例外，都會在幾個小時之內變成活死人。」

「幾個小時……」我彷彿靈魂出竅，聽見自己機械地重複著，「再過幾個小時，我媽媽就會變成活死人了……」

幾秒鐘之後，我渾身抽搐，捂著臉痛哭起來。

副院長把手搭在我的肩膀上，悲傷地歎了口氣。我想，他跟我一樣，意識到了這起事件形成的悲劇效應——毫無疑問，我哥哥必須被人道毀滅。更可悲的，是即將變成活死人的媽媽。她身體健康，別說是絕症了，連闌尾炎都沒得過，所以，她最終也會迎來和我哥哥一樣的命運。

上帝啊，我的至愛親人，眼看著就要失去兩個！胸中的刺痛不斷加劇，我從沒體會過這種天都快塌下來的感覺。

「爲什麼？」我淚流滿面，「我哥哥當初明明得了癌症，他爲什麼還會變異，或者說是進化？他爲什麼會襲擊我媽媽？」

面對一連串的問題，副院長顯得有些欲言又止，遲疑了好一陣子，對我說：「洛晨，有些事，我本來是打算弄清楚後再告訴你的。可是現在出了這種事，我想，有必要告知你……和你爸爸。」

我們回到特殊病房，爸爸仍守在媽媽床邊，雙手撐住額頭，我能感覺到他正忍受痛苦的煎熬。而副院長接下來道出的事，幾乎要了我們的命。

「洛教授、洛晨，我不得不把一些情況告訴你們。」

爸爸緩緩抬起頭，神色憔悴。

「幾個月前，我跟洛晨談到了一個問題：患有絕症的活死人是不是也會進化？其實，這個問題的起因，就是洛森表現出來的一些反常舉動。之後，我組織了醫生來檢查洛森的身體，主要是想了解癌細胞和腫瘤有沒有在solanum病毒的影響下減少，或者產生變化。」

「醫生帶來最先進的設備，對洛森的身體——尤其是肺部，進行了仔細的掃描，結果……有令人吃驚的發現。」

副院長停了下來，咬著嘴唇，顯得難以啓齒。

爸爸凝視著他，「什麼發現？」

過了好一會兒，他才一字一句地道：「我們沒有在拍出來的X光片中，看到洛森的肺部腫瘤。」

病房裡的時間凝滯了，理解這句話的涵義對我和爸爸來說，是一件非常困難的事。

半分鐘後，爸爸問道：「什麼意思？儀器出錯了？」

「不，機器非常正常，我們後來又測試了很多次。」

「那是怎麼回事？」我的頭腦麻木地轉動著，「solanum病毒眞的能令腫瘤減小，或者……消失？」

「我們一開始也有這種疑問，後來挨著跟好幾個有癌症的活死人進行掃描，發現他們體內的腫瘤仍然存在。所以，我們只能認爲……」

他說不下去了。

我爸爸從座椅上站起來，眼睛幾乎瞪裂，「你們的結論到底是什麼？」

副院長終於艱難地說出口，「我們認爲，洛森當初的診斷結果有錯。他眞的患了肺癌嗎？」

「當然是眞的！」爸爸失控地大叫，我從沒見過他這副模樣，「我仔細看過他的診斷報告，還有當時拍的X光片，那上面清清楚楚地顯示，肺部的確有腫瘤！這怎麼可能出錯呢？」

「洛教授，您別激動。我想，您可以找當初跟洛森診斷治療的醫生問個清楚。」副院長像是有所暗示，「據我所知，兩個多月前，他到我們這裡來看過洛森一次。」

爸爸愣住了，瞪大的眼珠在眼眶內轉動了幾下，似乎想到了什麼可怕的事，全身顫抖起來。一句話不說，轉身衝出病房。

「爸，你要到哪裡去？」問出這句話，我覺得自己簡直像個白癡。他還會去哪兒？肯定是去醫院找韓布強醫生！

我著急起來，衝他的背影喊道：「爸！媽媽……你不陪著她嗎？」

「不，洛晨。」副院長對我道：「即使你爸爸不去找那個醫生，我也不會同意你們一直守在這裡，眼睜睜看著你媽媽變成活死人。她會在極度痛苦中死去，然後……總之十分殘酷，沒有人能親眼面對至愛的人經受這種過程。所以，你還是趕緊追上你爸爸吧，別讓他做出什麼事來。」

我的頭腦無比混亂，聽他這樣說，好像已經能肯定這是怎麼一回事了。天哪，如果真是這樣的話……那簡直太可怕了！

我不敢細想，奮力朝爸爸的背影追去。

18 陰謀

爸爸的車猛地煞停在醫院門口，這一路上，他幾乎忽略了所有紅綠燈，像發了瘋一樣疾馳。我在他旁邊，沒有說話，也沒有勸阻。我們心中都有著同樣的一個猜想，必須立刻得到證實。

砰的一聲響，爸爸推開腫瘤科的大門，大聲喊道：「韓布強呢？」

辦公室裡有幾個醫生走了出來，其中一個認出了爸爸，「您是……洛傳銘教授？您找韓主任嗎？」

「對，他在哪裡？」爸爸壓著怒火問。

「韓主任這兩天請假，沒有來上班。」

「爲什麼要請假？」

「他的妻子過世了。」那醫生遺憾地說：「腫瘤科主任也沒有辦法留住自己妻子的性命。」

爸爸聽出了些什麼，「他的妻子是怎麼死的。」

「肺癌。」

這兩個字像炸彈在我們的頭腦裡爆開，一瞬間我和爸爸似乎都意識到了這是怎麼回事。

「韓布強家裡的電話號碼是多少？」爸爸咬牙切齒地問——剛才打了他的手機，關機了。

那醫生好像察覺到我們來意不善，警覺地問道：「洛教授，您找韓主任有什麼事嗎？」

爸爸貼近那醫生的臉，鼻子對著鼻子，一字一頓地重複道：「告訴我韓布強家裡的電話號碼。」

那人嚇著了，說出一串數字。

爸爸立刻用手機打過去。

過了好一陣子，電話才被接起來，爸爸憤恨地道：「韓布強，我是洛傳銘，你知道我找你幹什麼。」

我貼近手機，聽到另一邊沉默了一會兒，顯然意識到發生了什麼事。然後什麼都沒多說，直接報出一個地址，「這是我家的地址，你過來吧。」

爸爸掐斷電話，臉色鐵青地離開醫院。

三十多分鐘後，車子停在了韓布強家樓下。他家的房門是打開的，他已經爲我們的到來做好了準備。

逕自走進客廳，看到了坐在沙發上的韓布強。他斜靠在沙發靠背上，衣衫不整，一雙眼睛無神地望著我們。面前的玻璃茶几上，橫七豎八地擺放著幾瓶上等的洋酒，但都只剩空瓶了。我特別注意到，茶几上還有一個空的小玻璃瓶和一支注射器。

眞正面對韓布強，爸爸反倒沒有我預料得那麼激動。他慢慢移到這頹廢的男人面前，盯著他問道：「你沒有什麼好辯解的了，是不是？」

「沒錯。」韓布強雙手一攤，爽快地回答道：「我早就料到了會有這一天，知道最終還是瞞不過你們。」

一股血湧上腦門，眼前彷彿出現一層紅幕。我不敢相信他竟然承認得如此坦然，就好像他做過的事僅僅是摔碎了一只瓷瓶罷了。我捏緊拳頭，想衝上去把茶几上的空酒瓶砸在他頭上，但被爸爸抓住了手。我感覺他的手在劇烈顫抖，他在拚命地控制情緒。

「這是一個徹頭徹尾的陰謀，對不對？令我兒子變成活死人，就能使我變成支持活死人的一方，從而使《活死人法案》呈現出你們想要的傾向——你在為誰做事？」

「就是這樣一回事。」韓布強說：「但《活死人法案》什麼的，我一點都不關心。我不為他們做事，只是看上了他們答應我的條件。」

「『他們』是誰？」

「你們還想不到嗎？馴鹿組織。」

我和爸爸張口結舌。萬萬沒有料到，這個以前只在新聞裡看過的馴鹿組織，不但滲透到了中國，甚至滲透到了我們家。我的家人竟成為他們為達成目的而陰謀算計的對象！

「他們答應給你多少錢，讓你這個醫生出賣自己的靈魂？」爸爸鄙夷地說。

「不，我不是為了錢，是為了救我的妻子。為了她，讓我做什麼都行。」韓布強耷拉著腦袋，眼神空洞，「她得了肺癌，我知道，沒有任何辦法能留住她的性命，除了冒險進行肺移植。但合適並匹配的肺，全世界都難找。馴鹿組織答應我，若幫他們達到目的，會找到適合我妻子進行器官移植的肺，讓她到國外接受手術，再協助我們遠走高飛……」

說到這裡，他苦澀地乾笑兩聲，「可惜，我想得太天眞了。我早該知道，肺移植手術在全世界範圍來說，都還不成熟。手術失敗了，她死在了手術台上。」

「這麼說，你給我們看的所有關於洛森的檢查報告、病歷資料，包括X光片，其實都是你妻子的？」

韓布強點頭默認。

「那麼，我兒子當時出現的那些症狀，到底是怎麼回事？」

「洛森得的是肺結核，不是肺癌。兩者的早期症狀有些相似，所以……」

「所以讓你們有機可乘！」爸爸的臉漲得通紅，痛苦地咆哮，「我兒子只是肺結核，是完全能夠治好的，被你這個狗娘養的說成肺癌！讓他去接受化療，折磨他，最後把他變成了活死人！」

爸爸再也控制不住了，衝上前去扯住韓布強的衣領，帶著滿腔憤怒的拳頭一記一記砸在他臉上，「現在，我妻子被變成活死人的兒子咬了，她也會變成活死人！你這個人渣！我們一家就這樣被你毀了！」

如果不是因爲我還保持著最後一分理智，恐怕也會衝上去，和爸爸一起將韓布強當場打死。但我忍住了，爲了不使爸爸爲此付出代價，我用盡全力將他拖開。

韓布強被揍得鼻青臉腫、皮開肉綻，像死狗一樣癱在沙發上，喘著粗氣，「打吧！讓我最後體會一下疼痛的滋味。很快，我就永遠不會有痛楚了。」

「不管你們相不相信，我一直爲自己做的這些事感到內疚。今天之所以能面對你們，是因爲我已經做了自我懲罰，就當作是聊勝於無的賠罪吧。」他有氣無力地指著茶几上的小玻璃瓶和注射器，「這是當初替洛森找的含有solanum病毒的血清，我留了一些起來，大概那時就預感到了會有這一天。在你們來之前，我已經注射到自己的身體裡了。」

爸爸冷漠地望了他幾眼，對我說：「洛晨，我們走。」

我看著那支空注射器，「他說的是眞的嗎？」

「無所謂了。你看他那副樣子，現在就等於是活死人了。」

我們沒有再看那死狗般的男人一眼，逕自朝外走去。

回到活死人中心，從副院長口中得知，媽媽已經變成了活死人。副院長說，她沒有受太多的苦，在昏睡中死去，然後轉化爲活死人。理智告訴我，這番話純屬安慰，但情感面上，我願意相信，哪怕只是謊言。

媽媽住進了E區，在哥哥的樓上。幾天之後，韓布強也住進來了。副院長考慮到我們的感受，將他安排到D區。他知道我們不想看見這個活死人。

我和爸爸幾乎每天都去看媽媽和哥哥，他們留在這世上的時日不多了，我們要好好珍惜和他們在一起的每分每秒。

19

局

發生在我們家的這起悲劇事件，經媒體曝光，成爲震驚全國的焦點新聞。我和爸爸沒有對任何人講過這件事，但神通廣大的記者還是將事件始末弄得一清二楚。

縱觀這起事件，令人們感到震驚的有三點：

第一，著名法律學家李元琴被活死人兒子攻擊，自己也變成了活死人。

第二，知名醫院的腫瘤科主任爲了醫治妻子，竟然與馴鹿組織勾結，欺騙病人及其家屬，以達到非法目的。

第三，馴鹿組織作爲此事件的始作俑者，陰險卑鄙的手段令人髮指。這種組織絕對是不合法的。

一個星期後，政府將馴鹿組織正式定性爲非法組織，要求查處、拘捕該組織在國內的頭領和相關成員。

不久，馴鹿組織的行徑再次曝光，不法行爲可謂變本加厲、不斷升級。某地活死人中心的院長，被馴鹿組織買通，將本來要實施人道毀滅的十四個活死人秘密運輸出境。不久，事情敗露，該院長被捕，但被運走的十四個活死人和馴鹿組織成員杳無音訊，不知所蹤。

被捕的院長接受審問時說，並不清楚馴鹿組織將這些活死人帶走的目的。這回答令人不安，人們對此衍生出各種猜測。有人說，馴鹿組織是由一些瘋子組成的反社會團體，他們要從這些活死人身上提取solanum病毒，用於製造混亂。也有人說，馴鹿組織是國外軍方的秘密情報機構，目的是利用喪屍病毒製造生化武器。更有人表示，馴鹿組織就是最新的國際恐怖組織，那些被帶走的活死人，將被改造爲極具攻擊性和破壞性的恐怖襲擊者，伺機對某些國家發起偷襲。

一時間，關於馴鹿組織的話題滿天飛，人們惶惶不安，憂心忡忡。

在人們談論馴鹿組織以及發生在我們家的事情時，我和爸爸渡過了一生中最爲艱難的時期。我們既要忍受失去親人的悲痛，又要想方設法避免被周遭的人（包括無孔不入的記者）問及此事。對於別人而言，馴鹿組織只是一個社會焦點；對我們來說，這是一場災難和永不癒合的創傷。我和爸爸都變得沉默寡言，敏感且陰沉。正如他所言，原本幸福的家庭被徹底摧毀。很長一段時間，家裡沒有任何歡笑和生氣。我甚至不敢和朋友與同學聯繫，總是一個人待在圖書館或房間裡，默默舔舐心中的傷口。

我本來以爲，自己會一直這樣下去。不想隨後發生的一件事，令我再次遭受五雷轟頂的打擊，癒合了一些的傷口又被無情地撕裂。

那是一則電視新聞：

「根據被捕的馴鹿組織成員透露的消息，以及之前掌握的資料，公安部現在已經正式確認馴鹿組織在中國大陸地區的部分領導者名單，並立即發出A級通緝令……」

看到這則新聞時，我一個人待在家裡。隨著記者介紹到馴鹿組織的一個領導者，我呆住了。

「馴鹿組織在中國大陸地區的頭領中，最具隱蔽性的是一個年僅二十歲的青年，名叫馮倫。此人十三歲時加入馴鹿組織，幾年之後成爲隱藏於國內的高級幹部。目前已逃往國外，下落不明……」

後面還說了些什麼，我都沒聽到，腦子裡只有嗡嗡的聲音。

我敢肯定，足足有五分鐘，我坐在原地，紋絲不動，幾乎變成了毫無呼吸和心跳的活死人。

沒有停止運轉的，只有大腦。一系列往事像電影片段般浮現於眼前：馮倫約我去哈根達斯吃冰淇淋，書店老闆在我們面前被活死人中心的人帶走。副院長詢問我們的情況，之後帶著我們進行「實踐性體驗」。我告訴父母，活死人的生活狀況很好，幫助他們做出讓哥哥變成活死人的決定……

上帝啊！我情不自禁地捂住了嘴，感到陣陣眩暈。

這個時候，我才算是徹底明白了，這究竟是怎麼一回事。

這個局，竟然設得這麼大！

我又想起了很多事：馮倫是一個不折不扣的喪屍迷，他對我說過的，他希望生活在喪屍的世界裡。他還告訴我，他以後要到國外去——如此想來，他早就計算好有這一天了。

天哪，我這個白癡！我和馮倫很久都沒有聯繫了，而我居然沒發現這有什麼不對！

他不可能不知道我們家出的事，可他竟然連一通電話都沒打過來！我怎麼沒意識到這不正常呢？

設局利用我，設計將我的哥哥和媽媽變成活死人，毀壞這個家的人，居然是我最要好的朋友！

心中淌出的血凝結在了胸口，被出賣和利用的認知，令我感到一陣無法形容的劇痛。同時，我想到了另一個問題：活死人中心的副院長，他也是這個連環局中的一環嗎？必須找他問個清楚，當面對質。如果他和韓布強是一夥的，我絕對要和他拚命！

我狂奔出門，搭車疾馳至活死人中心。

警衛要求我出示探望證，我心急火燎地趕過來，根本沒帶這東西，只能故技重施，打電話給副院長，反正我要找的就是他。

但電話裡的提示音告訴我，這個號碼已經停機了。

我悵然若失地呆站在原地，那警衛盯著我看了一陣子，問道：「你是不是叫洛晨？」對於他能叫出我的名字，我並不感到奇怪，我來這裡很多次了，「是的。」

「吳副院長留了一封信給你。」他從屋裡拿出一個信封，交給我。

我愣愣地問道：「留給我？他到哪裡去了？」

「一個多星期前就辭職了，臨走之前把這封信交給我，讓我轉交給你，他知道你一定會來找他。喏，我的任務完成了。」

我撕開信封，抽出信紙。

洛晨，我知道你遲早會來找我，所以留下了這封信。我想把一切都解釋清楚，希望得到你的原諒。

我相信，現在你已經大致明白你經歷的是怎麼一回事了。沒錯，我和馮倫都是馴鹿組織的成員。但你肯定想不到，馮倫是我的上級，我必須服從他的安排。

當初那個把你引誘到活死人中心來的計劃，是他一手策劃的，我只是配合著執行。不過，請你相信，我不知道他的整個計劃，以為他只是想透過這種形式，讓你了解活死人的現狀，然後回去影響你的父母。我真的沒想到這僅僅是其中的一部分，後面藏有如此可怕的陰謀。

除此之外，還有很多事情是我一開始不能預料的。我沒想到你有聰慧敏銳的科學天賦，更沒料到自己會和你如此談得來。和你一起探討各種問題，我感到非常快樂，真心把你當作了朋友。

後來，你提到你哥哥在發生變異，我開始猜到馮倫的整個計劃是怎麼回事，於是組織醫生來進行確認。事實證明，我的猜測是對的。這個可怕的陰謀令我感到不安，從此活在自責和內疚之中。接著發生了更意想不到的事——你媽媽被你哥哥襲擊。我終於忍不住暗示你們去找韓布強，希望讓你們藉此了解真相。但是，這種做法，等同於背叛馴鹿組織，組織裡的人是不會放過我的。我只能離開這裡，躲到一個隱密的地方去。

整件事的過程就是這樣。作為朋友（哪怕是我單方面這樣認為），我想提醒你的是，據我了解，馴鹿組織想創造一個屬於活死人的世界，他們這樣做的動機為何，我不得而知。能夠肯定的是，馴鹿組織的頭領和成員絕不是一群瘋子或者單純的反社會份子這樣簡單。他們對於活死人的熱衷和掌控背後，一定隱藏著更恐怖且驚人的秘密。

我自己不是一個邪惡的人，當初加入馴鹿組織，只是因為對活死人感興趣，沒想到後來會被迫做出這樣的事。至於馮倫——可能你現在對他恨之入骨，但我不能確定，他對你做出這樣的事，究竟是他本人的意願，還是也受到了來自上級的壓力。就我的感覺，他尚未徹底泯滅人性。他曾多次對我說，要特別關照你哥哥（他沒想到你媽媽也會遭此劫難），他還強調過很多次，要確保你的安全，因為你是他的朋友。

洛晨，我無顏向你道別，或說出再見一類的話。我只希望，你的未來掌握在自己手中。

我將信紙撕得粉碎，和我的眼淚一起丟進風裡。

尾聲

兩年之後，我從大學畢業，放棄了繼續讀研究所和出國留學的機會，加入了對抗馴鹿的國際組織。我實現了當初許下的諾言：如果沒有變成活死人，願意服務於全人類。此外我還發誓，哪怕用盡一生，也要找到馮倫。

如今，我再沒有任何後顧之憂。爸爸退休了，在一個世外桃源般的山莊裡過著不被人打擾的幽靜生活，媽媽和哥哥早都不在這個世界上了。

現在的世界，再沒有大批主動想變成活死人的人，人們終於放棄了轉換生存形式，從而達到「永生」的不切實際想法。

沒有什麼是亙古不變的，我們距離所謂的救贖，還有很長一段路。

人類犯了一個大錯，然後回到原點，終究回歸了「人」的本性。

但，一切並未因此停止。馴鹿組織還在進行著他們不為人知的恐怖計劃，那些被秘密隱藏起來的活死人仍在繼續進化，不停地進化。

未來會發生什麼？無人知曉。

我和活死人的故事並未結束，它將持續到下一個世紀。

第六個故事之後

龍馬的故事講完了，大廳裡暫時沒有人說話，衆人都陷入了深思。正如龍馬之前所言，他希望大家關注故事的內涵和深意。很明顯，他做到了，這個故事帶給聽者的，除了回味，還有思考的空間。

幾分鐘後，夏侯申輕輕鼓掌，一邊搖頭一邊讚歎道：「我必須承認，這個故事令我深深折服。現在的後起之秀確實不簡單，我們這些老傢伙也該向你們學習了。說實話，我那個『謎夢』，完全不能和你的故事相提並論。」

夏侯申的高度讚揚令龍馬感到不好意思，臉微微泛紅，「夏侯先生，您言重了。」

「不必謙虛，我也認爲這是個非常好的故事。懸疑驚悚故事中，像這種內涵豐富，又有思想深度的作品，當屬精品。」荒木舟也不吝讚美之辭。

兩位前輩都做出了如此高的評價，北斗這種毛頭小子更是興奮得難以自持，不斷地搓著手說：「能跟你們這些懸疑高手學習，眞是令我獲益匪淺！」

南天感受到了一種前所未有的壓迫——龍馬的故事帶有某種侵略性，它威脅到了在場的所有人。這個故事無疑是目前最好的，後面的人所講的故事能不能超越它，成爲了一道共同的難題。

忽然，南天想起「主辦者」說過的話：假如最後勝出的那個人恰好是我，剩下的人，一個也別想活著出去。

如果龍馬不是主辦者，精采的故事顯然會對主辦者構成壓力。但如果恰好就是他……

後背冒起一股涼氣，但很快，體內的血液又沸騰起來，將泛冷的身體燒熱了——我是最後一個講故事的人，我是「守關」的。不管怎麼說，只要我的故事能超越前面所有人，混跡其中的主辦者就別想贏！

「我們是不是可以開始評分了？」克里斯看了一下手錶，「快十二點鐘了。」

北斗去櫃子裡拿出紙筆分發給大家。評分之前，白鯨遲疑了一下，繼而坦誠地對龍馬說道：「不管你是不是主辦者，我都會給你高分。如果後面的故事沒能超過這個分數的話，我也認了。」顯然，他和南天想到了同樣的問題。

聽白鯨這樣說，龍馬顯得有些尷尬和不自在。這句話既是對他的褒揚，又是對他的懷疑，令他不知該做出何種回答，只有緘默不語。

平均分由南天和北斗一起統計出來，果然是目前為止最高的分數：九．二分！

「感謝各位的肯定。」龍馬站起來，誠懇地向眾人道謝，突然注意到坐在對面的暗火臉色鐵青，渾身顫抖，彷彿想到了什麼可怕的事，不由問道：「你怎麼了，暗火？」

暗火猛地打了一個激靈，被叫到名字都能嚇他一大跳。

大廳裡的人都望向他，他抬起頭來，神情駭然地盯著所有人，好半晌後，吐出一句話來：「龍馬的故事，給了我一個『啓示』。」

龍馬微微皺了下眉頭，好像預感到了不好的事，試探著問道：「什麼啓示？」

「我……」暗火一時不知該從何說起，頓了片刻，「事實上，半夜裡，我聽到了那奇怪的腳步聲。」

「什麼？」歌特大感驚異，「那今天早上我說起的時候，你怎麼不說？我還以爲只有我一個人聽到。」

暗火沒有理睬歌特，繼續說道：「我不但聽到了，還打開門來看了……」

在場人都瞪大了眼睛，千秋緊張地問：「你看到那是誰了嗎？」

暗火的思緒又回到了夜裡那恐怖的一刻，他竭力壓下內心的恐懼，「沒有，光線太暗了，我看不清那是誰。況且我只看到背影，和那人穿的衣服……」

他又停了下來，千秋焦急地催問道：「然後呢？」

「那背影和衣服讓我有種熟悉感，今天一天，我都在試圖找出那個人是誰，但是誰都不像。直到我聽了龍馬講的故事，忽然受到啓發……」他深吸一口氣，左手緊緊地抓進手臂，心臟也在同時揪緊，「我想起來那背影和衣服屬於誰了……」

旁人斂聲屏息，目不轉睛地盯著他。

「那個人是……已經死了的尉遲成！」他失控地叫道。

房子裡的溫度彷彿一下子降了十度，不管暗火說的是否屬實，這句話所帶來的恐怖效應，令每個人感到寒意砭骨。

好幾秒後，荒木舟喝道：「荒唐！尉遲成死了好幾天了，怎麼可能出來走動？難不成你想說，這裡眞的鬧鬼？」

「不，那不是鬼魂！」暗火大聲叫道：「我敢肯定，那是一個實體！」

他不說那是一個「人」，卻說是一個「實體」，讓人感到話裡有話，一時又不明白具體指的是什麼。

龍馬聽出來了，他眼神淩厲地盯視暗火，說道：「你剛才說，從我的故事中獲得了啟示，又說昨晚看到已經死了的尉遲成出來走動。暗火，你到底什麼意思？你不會是想說，尉遲成變成了活死人，我的故事因此與現實重疊，從而犯了規？」

「我不是這個意思。」暗火迎上他的目光，「我只是把我看到的實情說出來而已。之前，我完全沒有考慮已經死去的人，但聽了你的『活死人法案』，我猛地想了起來，那個背影和那件襯衫，就是尉遲成的！」

「你一邊說不是這個意思，一邊把這個意思說得更明顯了。」龍馬眯起雙眼，「其實，我倒眞的希望你不是這個意思。否則的話，我只能理解成——你在故意陷害我，用的還是如此拙劣的方法！」

「如果你不相信，可以現在就到尉遲成的房間去，看看他穿的是不是……」暗火停了下來，意識到了什麼。

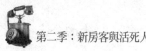

「你也發現站不住腳了？」龍馬譏諷道：「只有你一個人看到了那個所謂的『背影』，你想說是誰都可以。只是，將它安插到一個死人身上，眞是可笑到了極點。」

見暗火不說話，龍馬進一步道：「現在，我不得不懷疑你這麼做的用心。或者說明白一點吧，我懷疑你的眞實身分。」

沒等把話聽完，暗火一下子跳起來。龍馬下意識地向後退了一步，暗火卻不是朝他走去，而是快步登上樓梯。

幾秒鐘後，南天反應過來，自語道：「他要到尉遲成的房間去！」

這話提醒了眾人，紗嘉驚恐地捂住了嘴，歌特也捂住鼻子，露出駭然的神情，「尉遲成已經死了這麼幾天了，他的屍體早就……」

南天略微遲疑，隨即快步追去。荒木舟、夏侯申和北斗、克里斯緊跟其後。

暗火果然如大家猜測的那樣，走到尉遲成的房間，深吸一口氣，猛力將房門打開。

他像雕塑一樣頓住了。

南天等人感到事情有異，慌忙趕過來，看到尉遲成房間內的景象，也都愣在當場。

屍體不見了！

這時，龍馬、萊克、白鯨、紗嘉等人也上樓來了。看到空空如也的房間，一齊瞪大眼睛，驚駭無比。

「這是怎麼回事？」夏侯申張大嘴巴，難以置信地問：「尉遲成的屍體到哪兒去了？」

暗火轉過頭來，駭異地望著他們，「現在，你們相信我了嗎？」

「不！這不可能！」龍馬氣急敗壞地喊道，自從進入這裡以來，他從沒表現得如此失控，「別指望我會相信這種荒唐的事情！我那篇『活死人法案』只是一篇虛構的小說，現實生活中，怎麼可能眞有死人復活這種事？」

南天想到一個問題，「暗火，你說深夜裡看到的背影就是尉遲成的。那麼，你有沒有看到他走到什麼地方去了？」

暗火的思緒再次回到那恐怖的一刻，打著寒顫說：「這正是可怕的地方……我看到他走到一處陰暗的角落，然後就……消失了。」

衆人對視著，感到匪夷所思。

克里斯開步走進尉遲成的房間，眼睛驀地一亮，在尉遲成被害的沙發上發現了一樣東西，低聲喊道：「你們來看，這裡有一張紙條。」

所有人都湧了進來，克里斯將那張他們每天用來評分的紙小心地拿起來。紙上寫著一行字，卻不是以簽字筆或圓珠筆寫成，用的赫然是已乾的鮮血。

我終於知道了，只有死人才能離開這裡！

這一張血紙，就如來自地獄的請柬，全部的人都震驚得呆若木雞，渾身發冷。

又一個謎團產生了，南天倒吸一口涼氣。

已經過去六天了，還有八天的時間。

我們能否活著解開所有的謎？

十四分之一
卷貳：新房客與活死人

作　　者　寧航一
社　　長　陳維都
美術總監　黃聖文
編輯總監　王　凌
出 版 者　普天出版社
新北市汐止區康寧街 169 巷 25 號 6 樓
TEL / (02) 26921935 (代表號)
FAX / (02) 26959332
E-mail：popular.press@msa.hinet.net
http://www.popu.com.tw/
郵政劃撥 19091443 陳維都帳戶
總 經 銷　旭昇圖書有限公司
新北市中和區中山路二段 352 號 2F
TEL / (02) 22451480 (代表號)
FAX / (02) 22451479
E-mail：s1686688@ms31.hinet.net
法律顧問　西華律師事務所・黃憲男律師
電腦排版　巨新電腦排版有限公司
印製裝訂　久裕印刷事業有限公司
出 版 日　2019 (民 108) 年 5 月 第 1 版
ISBN◉978-986-389-610-4　條碼 9789863896104

國家圖書館出版品預行編目資料

十四分之一 卷貳：新房客與活死人
寧航一著. 一第 1 版. 一：新北市, 普天
108.05 面； 公分. - (犯罪推理；015)
ISBN◉978-986-389-610-4 (平裝)

犯罪推理系列

015

普天之下・盡是好書

普天 出版家族 Popular Press Family

凌雲 A-Plus Creative Company 文創